U0940097

平原上和森林里栖息着各种野生动物，它们生性腼腆，形貌奇特

《凯瑞尔之子图安的故事》第四章

贝可芙拉坐在枝头上，看着脚下这一切，心中悲愤交加

《逐爱的贝可芙拉》第二章

他铆足了劲儿，气喘吁吁地跟在追逐他的人后面，追赶着她，好让自己的鞭子能派上用场

《芬恩的童年》第四章

……在这个故事中，讨厌狗的却是个男人。不，何止讨厌，他对狗简直深恶痛绝。
他只要一遇见狗，就立刻脸色阴沉，接着不断向狗投掷石块，直到它逃得无影无踪方才罢休
《布兰的出生》第一章

他们便手拉着手，在那个弥漫着苹果花和蜂蜜香味的国度，
观赏枝头硕果累累的大树，还有光芒四射、舞动不止的流云
《布兰的出生》第二章

他的房门突然被人轻轻推开，一位年轻女子走了进来

《欧莘之母》第二章

“小孩子，”芬恩一面同马儿互相凝视，一面琢磨着，“小孩子就不能靠摇尾巴来赶苍蝇。”

《芬恩的童年》第一章

他们又提出了“一牛抵一蹄”的交换方式，也就是说，用四头牛来交换她这一头。
但她却表示，除非菲阿什纳为这份报偿作保，否则她绝不会接受这个提议
《蒙根的狂暴》第五章

他那双大靴子敲击在地面上，发出越来越急促频繁的声响，

就仿佛斗大的冰雹急速地敲打在屋顶上。他所经之处，周围的树木通通被他卷起的狂风刮倒

《“土衣”卡尔》第五章

“这里还有个胖子。”库伦说，同时将一个身体庞大笨重的芬尼安勇士像个轮子似的滚了进来

《凯石朗的魔法洞穴》第四章

站在洞外，它们心中既狂怒，又惊惧，

因为它们能够嗅到主人的气味，也能感知到他们正处于危险之中

《凯石朗的魔法洞穴》第五章

全世界的海浪仿佛都汇聚在一起，形成一股巨大的绿色洪流

《“雪肤”贝库玛》第十章

不知不觉间他已来到了一个分汊的溪谷，四周全都是吐着毒液的巨型蟾蜍

《“雪肤”贝库玛》第十章

整个宴会厅一团混乱

《艾伦平原上的小纷争》第二章

这磨坊老太婆长得骨瘦如柴，好似一枝撑船的篙子，还生着两只奇形怪状的脚

《蒙根的狂暴》第十九章

未读 | 文艺家 × 译言古登堡计划 Yeeyan Gutenberg Project

詹姆斯·斯蒂芬斯（*James Stephens*，*1882—1950*）

爱尔兰诗人、小说家，是爱尔兰文艺复兴运动的积极参与者，代表作有《金坛子》《玛丽玛丽》《迪尔德丽》《半神》等，其中《玛丽玛丽》由徐志摩和民国才女沈性仁合译引入国内。徐志摩对詹姆斯的作品甚为推崇，他曾评价说：“运用文字本身并不是什么了不得的伎俩，但要运用文字到一种不可错误的表现的境界，这戏法才变得巧妙。斯蒂芬斯有这本领。”詹姆斯·斯蒂芬斯对爱尔兰神话的造诣颇深，曾再创作过多部爱尔兰神话传说，他的改写风格独树一帜，幽默中带有讽刺意味，文字平实优美，描述生动简洁，本书即是其神话新编中的代表作。

阿瑟·雷克汉姆（*Arthur Rackham*，*1867–1939*）

英国著名插画艺术家，英国插画黄金时代的领军人物。他自幼便展现出超常的艺术天分，凭借为1907年《爱丽丝漫游仙境》再版所绘制的插图一举成名，于1906年米兰世博会和1912年巴塞罗那世博会上两次获得金奖。代表作品包括《仲夏夜之梦》《尼布龙根的指环》《柳林风声》等，其作品充满丰富的想象，风格神秘奇幻，因此他也被称为“艺术的魔法师”。1939年阿瑟·雷克汉姆去世时，《泰晤士报》在讣告中写道：“雷克汉姆是这个时代最杰出的插画家之一。魔师虽已去，魔幻却尚存。”

一个预言而一路西行，从东方出发取道西班牙，最终到达爱尔兰。他们与丹奴族激战一场，最终立下契约，将爱尔兰一分为二，地上部分归米尔之子，地下归丹奴族。爱尔兰常见的小丘陵（也就是文中的“希德”或者“异界”）被认为是两个世界的门户。萨温节前夜（即万圣节前夜），两个世界的界限会变得模糊，很多爱尔兰传奇就在这个时候发生。用这个故事作为开篇，不但为读者提供了一定的背景知识、为下面更加具体的故事做了铺垫，也能勾起人们的好奇心和继续往下读的欲望。

芬尼安故事群讲述了芬恩和他麾下的费奥纳勇士团的冒险故事。斯蒂芬斯从芬恩的出生讲起，又慢慢讲述到每个费奥纳勇士的经历，颇有亚瑟王和圆桌骑士的风范。不过同亚瑟王的传奇不同，斯蒂芬斯并没有选择那些惊心动魄的冒险故事。尽管芬恩和他的勇士们是实至名归的英雄，尽管斯蒂芬斯的故事中也不乏与黑暗魔法或怪物的激斗，斯蒂芬斯却选择了能够展现勇士们平常人一面的章节。《艾伦平原上的小纷争》《凯石朗的魔法洞穴》和《“土衣”卡尔》用惟妙惟肖的语言生动地描写了费奥纳勇士们的小脾气，以及他们的偏见和所犯的错误，仿佛斯蒂芬斯是在告诉我们，神话中的英雄亦是凡人，有着每个人都有的情绪和缺陷；而如果将这个道理反转过来的话，那么就是凡人亦可成为英雄。

将波澜壮阔的传说以这种“接地气”的方式表现出来，不仅仅是斯蒂芬斯的写作特点，也是一条贯穿整个《爱尔兰凯尔特神话故事》始末的线索。改写神话本就是一件苦差事，因为即便是记载着这些故事的中世纪手抄本，最多也只是保留了记忆中的片段而已。没有人知道这些故事最原本的样子是什么，也没有人能够复原它们——不过也许这并没有必要，正因如此，后世作家们才有了想象的空间和发挥的余地。这些故事时常情节怪诞，让人很难找到一条能够将情节串联起来的主线，但是斯蒂芬斯找到了。在古本中描绘的世界与他的想象力之间，他找到了一条道路，而这条道路连接了过去、现代与未来，连接了希德和人类世界，连接了斯蒂芬斯的爱尔兰和我们。这条道路就是斯蒂芬斯对“人”的理解，对现实的理解。再次拿《凯瑞尔之子图安的故事》举例吧，明明是一部史诗，斯蒂芬斯却巧妙地选择了以一个旁观者的视角，将沧海桑田的变化全部浓缩在图安一个人的喜怒哀乐中，而这些喜怒哀乐恰巧是每个读者都能从中寻得共鸣的。

也正是出于这个原因，《爱尔兰凯尔特神话故事》被称为斯蒂芬斯最耐人寻味的作品，尽管在其出版的年代，这本书并不畅销。爱尔兰文艺复兴的领导者之一帕德里克·科拉姆（Padraic Colum）曾这样评价斯蒂芬斯的神话世界：“这个与我们日常生活相对的世界也不乏困境和成功，不乏爱与饥饿。它与我们的世界一模一样，唯一不同的是它没有压力，没有那来自时间的压力……”这句话也适用于斯蒂芬斯的所有作品；它们最终跨越了时代，打破了时间的界限。

总而言之，斯蒂芬斯的神话世界既有着那个都柏林贫苦孩子眼中的真实和艰辛，也带着他对一个无忧无虑的世界的幻想和憧憬。斯蒂芬斯想要描绘的世界并不是镜子里的，因为镜中的世界与现实完全相反；他想要的是通过透镜看到的世界，虽然严格意义上来说那个世界还是同一个，但经过透镜的过滤后又变得不同。对《爱尔兰凯尔特神话故事》来说，这“两个”世界最大的不同是时间流逝的速度，而这同时又是在故事中反复出现的主题。它既是希德与人类世界的差异，又是斯蒂芬斯笔下世界和现实世界的差异。可是谁又说得清什么才是现实，什么才是幻想呢？现实是不可定义的——斯蒂芬斯说——因为我们身在其中。其实诗歌即现实，幻想也是现实。它们甚至比现实还要真实。

苏旻婕

2017 年 6 月，于牛津

凯瑞尔之子图安的故事

THE STORY OF TUAN MAC CAIRILL

别瞧不起时间这个尖刻小人，甚至到了不屑于向其表露鄙视之意的地步。时间的镰刀划过来，他要么一跃而过，要么俯身躲开。时间唯一一次露出笑容，是因为它遇到了“红脖子”穆雷代克之孙、凯瑞尔之子——图安。

第二章

竟敢将福音书[9]连同他本人一并拒之门外！芬尼安简直无法忍受。他继续采取平和而强有力的措施，意欲攻破那座堡垒。他不吃不喝，一门心思对付那位先生。最终，对方被他的极端举措逼得没法子，只得放他进去。让一位陌生人纯粹因饥饿而倒毙在自家门口，对热情好客的人来说总归于心不忍。不过，那位先生也是经过万般挣扎才屈服的：他以为等到芬尼安饿得受不了的时候，就会放弃围困，自动离开，前往某个可能找到食物的地方；然而他对芬尼安知之甚少。这位伟大的修道院院长紧挨着房门外坐定，静下心来，准备承担一切由自己的举动而引发的后果。他垂头注视着自己双脚之间的地面，陷入了冥想。除非对方让他进门，否则他会一直冥想到生命结束的那一刻。

第一天就这样静悄悄地过去了。

那位先生频频差遣仆人暗中查探，那个背弃旧神的家伙是否依然守在他家门口。仆人每次复命时都说对方还在。

“天亮了他就会离开的。”主人满怀希望地说。

然而次日，“攻城战”还在继续。从早到晚，仆人们多次奉命透过探视孔“观察敌情”。

“去，”主人吩咐道，“给我察看一下，那个信奉新神的家伙走了没有。”

可仆人们每次带回来的消息都一样。

“那个新德鲁伊教徒[10]还没走。”他们说。

几天下来，没有一个人能走出他们的堡垒。这种被人强行与外界隔离的遭遇也影响到了仆人的情绪，再加上什么活儿也干不成，他们便三五成群，聚在一块儿窃窃私语，争论不休。然后这伙人又三三两两透过探视孔窥探门口那个人的状况。只见对方颇有耐心地坐在那里，纹丝不动，完全沉浸于自己的冥想之中，心无旁骛，忘了时间，也忘了周围的一切。仆人们被这幅景象吓坏了，甚至有女佣发出了一两声歇斯底里的尖叫，旋即被同伴捂住嘴巴拖走，以免喊叫声玷污了主人的耳朵。

“他也有自己的烦心事，”众人说，“眼下进行的是一场新旧神灵之间的较量。”

女仆的情况不必多言，可男仆也同样感到颇不自在。他们踱来踱去，拖着沉重的步伐从探视孔跟前踱到厨房，又从厨房踱到设有塔楼的屋顶。大家从屋顶俯视着下面那道一动不动的人影，议论纷纷，从人的虔诚坚定，到自家主人的品格，甚至想到了新神是否可能与旧神拥有同等的法力。说着说着，大家又变得灰心丧气、没精打采起来。

“咱们能不能——”一名生性急躁的守卫开了口，“能不能朝那个顽固的陌生人投支长矛，或者扔块带棱角的石子！”

“什么话！”他的主人愤怒地质问，“朝一个赤手空拳的陌生人投掷长矛？而且还是从我这栋房子里？！”

他赏了这位没教养的仆人一记响亮的耳光。

“你们谁都不用急，”他说，“因为饥饿就像一条鞭子，它会在夜里将那个陌生人赶跑。”

为你列举了两个不同的宗谱。”

“的确是不同的宗谱，”图安陷入了沉思，“可它们都是我的宗谱。”

“我不明白。”芬尼安坦承道。

“现在人们叫我凯瑞尔之子图安，”图安回答说，“可是在过去，人们都叫我斯塔恩之子图安、赛拉之孙图安。”

“你祖父是帕苏隆的兄弟。”圣徒倒吸了一口凉气。

“这就是我的宗谱。”图安语气肯定。

“可是，”芬尼安疑惑地提出了反驳，“灭世洪水[14]之后没多久，帕苏隆就来到了爱尔兰。”

“我就是跟他一块儿来的。”

尽管图安的语气很温和，但我们的圣徒在慌乱之中还是连人带椅向后一缩。他坐在那里，双眼紧盯着这位主人；与此同时，他血管里的血液渐渐变冷，头皮开始发麻，头发也缓缓竖了起来。

第四章

不过，芬尼安可不会乱了阵脚。他思考着上帝的力量，直到他本人和那股力量合二为一，然后平静了下来。

他热爱上帝，也深爱着爱尔兰。对于能在这两个伟大主题上给予他教诲的人，他会全神贯注，努力与对方心灵相通。

“你告诉我的是一件奇闻，亲爱的，”他终于开了口，“现在，请你无论如何再多告诉我一些。”

“要我说什么？”图安无可奈何地问道。

“告诉我爱尔兰历史的起源，还有诺亚之孙帕苏隆的举止风度。”

“他的事我已经忘得差不多了，”图安说，“只依稀记得他有着浓密的胡须、宽厚的双肩。他举止温柔，待人和蔼。”

“请说下去，亲爱的。”芬尼安鼓励道。

“他乘船来到爱尔兰，同行的还有二十四对男女。可是在那以前，从来都没有人到过爱尔兰，在世界的西部既没有人类居住，也无人迁徙至此。当我们从海上靠近爱尔兰时，这个国度看起来就如同一片没有尽头的森林。放眼望去，四面八方都是树木，鸟儿从林中飞起，不停地歌唱，还有温暖而迷人的阳光普照着大地。我们的双眼看厌了海水，双耳也被海风折磨得够呛，这一幕使我们感到自己仿佛正驶入天堂。

“登陆后，我们便听到了隆隆的水声——一条河流从漆黑的森林中幽幽穿过。追随着流水，我们寻到一处林间空地，在阳光的照耀下，那里的地面被烤得暖烘烘的。帕苏隆和他的二十四对同伴便就地安置下来，他们建立了一座城邦，想方设法谋生。

“爱尔兰的河流中有游鱼，树丛内有走兽。平原上和森林里栖息着各种野生动物，它们生性腼腆，形貌奇特。但人类可以轻易看穿它们的心思，并且从中安然穿行。我们在安稳舒适的环境中生活了很久，看着那些新生的动物长大——有熊、有狼、有獾、有鹿，还有野猪。

“帕苏隆的族人不断增多，由二十四对同伴发展成五千百姓，他们相亲相爱，日子过得心满意足，尽管他们尚无智慧可言。”

“没有智慧？！”芬尼安再次愕然了。

“他们根本不需要智慧。”图安说道。

“难怪我听说上帝最早的子民都很愚笨，”芬尼安想了想，“接着讲你的故事，亲爱的。”

“后来，在某个子夜，天将亮之际，有种疾病像狂风般骤然而至。

与冬日里忍饥挨饿的乌鸦毫无二致。我的手指和脚趾上还长出了又大又弯、形似兽爪的东西。这一切使我看上去既不像凡间的动物，也不像天上的神兽，跟人们所知的任何事物都毫不沾边。于是，我坐在池塘边，为自己的孤独、野蛮及无法抗拒的衰老而哭泣。一些野兽循声而来，它们有的躲在树后倾听，有的藏身于静谧的灌木丛中，蜷起身子注视着我。而我，除了在天地间痛哭悲叹之外，什么都做不了。

“一场暴风雨袭来，当我再次从高崖上眺望时，只见那庞大的舰队正来回颠簸着，仿佛置身于一个巨人的手心。那些船不时被抛向天空，在半空中摇摇晃晃，像被风吹散的树叶般疯狂旋转。接着，它们又从令人头晕目眩的浪尖上一头栽下，落进了海水低吟不止的灰暗旋涡当中。那是个幽暗漆黑的可怕地方，船身在重重波浪的包围下不停地打着旋儿，转来转去。偶尔有海浪咆哮着蹿到船身下方，先是突然发力，把它撞向半空；接着追上前去，一面怒吼一面连番进攻；最后还不罢休，依旧穷追不舍，仿佛一匹追赶猎物的狼。它不断捶打着船身，欲将其打入宽广浩瀚的海底，还试图通过一条黑暗的裂缝，把船上那些可怜的生灵吸出来。一个浪头扑上了一艘三桅帆船，只一推便将它摁入水中，那冷酷无情的架势仿佛整个天空都因它而崩陷。而那条船则不断下沉，直到船身四分五裂，没入了海底的沙砾方才止住。

“随着夜晚降临，无数层黑幕自咆哮的天空中笼罩下来。那些昼伏夜出的动物纷纷瞪圆了眼睛，可是谁也休想看透这层层叠叠的幽暗阴郁，谁也不敢动弹一下或直起身子。因为狂风在雷电的轰鸣声中迈着大步满世界横行，手里还挥舞着长达一里格[16]的鞭子。它自顾自地唱着歌，一会儿是响彻天地的呼呼嚎叫，一会儿是让人听得头昏脑涨的嗡嗡杂音，一会儿又是拖着长长尾声的怒吼和低嗥。暴风就这样行遍寰宇，寻找着供其杀戮的生命。

“除了这些，在那时而悲啼、时而尖叫的漆黑海水里，还不时传来一个声音。那声音很细、很长，仿佛来自数百万英里之外，但又清晰可闻，仿若耳边的窃窃私语。我知道，那是一位溺水的人正一面扑打着海水，一面呼喊着上帝。一个浪头打来，他的声音消失了。一个嘴唇发青的女子呼唤着自己的丈夫，她的头发在前额飘动，身体像陀螺似的四处打转。

“我周围的树木也被拽离了地面，发出垂死的呻吟声。它们蹿至半空，像鸟儿一样飞走了。滔天巨浪伴着‘嗖嗖’的声响，从海面上翻涌而起。浪头打着旋儿，自峭壁上横扫而过，然后携着大片大片的泡沫狠狠地撞向地面。翻滚的岩石蹭过树身，发出刺耳的摩擦声。后来，在那风浪肆虐的环境下、在那遮天蔽日的恐怖中，我沉沉入睡，要不然就是被什么东西打晕了。”

第六章

“然后，我便做起梦来。在梦里，我眼看着自己变成了一只牡鹿，并感觉到体内有一颗崭新的心脏在跳动。而且，我一边做梦，一边还拱起脖子，绷紧了自己强壮的四肢。

“我从睡梦中醒来，却发现梦境变成了现实。

“我脚踏岩石伫立了片刻，毛发竖立的脑袋高高昂起，粗大的鼻孔呼吸着世上的各种气息。此时的我已经奇迹般地由老态龙钟变得强劲有力。我摆脱了年龄的束缚，恢复了青春。我嗅到了草皮的味道，那是我第一次知道它有多么甜美芬芳。我飞快地用鼻子闻来闻去，把所有东西的味道都记在心里，并将其分门别类，转化为我的知识。

去。’此话一出，那群狼便迫不及待地发出了欣喜若狂、如饥似渴的嚎叫。

“然后我就睡着了。在梦里，我眼看着自己变成了一头野猪，感觉到体内有一颗全新的心脏在跳动。而且，我还一边做梦，一边伸展着有力的脖颈，绷紧不安分的四肢。我从睡梦中醒来，发现梦境变成了现实。

“夜色褪去，黑暗渐消，白昼来临。群狼在洞外向我喊叫：‘出来呀！哦，瘦骨伶仃的牡鹿，出来受死吧！’

“而我，则满心欢喜地从洞口亮出一撮黑色的鬃毛。那些狼一看见我那翕动的鼻子、带钩的獠牙，还有闪着凶光的红色眼睛，便嚎叫着落荒而逃。它们被吓得失去了理智，互相绊倒在地。我紧随其后，仿佛一只高高跃起的野猫、一名孔武有力的巨人、一个穷凶极恶的魔鬼。我的生命充满着活力、冷酷、疯狂和快乐，我是一名杀手、一个战士、一头不可战胜的野猪。

“我让全爱尔兰的野猪都臣服在了自己脚下。

“在自己人当中，无论我望向何处，眼里看到的都是同族的爱戴与恭顺；在陌生族群当中，无论我现身哪里，对方无不抱头鼠窜。那个时候，狼群已对我充满畏惧，唯有一头讨厌的大熊挥舞着笨重的爪子扑了过来。我在全体子民的面前对他发起了反攻，揍得他满地打滚。但是，杀掉一头熊毕竟不易，那身散发着恶臭的皮毛把他保护得严严实实。他爬起来就跑，却又被我撞倒在地；他再跑，却慌不择路地撞上了树和石头。这个大家伙像婴孩似的呜咽着逃跑，连一只爪子也不敢亮、一颗牙齿也不敢露。只要他一站住，我就用鼻子抵住他的嘴巴，我咆哮时喷出的气都直钻进了他的鼻孔。

“我向一切能够活动的生物发出挑战。所有的生物，除了一种。人类再次造访了爱尔兰。这回来的是斯塔瑞尔荷的儿子塞米奥及其族人，多姆楠人、博尔格人和盖留茵人都是他们的后裔。[17]我不仅不去追逐这群人，反而在他们追我时，撒腿就跑。

“往事占据着我的心田，在回忆的驱使下，我常常会去他们居住的地方，看着他们在田间穿梭往来。我满腹辛酸地告诉自己：

“当帕苏隆的族人聚在一起议事时，他们曾聆听我的言语，而且听闻之人都会感到亲切悦耳，因为我所说的都是至理名言。女人望向我的眼神明媚灿烂，充满柔情。他们喜爱聆听这个人的歌声。然而眼下，此人正和一群长着獠牙的野兽在森林里游荡。”

第八章

“衰老再次攫住了我。疲惫悄无声息地涌入我的四肢，痛苦慢慢悠悠地爬进我的内心。我又回到阿尔斯特的山洞里做起梦来。结果，我变成了一只鹰。

“我离开了地面。弥漫着自由芬芳的天空才是我的王国，我用明亮的双眼从上百英里的高空注视着下方。我时而高飞，时而俯冲，时而纹丝不动地停留在深渊上方。我过得愉快，睡得安稳，生活充满甜蜜。

“在此期间，先知亚邦奈尔[18]的儿子贝奥沙克[19]率领其同伴来到了爱尔兰。他的手下和塞米奥的后人之间爆发了一场声势浩大的战争。我久久地停驻在战场上空，目睹了每支疾掠而过的长矛、每把闪着寒光上下飞舞的宝剑、每颗自投石索中‘嗖嗖’射出的石块，还有那些盾牌发出的闪光，一眼望不到尽头。最后，我见证了亚邦奈尔一方的胜利。后来，他的子民发展成为丹奴族[20]，尽管他们的祖先已经被人们所遗忘。由于他们聪明绝顶、智冠群伦，有识之士便说他们

尽了病痛的折磨，疲劳和困倦袭遍了我全身的纤维和肌肉。浪涛不停地把我向后推，温柔的海水仿佛也变得冷酷起来。我拼尽全力从大海深处游向阿尔斯特，一路上如同在一块岩石中穿行。

“真把我累坏了！我的身子骨像散了架似的，几乎被水冲走；我差点昏睡过去，被风浪卷跑，我在那些从陆地方向涌来的青灰色巨浪中左摇右摆、起伏颠簸，被冲向远方湛蓝的海水。

“唯有鲑鱼那颗永不屈服的心能够支撑我抵达跋涉之途的尽头。我近乎麻木地做出了最后一搏，接着，听到了爱尔兰的河流奔腾着涌向大海的声音。对爱尔兰的热爱使我振作起来，诸位河神脚踏着雪白而卷曲的浪花向我走来。就这样，历尽漫长的坎坷，我终于离开了大海。我找了块裂了缝的岩石，躺进凹陷处的甘甜河水中，筋疲力尽，奄奄一息，心里却得意扬扬。”

第十章

“快乐和活力重新回到了我身上。现在，我要去探查通往内陆的每一条路径，游遍爱尔兰的每片大湖和每条水流湍急的褐色河流。

“我有时候躺在水下一英寸的地方享受着日光的沐浴，有时候则躲在阴凉的岩礁下面，观赏某些小家伙像闪电一般蹿向泛起涟漪的水面，多么惬意！我看着蜻蜓疾闪、飞掠、转向，那种姿态和速度是任何其他长有翅翼的生物都无法企及的。我望见鹰隼来回盘旋，看准目标，向下俯冲，它下落的姿态如同一块陨石，但是它休想捉住鲑鱼中的王者。我还看到双眼闪着寒光的猫从紧贴水面的树枝上伸出爪子，渴望捉住水中的动物，然后把它们拎上岸去。然后，我看到了人。

“那些人也看见了我。他们走上前来探究我，找寻我。我像一道银光似的跳上悬瀑，那些人却已经在上面埋伏以待。他们向我张开渔网，在树叶下布置陷阱，还搓出了跟河水、杂草颜色相近的绳索，可是我这条鲑鱼却有本事靠鼻子来分辨杂草和绳子的区别。他们用肉眼难辨的绳子绑上肉，再让它顺水漂流，但是我知道肉里面有钩子；他们又用鱼叉来戳我、用长矛来刺我，然后用绳子把矛收回去。人类在我身上留下许多伤口，最后它们都变成了令我心碎的疤痕。

“所有的动物都在追捕我，水禽从河里下手，走兽则沿着岸边行动。皮毛黝黑的水獭一面咆哮，一面像阵狂风似的朝我碾来，它在贪欲的驱使下追得我一通乱窜。野猫想把我捞上岸，鹰隼和那些翅如峭壁、喙似矛尖的飞鸟会潜入水中捕食我，人类则张开了跟河道一样宽的渔网，悄悄地向我接近，这一切害得我根本没时间休息。我的生命被无休无止的疾行、创伤和逃亡所占据，保持警惕成了负担和痛苦。后来，我还是被人捉住了。”

第十一章

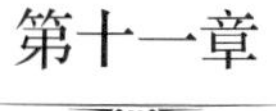

“阿尔斯特国王凯瑞尔的渔夫用渔网罩住了我。啊，那家伙看到我之后乐坏了！他一发现自己的网中有一条硕大的鲑鱼，就立刻欢呼起来。

“当他开始小心翼翼地拖动渔网时，我还在水里；当他把我扯向岸边时，我也还在水里。可我的鼻孔刚一暴露在空气中，便立刻难受

得如遇火炙。我在渔网底部拼命挣扎，想钻向水底。我想坚守这片水域。我爱它，一想到自己将被迫离开这个可爱的地方，便恐惧得近乎发狂。可渔网还是收了起来，我被拎上了岸。

“‘安静些，河流的主宰，’那渔夫说，‘认命吧。’

“悬在半空的我仿佛置身火海，空气像火焰山似的压迫着我。它烧灼着我的鳞片，把它们烤焦了；它灌进我的喉咙，烫伤了我的脏器；它施与我重压，挤压着我的身躯，我的双眼几乎要从头颅中迸射而出，我的头颅仿佛要跟身躯分离开来，而我的身躯则膨胀得近乎爆炸，崩裂成上千块碎片。

“强光使我头晕目眩，炙热使我备受折磨，干燥的空气则让我皮皱鳞焦，喘不过气。想象一下，一条硕大的鲑鱼躺在草地上，再次拼命地将鼻子转向河水。他不停地跳啊、跳啊，尽管空气像座大山似的压迫着他的身体。他可以向上跳，却休想前进半寸。尽管如此，他依然未曾停止跳跃，因为每一次跳起都能让他看见粼粼的波光，还有那荡着涟漪、翻着浪花的河水。

“‘哦，河流中的王者啊，放松一点儿，’渔夫又说，‘消停些，亲爱的。别再惦记着河水，还有那铺着软泥的河沿、积满沙子的河床，都一并忘了吧！连同那些在河底的绿荫、暗影中跳舞的幽灵，还有沿着河床一路高歌的褐色洪流。’

“在把我运往王宫的路上，他唱了三首歌，第一首是关于河流的，第二首是关于命运的，还有一首则是歌颂水域之王的。

“国王的妻子一眼便相中了我。于是，我被架在火堆上烤熟，成了她的腹中餐。一段时间过后，她又将我生了下来。就这样，我成了她和国王凯瑞尔的儿子。我的记忆中有温暖、有黑暗、有移动，还有无人察觉的声响。从置身烤架到呱呱坠地，我对发生过的一切都记得一清二楚，任何事也不曾遗忘。”

“现在，”芬尼安说，“你又要获得重生了，因为我将施洗于你，将你引往永生之神的家族。”

这就是凯瑞尔之子图安的故事。

没有人知道图安的结局，也许他在芬尼安担任莫维尔修道院院长的那个古老年代就已经去世，也许他依然固守着阿尔斯特的那座堡垒，观察着世间万物，并为了上帝的荣耀和爱尔兰的光荣将它们一一铭记。

---

[1] 应指莫维拉修道院（Movilla Abbey），位于北爱尔兰邓恩郡纽敦纳兹市。据说它曾是阿尔斯特省（Ulster）最重要的修道院之一，由圣徒芬尼安建造于 540 年。此处或系

作者将莫维拉（Movilla）与多尼戈尔郡的莫维尔（Moville）混淆。（除有特殊说明，本书中所有注释均为译注。）

[2] 莫维拉的芬尼安（Finnian of Movilla，495—589），爱尔兰基督教传教士，后成为中世纪爱尔兰民间故事中的人物。勿与克洛纳德的芬尼安（Finnian of Clonard，470—549）混淆。

[3] 多尼戈尔（Donegal），位于爱尔兰阿尔斯特省多尼戈尔郡的城镇。

[4] 根据后文内容，这里的神灵应指凯尔特神话中的丹奴族（Tuatha Dé Danann）——“丹奴（Danu）女神的人民”。根据《爱尔兰入侵记》（*Lebor Gabála Érenn*）记载，爱尔兰共经历过六个“种族”的侵占：诺亚的孙女凯赛尔（Cessair）及其追随者、同为诺亚后代的帕苏隆（Partholón）及其追随者、来自斯基泰（Scythia）的奈姆德（Nemed）及其追随者、博尔格族（Fir Bolg）、丹奴族（Tuatha Dé Danann）和“米尔之子”（Milesians）；其中丹奴族相当于爱尔兰的“神族”，而“米尔之子”即为人类。当“米尔之子”登陆爱尔兰时，他们击败丹奴族并与之约定，将爱尔兰分为地上和地下两个部分，人类居于地上，丹奴族则居于地下。

[5] 圣徒节（Saint's day），即某个特定基督教圣徒的逝世纪念日。

[6] 礼拜日（Sunday），相传耶稣复活的那天为星期日，因此部分基督徒将星期日视为敬神和休息的日子。

[7] 即凯瑞尔之子图安（Tuan mac Cairill），爱尔兰神话故事中的一位隐士，他带着前世化身的记忆回到灭世洪水（the Flood）降临之前的时代，成了帕苏隆（传说中爱尔兰第二批居民的领导者）的追随者。后来，一场瘟疫（一说灭世洪水）使他的族人全部殒命，只有他一人幸免于难。接着，他先后变化成几种动物，最终来到了基督教盛行的年代，并把自己的经历讲给圣徒芬尼安听。

[8] 相传帕苏隆率领其手下来到爱尔兰之后，便把爱尔兰划分为五个地区，即北部的阿尔斯特、西部的康诺特（Connacht）、东部的伦斯特（Leinster）、南部的芒斯特（Munster）以及中部的米斯（Meath）。下文中图安自称伦斯特人，即指东部的伦斯特。

[9] 福音书（Gospel），在《圣经》中原意为“（天国来的）好消息”，是以记述耶稣生平与复活事迹为主的文件、书信与书籍。在基督教中，广义的福音书通常指《圣经·新约》中的内容；狭义上则是专指四福音书：《马太福音》《马可福音》《路加福音》和《约翰福音》。

[10] 德鲁伊教（Druidism）是西方世界最古老的信仰之一，信徒崇拜大自然，并把橡树视作至高神祇的象征，把寄生在橡树上的槲寄生看作一种万灵丹，认为其具有神圣的疗效。在凯尔特神话中，德鲁伊教徒（druid）具有与众神对话的超能力。他们不仅是僧侣，还扮演着医生、教师、先知与法官等角色。罗马时代以后，由于基督教的控制，人们逐渐淡忘了德鲁伊教，直到1717年，德鲁伊教才被重建。近代的新德鲁伊教组织大多以该教为载体，传达一些更现代的观念，例如信仰自由、人与自然的和谐相处等。但是这里的“新德鲁伊教徒”指的却是信奉基督教的芬尼安；德鲁伊教徒以忠诚著称，其信仰很难根除，所以图安的仆人便以德鲁伊教徒作比喻，讽刺固执的芬尼安。

[11] 玛盖恩（Mugain），塔拉国王塞贝尔之子迪亚梅特（Diarmait mac Cerbaill）的妻子。

两人婚后无子，芬尼安便拿来圣水给玛盖恩服下。玛盖恩先后诞下一只小羊和一条鲑鱼，最后生下了埃迪 · 斯莱恩（Áed Sláine）——爱尔兰早期历史中富有传奇色彩的国王之一。

[12] 科尔姆 · 西尔（Colm Cillé，521—597），爱尔兰传教士，修道院院长，圣徒芬尼安最出名的弟子。据说科尔姆曾偷偷在芬尼安的缮写室中抄下一段诗篇，并想要保留它，但是芬尼安认为他没权力这样做，双方便吵了起来，这场争执最终导致科尔姆被流放到爱奥那岛。

[13] 根据 9 世纪的南尼厄斯（Nennius）编纂的《历史上的不列颠》（*Historia Brittonum*），帕苏隆率领追随者来到爱尔兰定居繁衍，直到人口增加至四千，却在一周之内全部死于瘟疫。这是现存资料中，关于帕苏隆定居爱尔兰的最早记录；而根据 11 世纪的诗歌散文集《爱尔兰入侵记》（*Lebor Gabála Érenn*）记载，帕苏隆是诺亚之孙玛各（Magog）的后代，他从中东地区出发，途经安纳托利亚、希腊、西西里岛等地，最终于灭世洪水结束 300 年（一说 312 年）之后抵达爱尔兰。

[14] 灭世洪水，据《圣经·创世纪》第六至第七章记载，上帝见人类道德败坏、无恶不作，便降下灭世洪水，意在毁灭自己创造的一切活物，只留下方舟中的诺亚一家和少量动物。

[15] 奈姆德（Nemed，现在写作 Neimheadh 或 Neimhidh），《爱尔兰入侵记》中的爱尔兰神话人物，诺亚之孙玛各的后裔，是第三批定居爱尔兰之人的领导者。帕苏隆一族灭绝三十年之后，奈姆德及其四个儿子率领一支由三十四艘船组成的舰队从里海出发，历时一年半，最终于公元前 2350 年（一说公元前 1731 年）抵达爱尔兰。

[16] 里格（league），旧时长度单位，原指一人在一小时之内所走的路程。曾在欧洲及拉丁美洲被人们长期普遍使用。在英语国家，一里格通常指三英里或三海里。

[17] 据《爱尔兰入侵记》记载，奈姆德带人占领爱尔兰之后，曾遭到福摩雷人（Fomorians）的攻打，战争以奈姆德一方的胜利结束。但是奈姆德死后，他的族人被福摩雷人的首领默克（Morc）和科南德（Conand）所俘虏，他们发动起义并打败了科南德，却在一场海战中与默克两败俱伤。后来，一场洪水席卷了爱尔兰，奈姆德的族人大多罹难，只有少数人生还，并分散到世界各地。其中一部分人来到希腊，并为当地人所奴役。他们在奈姆德去世二百三十年之后逃回了爱尔兰，并分裂为三个民族，即多姆楠人（Fir Domnann）、博尔格人和盖留茵人（Fir Gálioin）。Fir 在古爱尔兰语中意为“男人”。

[18] 先知亚邦奈尔（Iarbonel the Prophet），奈姆德之子。奈姆德一族战败后，他和两个兄弟逃出生天，并成了丹奴族的祖先。

[19] 贝奥沙克（Beothach），亚邦奈尔之子。奈姆德一族被赶出爱尔兰之后，他带领一批人逃到了希腊北部的岛屿。后来，他们的子孙回到爱尔兰，成为丹奴族。

[20] 根据《爱尔兰入侵记》记载，丹奴族从博尔格族手中夺走了爱尔兰，成为第五批入侵该岛的人。根据传说，丹奴一族拥有超群的智慧，并熟知魔法，他们相当于爱尔兰神话中的神族，却与传统神话意义上的神灵不同。他们可以长生不死，但战争和疾病却能夺走他们的生命，因此他们通常被描述为“既神非神”（dé ocus andé），其中 dé 在古爱尔兰语中意为“神”，而 andé 意为“非神”。

[21] 异界（Faery），即凯尔特神话中所谓的“另一个世界”（the other world）。在凯尔特神话中，有时“异界”指的就是位于地下的“希德”（Sídhe）——当丹奴族被第六批入侵者“米尔之子”击败后，便退居到地下；有时“异界”也被描绘成一座岛屿，类似亚瑟王传说中的阿瓦隆（Avalon）。但从严格意义上讲，该地既非仙境也非冥界，它与人类世界并存，根据不同的文献，其性质也不同：比如在8世纪爱尔兰叙事诗《布兰的远航》（*Immram Brain*）中，它是海外仙岛；而在中世纪英语叙事诗《奥菲欧爵士》（*Sir Orfeo*）中，它是外表光鲜、实际黑暗的城池。“异界”与人类世界的界限并不绝对，而人类英雄进入“异界”完成一系列冒险也是中世纪爱尔兰文学的主要题材之一。

[22] 米尔（Míl Espáine，意为“伊比利亚的士兵”），爱尔兰神话中最后一批定居该岛之人的祖先。米尔原本在塞西亚和埃及做士兵，他从预言中得知自己的后代将统治爱尔兰之后，便动身前往该岛，中途死于伊比利亚半岛。后来，他的八个儿子带人（即sons of Míl或Milesians）登陆爱尔兰，并击败了丹奴族。双方划分领地时，米尔一方的诗人阿莫金（Amergin）提出地面以上的部分尽归米尔之子，地下的部分才属于丹奴族，于是丹奴全族进入了“希德”（意为“山丘”），从那之后他们也被称为“居住在希德之人”（Síth，即“希族人”）。

芬恩的童年

THE BOYHOOD OF FIONN

他是国王，是先知，是诗人。他是一位足智多谋、满腹雄韬伟略的君主。他是我们的智囊、魔法师、预言家。他的言行举止皆使人如沐春风。无论你们觉得我对芬恩的评述有多么夸张，甚至认定我的赞颂言过其实，都无所谓，因为——耶稣在上——他的造诣比我所描述的还要高深三倍。

——圣帕特里克[1]

第一章

芬恩[2]的启蒙老师都是女性。这一点儿也不奇怪，因为小狗都是从母亲那里学会搏斗的，而当男人屡屡谎称自己有更实用的东西要学时，女人反而明白格斗才是他们必不可少的本领。芬恩的老师是两位德鲁伊女教徒——玻德茉尔[3]和丽雅丝·露其拉[4]。

人们不免好奇：芬恩自己的母亲呢？她为什么没在孩子的身心尚处于最蒙昧、最原始的状态时亲自施教？因为她没办法。对莫纳部族[5]的畏惧使她不敢把孩子留在身边。为了把她的丈夫库尔[6]从爱尔兰费奥纳勇士团[7]首领的宝座上撵走，莫纳的儿子们老早就开始明争暗斗、图谋不轨了。最后，他们杀死库尔，奸计得逞。面对库尔这样的人，谋杀是除掉他的唯一办法。然而这实施起来并不容易，因为如果说这世上有哪种战斗技法连芬恩的父亲都不曾通晓，那莫纳就更无从得知了。但是，懂得等待的猎犬最后一定能抓到野兔，就连海神马纳南[8]也有放松警惕的时候。

芬恩的母亲莫瑞恩[9]是一个长发美女，人们提到她的时候总是这样说。她的母亲是埃斯琳，父亲是泰格，祖父则是来自异界的努阿达[10]。换句话说，她正是“长臂者”卢夫[11]的姐妹。人们或许会感到惊奇：有一位神灵——而且是这样一位神灵做兄弟，莫瑞恩怎么可能会惧怕莫纳和他的儿子，或者别的什么人呢？然而，女人的爱和恐惧都来得莫名其妙，加上这种种感情之间的密切联系，于是，呈现在我们面前的事物往往有悖于我们想当然的预期。

无论如何，库尔一死，莫瑞恩就嫁给了克里的国王。她把孩子交给玻德茉尔和丽雅丝·露其拉抚养，一同交给她们的还有母亲的千叮咛万嘱咐——这一点毋庸置疑。两人把婴儿带到布鲁姆山区[12]的森林里，秘密抚养成人。

芬恩一定深得两位女士的喜爱，因为除他之外，她们身边没有任何生命，他就是她们的命根子。她们的目光就像上天双重的赐福，久久地停驻在那可爱的小脑袋上面。孩子长着一头金发，这就是他后来被人称作芬恩（意为“金发、白皙”）的缘由，不过这段日子里他叫作丹纳。两位女士看着自己喂给芬恩的食物一点儿一点儿地转变成活力和能量，让他的小身板长得高大壮实；看着他从最初的爬行开始蹒跚学步，最后奔跑自如。他跟小鸟一起玩耍，当然森林中的其他动物肯定也都是他的伙伴。有时候，在很长一段时间里，小芬恩都只能孤零零地晒着太阳，整个世界仿佛除了阳光和天空之外别无他物；有时候，大雨一下就是好几个钟头，千万颗雨点从这片树叶滴落到那片树叶，最终滑落在地，各种生物则如幽灵般自林荫中穿过。芬恩认得一条条蜿蜒的小路，它们都是那么狭窄，窄到只容得下他自己的小脚或者山羊的蹄子。他曾好奇这些小径分别通向哪里，却诧异地发现，无论它们伸向何方，当他在枝丫交错的森林里兜了一圈又一圈、转过一弯又一弯之后，总会回到自己的房门前。于是，他以为自己的房门就是全世界的发源处和终结点——世间万物都由此而始、至此而终。

也许芬恩有很长时间都见不到那只云雀，但是他可以听到它的声音。广阔无垠的天空中，歌声从目不可及的远方传来，随着它的震颤，整个世界仿佛都安静下来，只余下这清亮甜美的吟唱。能够创造出这种天籁的世界是多么伟大！渐渐地，他熟悉了那些唧唧啾啾、咕咕呱呱的鸣叫；最后，他甚至可以辨认出这种无处不在的声音究竟来自大家庭中的哪位兄弟。还有风：随着季节和心绪的转换，风儿吹拂的声音也千变万化，每种声音芬恩都曾经聆听过。有时，一匹迷路的骏马走入他家附近的层林叠翠，并跟芬恩一样郑重其事地互相打量。或许这匹马还会突然出现在芬恩面前，死死地盯着他，双目圆睁，耳朵直竖，耸着鼻子，脸也拉得老长；最后，它转过身去一溜烟逃走，鬃毛散乱，四蹄生风，尾巴乱甩。有时，一只乌鸦缓步慢行，走进了芬恩居住的林子。它的喙上显出阴沉，目光中透着严肃，寻找着没有苍蝇的背光处。有时，说不定还会有一只迷途的羔羊轻轻地将口鼻探入层层树叶。

“小孩子，”芬恩一面同马儿互相凝视，一面琢磨着，“小孩子就不能靠摇尾巴来赶苍蝇。”这一缺憾大概会令他觉得难过。他还想到：奶牛会喷响鼻，并且在那一瞬间显得颇具名门贵族之风；而绵羊的怯懦神态则富有小家碧玉之姿。他冲寒鸦恶语相向，并试图跟画眉比赛谁的歌喉动听，最后却搞不懂为什么当自己声嘶力竭的时候，那黑不溜秋的鸟儿却依旧悠然自得。

他观察苍蝇，嗡嗡飞舞的那群像是裹着黄纱的细长小颗粒，而扑扇翅膀的那群则像是覆有薄膜的小黑点；它们翅膀粗短、体格强健，左扑右跳的时候像猫，四处叮咬的时候像狗，飞来飞去的时候又像闪电。若是这种苍蝇被哪只蜘蛛逮住，芬恩定会为那只蜘蛛的坏运气而哀悼。

芬恩身边有许多东西可供他观察、记忆、比较，还有两个守护者始终如影随形地跟着他。那群苍蝇总是瞬息万变；这只鸟儿是外来访客还是本地居民，也无人知晓；绵羊也只能是绵羊的姐妹，不可能是芬恩的；但两位女士却像这栋房子一样，扎根此地，寸步不离。

第二章

自己的看护人是和颜悦色还是一脸凶相？芬恩说不清楚。反正每次他一摔倒，她们总是一个把他扶起来，另一个帮他轻揉擦伤的地方，这个说：

“留神别摔到井里去！”

另一个则叮嘱：

“当心荨麻弄伤小膝盖。”

可芬恩还是摔到了井里，那儿给他留下的唯一深刻印象就是潮湿。至于荨麻，若它们敢碰他，他就非还手不可，用棍棒把它们打得胁肩低眉。

井里和荨麻丛中什么都没有，只有女人才会害怕它们。人们保护她们、劝导她们、安慰她们，正是因为女人总是替别人担惊受怕。

她们居然认为人不该爬树！

“下星期，”她们终于松了口，“你可以爬这一棵。”但是“下星期”却远在世界的另一头！

不过，当一棵树被他攀爬过两次之后，它便失去了让他费心劳力的价值，旁边还有一棵更粗更高的呢。还有一些树谁都爬不上去，它们一侧是大片的树荫，另一侧是无边无际的阳光。绕着它们走一圈都要花上好一会儿工夫，而且你还看不到树顶。

站在左摇右摆、上弹下跳的树枝上使人愉快；头顶的叶丛密不透风，盯着它瞧，然后钻入其中的感觉也不错。“高处不胜寒”的滋味多么神奇！他低头俯视，只见脚下的树叶正如波浪般起伏，一片湛青碧绿，而且颜色一层比一层暗，直到浓成墨绿；他抬首仰望，映入眼帘的还是树叶，只不过色调一重比一重亮，直到淡成了雪白，让人目眩神迷。上下左右到处都是层层叠叠、摇曳不止、窃窃私语的绿叶，可是当你侧耳倾听或者试图观察的时候，它们却又陷入了永恒的沉寂。

芬恩六岁那年，他的母亲——长发美人莫瑞恩来看他了。她害怕莫纳的儿子们，所以是瞒着别人偷偷前来的。她经过许多郡县，一路上专挑人烟稀少的地方走，终于抵达这座林间小屋，来到了芬恩的小床边。孩子躺在那里，握着小拳头，睡得正酣。

芬恩睁开双眼，以证明自己没有做梦。他希望无论自己的一只耳朵多么疲惫，另外一只都能捕捉到异常的声音；无论自己的一只眼睛多么困倦，另外一只都能始终睁开着。莫瑞恩把他抱在怀里亲吻，然后唱起了摇篮曲，直到这小男孩重新进入梦乡。

可以肯定的是，当天夜里，芬恩那只永远清醒的眼睛一直睁到他筋疲力尽，那只耳朵也始终倾听着摇篮曲，直到歌声微弱得实在听不见、直到那温柔双臂的摆动轻缓得再也无法感知、直到芬恩再次进入梦乡——他的小脑袋里出现了陌生的画面，另外还有一个全新的想法让他思忖再三。

他自己的母亲！他的生母！

可是当他醒来的时候，她已经走了。

她害怕莫纳的儿子们，所以又偷偷回去了。她悄悄地穿过幽暗的森林，避开有人居住的地方，只拣荒凉偏僻的路走，就这样返回克里，回到了丈夫身边。

也许真正害怕莫纳之子的人是她的新丈夫。也许她是真的爱他。

第三章

负责守护芬恩的德鲁伊女教徒都是他父亲的族人。玻德茉尔是库尔的姐妹，也就是芬恩的姑妈。只有这样的亲情纽带才可能使其对拜森家族不离不弃，因为对于过去一向只在王宫和军营中穿梭往来的她们而言，要带着一个婴儿在森林里藏身并不容易。无疑，她们始终在恐惧中度日。

她们会怎样向这个孩子描述莫纳的儿子们啊！莫纳是个性格暴烈的康诺特人，他有着宽阔的肩膀和坚定的目光。至于他的儿子们——尤其是年轻的莫纳之子高尔·摩尔[13]，也跟他一样拥有宽阔的双肩，在攻击别人时一样势如虎狼；不同的是莫纳生性凶残，高尔却总是一副笑眯眯的样子，他的朗声大笑甚至可以使人心软到连他的杀戮之罪都不予追究。高尔的兄弟莫纳之子科南[14]脾气暴躁得像一只獾，支棱棱的胡须活像一头野猪，光秃秃的头顶则像极了乌鸦。同一件事，别人碰到可能会哑口无言，但他却什么污言秽语都说得出来。他看见敞开的门就会径直走进去，见了关上的门则会破门而入，并以此为荣。他遇到老实人就出言不逊，遇到狡黠之人也要恶语伤人。还有莫纳之子加拉·达夫和凶残的亚特·奥格，这两人非但将平民百姓的生命视若草芥，甚至连自己的生死也毫不在乎。加拉肯定是个举止粗俗的家伙，要不他怎么会在族人中落下个“粗鄙者”的名声呢。莫纳的儿子还不止这几个，他们全都是些行为放肆的康诺特人，不服管束、不可理喻，就跟他们同族的举止奇特的乡野村民一样。

芬恩应该听说过不少关于这些人的故事。也许他曾拿荨麻做替代品，去演练怎样砍下高尔的脑袋；也许他还会把一只绵羊从它的藏身处揪出来，并打算日后以同样毫不留情的方式追捕“恶语者”科南。

不过，芬恩听得最多的还要数拜森之子库尔的故事。

库尔——芬恩的父亲——可以想象，两位女士在讲述其经历时该是多么心潮澎湃啊！随着一件又一件丰功伟业与光荣事迹铺陈开来，她们的叙述大概也变成了吟诵。最负盛名的军人，容貌最英俊、意志最坚定的战士，最慷慨大方的奉献者，如王者般高贵的勇士，爱尔兰费奥纳勇士团的领袖。他曾在遭遇伏击后成功脱身。他生前待人宽厚，途经之地都畅通无阻。他曾在盛怒之下直面暴风雨的侵袭，率领军队以雄鹰般的速度一路前进。强大的先锋部队势如破竹，环顾四周，到处都是奔逃的敌兵，他们不敢耽搁，却又来不及逃命。最后，大限降临，在他终于败在天数面前之后，就算把全爱尔兰的力量都加起来，也只能勉强弥补这颗巨星的陨落所造成的损失。

我们可以断言，芬恩在聆听这些奇遇的同时，必定也身临其境，和父亲共同经历了这种种冒险；英雄大步流星地向前走，儿子步步相随，这也让他感到大为振奋，心潮澎湃。

第四章

在两位女士的精心指导下，芬恩学习了跑步、跳跃和游泳。

他和其中一位女士各自手持一根带刺的鞭子，两个人围着树跑，并设法抽中对方。

你必须跑得够快，才能躲开背后的鞭子，而且孩童对鞭子的抽打更为敏感。芬恩为了甩掉那多刺的玩意儿，往往得使出吃奶的劲儿一路飞奔；可是，当轮到他去抽打对方时，他跑起来简直连命都不要！

这倒也情有可原，因为他的看护者突然变得不讲情面了。两位女士在追逐时表现出的那股蛮劲儿被芬恩误解成了憎恨，她们一逮住机会就狠狠地抽打芬恩。

芬恩学会了奔跑。没过多久，他就已经可以绕着大树飞快地跑来跑去了，活像一只疯狂的苍蝇。哦，当他意识到自己躲开了鞭子并从背后靠近持鞭者时，心里甭提有多高兴了！他铆足了劲儿，气喘吁吁地跟在追逐他的人后面，追赶着她，好让自己的鞭子能派上用场。

通过在高低不平的田野里追逐野兔，芬恩学会了跳跃。兔子往上跳，芬恩也往上跳；两个小家伙一块儿前进，连蹦带跳地横穿了整个旷野。如果兔子在芬恩紧随其后时掉转方向，芬恩也能跟着改变路线；所以，芬恩很快就不再关心兔子怎么跳了，因为他也总是能以同样的方式跟着跳跃。纵向跳、侧向跳、沿着弧线跳，反正兔子往哪儿跳，芬恩就跟着往哪儿跳。最后，他终于掌握了一种跳跃方法——一种每只兔子都愿意不惜任何代价学到的方法。

两位女士还教芬恩游泳。当芬恩准备开始上这堂课的时候，他的心不禁往下一沉。那水又冷又深。你可以望见水底的样子，它远在无数里格之外，足有百万英里之遥。那些棕色的卵石闪闪发亮，使着眼色、眨着眼睛，小男孩盯着它们，估想着隐藏其中的凶险，也许他还会瑟瑟发抖。接着，两位女士竟毫不留情地把他丢进了水里！

起初，芬恩或许并不愿意下水。他甚至可能向她们赔笑脸，说软话，畏缩不前。然后，他的一只胳膊和一条腿被人紧紧攥住，他的身子凌空荡起，飞了出去。只听“扑通”一声，芬恩掉进了冰冷刺骨的深水之中。他以为自己死定了。他噼里啪啦地扑打着、呜咽着，试图用手抓住一件东西，随便什么东西都行，结果却什么都没抓到。他疯狂地挣扎着，心中既绝望又愤怒。芬恩吐着气泡、喷着鼻息，正当他感觉身体被什么拉着不停地往下拽时，却蓦然发觉自己竟已被拖上了岸。

等到他能像水獭那样“扑通”一声跳进水里，然后像滑溜溜的鳗鱼一样在水中畅游自如时，芬恩也就学会了游泳。

芬恩还曾经奋力追赶鱼群，就像他在崎岖不平的旷野中追逐野兔一样。可是鱼的行动往往突如其来，难以预料。也许鱼不会跳跃，但是它可以在眨眼间窜到别处，再一眨眼就又倏然不见了。上浮、下沉、左拐右绕、头尾相接，对鱼来讲都是一回事儿。它可以说游走就游走，还可以沿着某个方向蜿蜒前进，再从另一个方向消失。你以为它理应在你的身下，它却偏偏出现在你的头顶；你以为自己抓住了它的尾巴，其实它正在啃你的脚指头。

光会游泳并不能让你抓住游鱼，但是你可以努力尝试，芬恩就试过。他学会悄无声息地在浪潮中穿行后，便潜至水下，来到一只浮在水面的野鸭身边，抓住了它的腿。对于芬恩的长足进步，两位威严赫赫的女士略带勉强地给予了称赞。

那只鸭子叫了起来，可是一声“嘎”还未落音，它的身影就从水面上消失了。

时光流逝，芬恩渐渐长高了，他身姿挺拔、体格强健，宛如一棵小树苗。他的姿态像柳枝一样柔韧，像雏鸟一样灵动活泼。其中一位女士看到后会说：“亲爱的，他发育得棒极了。”另一位则以姑妈所特有的阴郁口吻回答道：“他永远都比不上他的父亲。”可是，在幽暗寂静的深夜里，每当她们想到芬恩那英俊可爱的小脑袋，再想到他在自己的培育下表现出的蓬勃生机和敏捷身手时，也一定会感到欣喜万分。

第五章

这一天，芬恩的守护者忽然变得心神不宁起来。她们商量着什么，却不许芬恩听。当天上午曾有一名路人向她们搭讪。其间，她们拿出食物给这个人吃，然后像对待一只鸡一般，把芬恩撵了出去。等到那个陌生人动身离开时，两位女士还把他送出了一小段路。他们从芬恩身旁经过时，那人举起一只手，向芬恩单膝下跪。

“小主人，我把我的灵魂献给您。”他说。对方话音未落，芬恩就明白了：这个人的灵魂，还有他的靴子、他的双脚，以及属于他的一切，都尽归他芬恩所有。

两位女士送客归来之后，就神秘兮兮，窃窃私语。她们把芬恩赶进了屋子，等进了屋，却又把他赶了出来。她们互相在房子各处匆忙地追上对方，找机会继续低声耳语。她们利用各种事物预测着未来：云朵的形状、影子的长度、鸟儿飞行的方式，乃至一对在扁平石头上赛跑的苍蝇，都成了她们的依据，两位女士还拿着骨头从自己的左肩上方丢出去；总之，凡是你能想到的把戏、花招和偶发事件，都被她们用作了推断的媒介。

她们告诉芬恩，当晚他必须睡在树上，并让他保证，在早晨到来之前，一不唱歌，二不吹口哨，三不咳嗽，四不打喷嚏。

可芬恩还是打了喷嚏。他这辈子还从来没打过这么多喷嚏。他直挺挺地坐在树上，险些因打喷嚏而跌落在地。两只苍蝇分别顺着他的一只鼻孔往上爬，这种情形重复了好几次，害他打喷嚏打得脑袋都快跟脖子分家了。

“你是故意的。”一个恶狠狠的声音从树底下轻声传来。

但芬恩并不是故意而为。他按照两位女士教他的方法蜷曲双腿，让自己缩成一支叉子的形状，开始了有生以来最瘙痒难耐的夜晚。没过多久，他就不想打喷嚏了，他想放声大吼，尤为渴望从树上下来。可是他既没叫喊，也没离开那棵树。芬恩说话算话，他像老鼠一样保持着警觉，安安静静地待在树上，直到从上面掉了下来。

第二天早上，一队游吟诗人途经此处，两位女士便将芬恩托付给了他们。这一回，她们没能阻止芬恩偷听。

“莫纳的儿子们！”她们说。

芬恩本该满腔怒火，可当时的他却一心想着去冒险。两位女士所预料的一切都在上演。他们生命中的每时每刻都不能忘却莫纳的儿子们。当芬恩像小鹿一样奔跑时，当他像野兔一样跳跃时，当他像鱼儿一样畅游时，他追逐的都是莫纳的儿子们。这些仇人仿佛就和芬恩住在一起，甚至同席而坐，分吃食物。芬恩的保护者也不例外，她们总是梦到他们，深知他们迟早有一天会出现，这事儿简直就像太阳明天总会升起一样确定。因为那些家伙心知肚明：库尔的儿子还活着，而且只要这男孩一天不死，自己的儿子就一天无法安心；因为身处那个年代的他们相信，龙生龙、凤生凤，库尔的儿子会青出于蓝而胜于蓝。

芬恩的守护者知道，他们的藏身之处最后肯定会被人发现，到时候莫纳的儿子们就会前来。她们对此深信不疑。生活中，她们做出任何举动前都会首先考虑这一点，因为只要是秘密，终将昭然若揭。一名溃败的士兵、一位找寻走失牲口的牧人，或者一队四处游历的乐师，都有可能发现他们的住处、听闻他们的风声。哪怕是最边远的树林，一年下来也会有不少人从中经过啊！就算无人察觉，乌鸦也会泄露机密；灌木丛中、蕨簇后面，处处都暗藏种种眼线！更何况你的“秘密”还像小山羊似的四处乱跑，他的喊声就像狼嚎似的传遍四面八方！婴儿或许能藏得住，可男孩却不行。除非你把他拴在柱子旁边，否则他总会四处走动，一声口哨就可能暴露他的行踪。

莫纳的儿子们来了，但是迎接他们的却只有一座偏僻小屋和里面两位傲然不屈的女士。我们可以断言，那些人一定受到了很好的款待。当时的情景不难想象：高尔凝神注视着眼前的一切，目光中笑意盈盈；科南一面呵斥两位女士，一面用阴沉的眼光在她们脸上扫来扫去；“粗鄙者”加拉横冲直撞，屋里屋外一通搜寻，手里多半还握着一把斧子；亚特 · 奥格则干脆一路向远方的田野追去，还口口声声发誓道，要是那小子真的往那儿跑了，自己一定会把他找回来。

第六章

然而芬恩早就走远了。他和那群诗人一道离开，去了哥尔提山脉[15]。

那群诗人大概都是些初试锋芒的新手，他们结束了一年的修业，正准备返回故土，与家乡父老团聚；他们从名师那里学成而归，正盘算着如何在众人面前展露一二，让他们大吃一惊、赞叹不已。他们知晓富有韵律的格言警句，懂得做学问的诀窍，并会把它们讲给芬恩听。当众人在林间或河边休息时，这些诗人还会趁机演练自己学到的东西。也许他们甚至还曾提到，自己会用欧甘文[16]把作品的开场白或诗文的首联刻在棍杖上。这些东西对诗人们而言颇为新鲜，因而他们十分乐意将其传授给这个少年。要不是他们以为芬恩的头脑并不比自己聪慧，没准儿还会跟他解释欧甘文的写法呢！不过，更可能出现的情况是，芬恩早已在两位女看护的指导下涉猎过这些课程。

尽管如此，这些年轻的吟游诗人依然令芬恩受益无穷，倒不是因为他们的学识，而是因为他们对这个大千世界的了解。这些都是芬恩天生就应该知道的：例如，普通人的模样、活动、感受；人与人之间的碰撞和交流；鳞次栉比的房屋、进进出出的人群；军队的动向、伤员返乡时的神态；人们经过出生、嫁娶，最终走向死亡的平凡故事；有许多人和狗参与的狩猎；以及纯粹的生活中，所有的喧嚣、尘埃和骚动。对于刚刚告别了树叶、树荫以及丛林中点点滴滴的芬恩来说，这一切听上去都是那样新奇。诗人们还会向他讲述自己的导师，包括他们的相貌、爱好、严谨作风，还有他们办过的糊涂事儿，这些故事在芬恩听来也是同样精彩。

一群人叽叽喳喳，跟鸦群一样热闹。

后来，他们遇到了一个伦斯特人。那是个有名的强盗，名唤科纳之子费厄库尔[17]，他杀死了这群诗人——他们一定是少不更事，才会惨遭杀害。强盗连砍带剁，把诗人们全部劈成了碎块，一个也没有放过。他夺走了众人的生命，强逼他们与这个世界分离。诗人们就这样消失了，没人清楚他们去过哪里，也无人知晓他们的真实遭遇。居然会有人犯下这等罪行，而且还是以少胜多，这本来就是一件奇事。假如那些人不是年轻人，胆大包天的费厄库尔可能就没办法将他们全部杀害。或许费厄库尔也有自己的团伙同伴，尽管我们的文献记载中并没有说明此种情形。但不管怎样，他的确杀害了那群诗人，那群诗人也确实这样惨死在了他的手里。

芬恩目睹了整件事的始末。大盗追逐那些诗人时活像一条在羊群中宣泄怒火的野狗，芬恩看见这一幕时必定全身冰凉。众人全部遇害后，大盗便准备对芬恩下手。那个双手染满鲜血的残忍家伙大踏步地朝芬恩走来，芬恩当时或许在颤抖，但是他依然可以亮出自己的牙齿，并用双手狠狠地痛击那个禽兽。也许他真的这样做了，也许正是这个举动使强盗放了他一马。

“你是什么人？”那张黑洞洞的大嘴巴咆哮着，猩红的舌头在里面动来动去，就像一条活蹦乱跳的鱼。

“库尔的儿子，拜森族的后裔。”芬恩勇敢地回答。

对方一听，居然立刻收起了强盗的架势，杀人魔的神态也消失得无影无踪，血盆大嘴原本形若边缘漆黑、内有红鱼、上有悬崖的深渊，此刻也改了模样，而那对高高凸起、仿佛要吃人似的圆眼睛也变得异样起来。什么都变了，芬恩眼前只剩下一名又哭又笑、紧张不安的忠仆，只愿能赢得这位伟大首领之子的欢心。芬恩坐在强盗的肩膀上回了家，强盗重重地喷着鼻息，一蹦老高，他的动作就像是一匹最上等的骏马。这位费厄库尔就是芬恩的姑妈玻德茉尔的丈夫。拜森一族战败后，他便开始在荒野中生活。眼下他把全世界的人都视若仇敌，因为他们竟敢杀害他的领袖。

第七章

强盗的巢穴隐藏在一大片寒气逼人的沼泽地里，芬恩就在那儿开始了他的新生活。

那真是个令人捉摸不透的地方。出口会突然间呈现在眼前，入口的位置则更让人备觉意外，此外，还有一些弯弯绕绕、爬满蜘蛛的潮湿角落，供主人储存财宝，或者用作藏身之处。

这名独居的强盗在芬恩面前有说不完的话,因为他没有别的同伴。他把自己的武器展示给芬恩，并一一示范它们的用法，然后告诉芬恩，自己是怎样把受害者大卸八块或者千刀万剐的。他还向芬恩解释，为什么这个人只是被砍作几块，而那个人却被削成了肉片。对年轻人来说，任何人都可以成为其导师，所以芬恩在这里也能学到不少知识。他还见识到了费厄库尔的巨矛，它的接口处镶着三十颗铆钉，颗颗都是用阿拉伯黄金打造的。为了不让它单纯出于恶意而滥杀无辜，强盗不得不将其裹起来牢牢拴住。这支矛属于异界，来自米德纳之子阿雷恩[18]所居住的山丘。后来，它被刺入阿雷恩的两块肩胛骨之间，就这样重新回到了异界。

瞧那家伙净跟小男孩讲些什么故事，男孩向他提出的又是些什么问题！那强盗可能懂得一千种计策谋略，鉴于好为人师是我们的天性，加之没人能对一个孩子有所隐瞒，他一定会向芬恩细细道来。

还有那片沼泽，里面有全新的世界等待芬恩去探索。那是一个复杂而神秘的世界：湿气弥漫、极易打滑、芦苇丛生、危机四伏。但是它自有其独特的美感，还有一种能令人逐渐为之着迷的诱惑力，足以让你忘掉所有坚实的土地，转而对这个震颤不止、流水潺潺的世界情有独钟。

你可以在这里游泳。看到这个记号，还有这个，你就能分辨出在这儿游泳是否安全，科纳之子费厄库尔告诉芬恩。可是这里或那里，只要上面带有这种标记的，你可千万不能踏进去，一根脚趾也不行。

但即便已将这些倾囊相授，一旦芬恩踏出了冒险的脚步，就会把所有这些抛在脑后。

那下面有盘绕的野草，强盗提醒芬恩，那个地方有像蛇一样的绳索，它们细而坚韧，会把你绊倒，然后缠住你，把你拖走，除非你淹死在水里，否则休想挣脱它们；最后，你会对它们瞪眼、微笑，使出浑身解数，还会在水下左摇右晃、伸胳膊蹬腿；你会被那些如皮革般坚韧的臂状物牢牢缠住，它们会布满你身体的每寸肌肤，直到无从下手为止。

“这些东西，还有这个、那个，你都要留神，”他也会如此叮嘱芬恩，“而且只要你下水游泳，嘴里无论如何都得噙把刀子。”

芬恩一直在那里生活着，直到他的守护者们获悉了其下落，并找上门来。费厄库尔做出让步，将芬恩交还给了两位女士。她们把芬恩带回了家——布鲁姆山区的那片森林，不过芬恩已经积累了大量知识，对不同环境的适应能力也提高了不少。

很长时间过去了，莫纳的儿子们再也没搜寻过芬恩。他们尝试过一次之后，便渐渐放松了警惕。

“随他去吧，”他们说，“时机一到，他自然会来找咱们。”

不过，还有另外一种可能：这些人自有方法来获取关于芬恩的消息。他的体格怎么样？肌肉发不发达？他是否已完全摆脱了过去的阴影？或者他不得不依靠别人的帮助才能求得解脱？

芬恩和他的守护者住在一起，为她们捕捉猎物。有时他会把一头鹿追得筋疲力尽，然后要么摁住它那顽抗不止的脑袋，把它一路拖回家，并对他的战利品说，“来吧，高尔”；要么就用一只手死死攥住它的鼻子，扛着它走过草丛，“‘秃头’科南，你要来吗？或者，我应该朝你的脖子踹上一脚？”

他能牵着世界上一切生命的鼻子，拖着它走过草丛，然后拽进自家的牲口棚——毫无疑问，当芬恩开始设想这一幕时，也就意味着“时机”已到；因为他生来就注定是君临天下之人，而且会是一位有道明主。

然而，随着芬恩的卓越才能逐渐为人们所知悉，莫纳部族开始蠢蠢欲动起来。于是，这一天，芬恩的守护者送他踏上了远行之路。

“如今，离开我们是你的最佳选择，”她们对这位魁伟的小伙子说，“因为莫纳的儿子们又在虎视眈眈，想要谋害你了。”

的确，似乎已经有不速之客开始出没于这片森林了。石块会从树顶砸向某人，可是这里的树成百上千，谁知道它究竟来自哪棵呢？箭会“唰”的一下子，从人的耳边擦过，扎进地面，箭尾无声地摇摆着，透露出恐吓的意味，暗示它刚刚离开的那个箭囊里还有的是它的同胞呢。可它那些同胞在哪儿？左边？右边？多少同胞？多少箭囊？芬恩久居山林，但就算是他也只能靠两只眼睛观察、靠一双脚行走，而且每次只能前往一个方向。可是，当他注视前方时，背后会有什么（以及还有多少）在虎视眈眈？当他面朝这边时，他的身前背后、上下左右，任何方向都有可能隐藏着一张含笑的面孔，而笑脸的主人则正将手指搭在弓弦之上。近处或远方的灌木丛中，都可能飞射出一支长矛……若是在晚上，芬恩或许还能与那些人搏斗一番：双方可以靠耳朵探听对方的动静，芬恩可以用他悄无声息的脚步来对付那些人鬼鬼祟祟的步调，并凭借对森林的了解与他们的大军周旋；可若是在白天，芬恩则毫无胜算。

因此，芬恩上路闯天下去了，他要跟未来可能发生的一切做个较量，让自己名垂青史。只要时间还在倾听，只要爱尔兰民族一息尚存，他的名字就永不磨灭。

第八章

芬恩离开了，现在的他孤身一人。但是他很适应如此独处，就像仙鹤常常徘徊在渺无人烟的荒野、翱翔于萧瑟苍茫的海面一般；因为人若是有思想，就如同有了伙伴，而芬恩不光身手敏捷，头脑也同样灵活。他的一生，不管身边围绕着多少人，始终都是孤独的，无人做伴对他而言根本不是什么烦恼。人们讲述完芬恩的生平后，往往会得出这样的结论：他所得到的一切最终都离他而去，欢乐只在他身边停留片刻，随之便消失无踪。

不过，此时的芬恩却并不期盼独处。他寻求着众人的教诲，因此，每当他遇到人群，总会上前探究一番。芬恩擅长在绿树间那摇曳的暮光下、斑驳的光点中观察事物。他的双眼训练有素，能够从阴影中分辨出本身就活像一团团黑影的暗褐色小鸟，还能自丛林间辨认出毛色跟树皮相近的野兽。他能看到蜷缩在蕨叶下的山兔；还有碧水荡漾、波光粼粼的浅滩里那些摇头摆尾的鱼儿，虽说一点儿都不显眼，但它们休想逃过芬恩的眼睛。所有别人因习以为常而不加留意之物，只要打芬恩眼前一过，准会被他发觉。

走到利菲平原[19]时，芬恩遇见了一群在池塘里游泳的少年。芬恩一边看着他们在湍急的水流中竞赛，一边寻思这些人所用的技法对他来说也并不算难，没准儿自己还可以向他们展示一些新技巧。

当一群男孩遇到另一个男孩时,必定会先弄清楚对方有哪些本领，然后在各方面比试一番。见芬恩正专注地盯着他们，小伙子们自然使出浑身解数各显其能。不一会儿，他们便向芬恩发出了邀请，让他加入比赛，展示一下自己的才能。这样的邀请无异于一项挑战，在男孩们中间几乎算得上宣战了。可是芬恩的游泳水平实在远远超出那些男孩，就连“大师”一词都不足以形容他技艺的高超。

正当芬恩在水中游动时，一个男孩忍不住说：“他样貌英俊，体态也很优美。”从那以后，人们便称呼他“芬恩”，或者“英俊者”。这个名字是男孩们给他取的，将来大概也要靠男孩们亲身效法，好让这个美称后继有人。

芬恩和这群小伙子共处了一段时间。刚开始大家还把他视为偶像，因为男孩子就是这样，容易对别人超群的技艺感到惊奇和着迷；可是到了最后，他们不可避免地嫉妒起了这个陌生人。那些曾在芬恩到来之前“艺冠群雄”的男孩联合起来，并在群众的压力下，召集了其他男孩，共同排挤芬恩；结果，芬恩在这个集体中再也看不到一丝友好的眼神。因为他不仅在游泳方面胜过了他们，而且那些人当中的跑步冠军、跳远冠军也都成了他的手下败将。后来，当竞技不可避免地演变成斗殴时，芬恩表现出的粗暴比对方当中最蛮不讲理的人还要粗暴十倍。对年轻人来说，勇敢就意味着骄傲，而芬恩正是一个骄傲的人。

芬恩撇下那群满面怒容、咆哮不止的男孩，背朝湖水扬长而去时，心中一定充满了愤怒，但在生气之余他还感到深深的失望，因为这时的他原本是渴望友谊的。

后来，他去了莱恩湖[20]，在芬垂克[21]国王的手下做事。“芬垂克”这个名字可能是芬恩自己给它取的；在他到来之前，这个王国大概原本叫的是另一个名字。

芬恩替芬垂克国王狩猎。很快，大家便发觉国王手下的其他猎人都明显无法与他抗衡。不仅如此，在所有的猎人当中，甚至没有一人能在才技方面稍稍望其项背。别人追鹿时都是凭借双腿的速度、猎犬的鼻子，外加千百种老掉牙的猎捕伎俩，以靠近猎物，结果却经常被对方逃脱。可是，一旦哪只鹿让芬恩掌握了行踪，它就休想脱身，那情形甚至像是动物们主动找上芬恩，帮助他满载而归似的。

国王听说了有关这位新猎手的传闻后大感惊奇，而且由于国王们处处都比其他人强，他们的好奇心自然也比别人更加旺盛；再加上身为出类拔萃的人物，他们每听闻一个出众的俊才，就总想亲自会见一下。

国王想见见芬恩，而芬恩必定也在好奇：当这位和蔼可亲的君王注视自己的时候，他的心里会思忖什么呢？不论国王心里怎么想，反正他的评语跟他的观察一样直接：

“如果那个拜森族后裔库尔有儿子的话，”国王说道，“那个儿子肯定就像你这样。”

芬垂克国王后面是不是还说了什么，我们无从得知；但可以肯定的是，没过多久芬恩便放弃了这份差事。

芬恩一路南下，后来受雇于克里国王，也就是其生母所嫁的那位君主。他在当差期间备受青睐，听说他甚至曾和国王一起下棋。这次对局的情形使我们了解到，无论此时的芬恩身体多么健壮，从心智上来讲，他仍是个孩子。尽管他在体育和狩猎方面颇具才能，却太过年轻，行事缺乏策略性，不过他一生之中始终不懂得算计，因为无论什么事，只要他能够做到，就一定会去做，完全不在乎是否会因此冒犯何人；至于做不到的事，他也还是会尽其所能。

这就是芬恩。

多年之后的某一天——那时的芬恩早已功成名就，当上了费奥纳勇士团的头领——当他和勇士们在狩猎途中休息时,展开了一场争论，关于世上最动听的音乐是什么。

“说说看。”芬恩一面说，一面转身望着欧莘[22]。

“从树篱中最高的枝丫上传来的布谷鸟叫声！”他的儿子兴高采烈地叫道。

“挺好的曲子，”芬恩说，“你也说说看，奥斯卡[23]，”他又问，

“你心目中最动听的音乐是什么？”

“长矛和盾牌相撞时发出的铮鸣声才是一流的音乐！”这位勇敢的小伙子高声回答。

“确实也很美妙。”芬恩说。

其他勇士也一一说出了自己喜欢的声音：牡鹿渡河时的嘶吼、狗群从远处发出的悦耳的吠叫、云雀的歌唱，还有姑娘开心时的欢笑，或是感动时的私语。

“这些声音都挺好。”芬恩说。

“头儿，告诉我们，”其中一人大着胆子问，“您觉得呢？”

“顺其自然时听到的声音，”伟大的芬恩答道，“那便是世上最动听的音乐。”

他喜欢“顺其自然”，不愿在事实面前有一丝一毫的逃避；因此，在少年时期的这场棋局中，他选择了完全依照自己的本意行事，尽管他的对手是掌有生杀予夺之权的国王。也许因为芬恩的母亲也

在一旁观战，所以他才会情不自禁地在她面前展露本领。结果，芬恩犯下了一桩滔天罪行——他击败了国王陛下，而且是连胜七局！！！

臣民居然能赢君主的棋，倒也着实稀罕，这位国王彻底惊呆了。

“你到底是谁？”他一面叫嚷，一面倏地从棋盘跟前往后一闪，双眼紧盯着芬恩。

“我是塔拉山鲁格纳部落[24]一个乡野村民的儿子。”

芬恩说这话时或许会脸红，因为这大概还是国王头一次正眼瞧他，而且这一眼还穿透二十年光阴，看到了过去的时光。国王的观察绝对不会出错——这件事已经被种种传奇故事证明过千万次，而这位国王也同样资质极佳，他的后继者亦如是。

“你的出身绝非如此简单，”国王气呼呼地说，“你是我的妻子莫瑞恩和拜森后裔库尔所生的孩子。”

芬恩听罢无言以对，但他立刻把目光投向自己的母亲，注视着她。

“你不能留在这里，”他的继父又说，“我可不想让你死在我这把保护伞下面。”他既像是在解释，又像是在抱怨。

也许国王是因为芬恩才对莫纳的儿子们心怀畏惧，可是芬恩对他的看法却无人知晓，因为从那以后，芬恩再也没提到过自己的继父。

至于莫瑞恩，她一定深爱着自己的君主。或许她对莫纳的儿子感到恐惧是真的，为芬恩提心吊胆也是真的；可还有一件事也同样千真万确——倘若一个女人爱上自己的新任丈夫，那么她便会讨厌所有能令她回忆起前夫的事物。

芬恩再次踏上了旅途。

第九章

我们所有的欲望都会烟消云散，最终只余下一个，但那将是我们永恒的追求。在芬恩的全部愿望中，也有一个恒久的理想：只要能汲取智慧，他甘愿去往任何地方，放弃任何事物。芬恩怀揣着这个目标来到了范格斯[25]的住处——博因河畔[26]。但是，由于害怕莫纳部族，他隐瞒了真名，一路上自称丹纳。

提问能让我们日臻聪颖，即使得不到答案，我们依然可以收获智慧，因为一个条理清晰的问题就像一只背着壳的蜗牛，而答案就隐藏在其背后。但凡是芬恩能想到的问题，他都会向人请教。他的导师是一位诗人，亦是一位值得尊敬之人。这位导师会解答芬恩的每一个疑问，只要是在其自身的能力范围之内，就绝不会因为缺乏耐心而置之不理，他一向都是不厌其烦。

芬恩的其中一个问题是：“您为什么要住在河岸边呢？”

“因为诗句来源于神的启示，只有在奔流不息的河水旁边，才能使心灵感应到诗句。”

“您在这儿住了多久啦？”芬恩又问。

“七年。”诗人答道。

“这可是一段相当长的时间。”芬恩备感惊奇。

“只要能写出一首诗，就算再等七年我也愿意。”诗人答道，对于等待，他早就习以为常。

“那您捕捉到精彩的诗句没有？”

“我只能竭尽所能去捕捉，”这位随和的导师说道，“没有人能超越自身能力的极限，因为一个人能获得多少东西，取决于他的准备工作做得有多充分。”

“那您能否在香农河[27]、舒尔河[28]，或是甘甜的利菲河[29]岸边，得到同样精彩的诗句？”

“这些河都很美丽，它们都属于善良的神灵。”

“可是，在所有的河流当中，您为什么偏偏选择这一条呢？”

范格斯冲他的学生和蔼地笑了笑。

“我会告诉你一切，”他说，“包括这个问题的答案。”

芬恩在这个和善的人脚边坐下来，双手埋在高高的野草里。他竖起耳朵来聆听。

“有人告诉我一个预言，”范格斯开了口，“一位智者曾预言我会在博因河里捉到‘智慧之鲑’。”

“然后呢？”芬恩迫不及待地发问。

“然后我就能无所不知。”

“再然后呢？怎么样？”男孩追问道。

“再然后？还能怎么样？”诗人反问。

“我的意思是说，您打算用这些学问来做什么呢？”

“这个问题倒颇有分量，”范格斯微笑着说，“等我变得无所不知以后，我就能回答你了，不过在这之前我还答不上来。如果是你，你打算做些什么，亲爱的？”

“我也要作诗！”芬恩大声说。

“我想也是，”诗人说，“你会用那些学问来作诗。”

为了报答导师的教导之恩，芬恩承担了导师小屋的活计。打水、烧火、搬运铺地铺床用的茅草，他一面操持家务，一面仔细思考诗人传授给他的所有知识，他脑子里总是想着诗韵的规则、遣词造句的巧妙手法，以及让思维保持清明敏锐的必要性。不过，即便是头脑中有千思万绪的时候，芬恩依然和他的导师一样，心心念念惦记着那条“智慧之鲑”。

范格斯博学多识、诗才过人，芬恩原本就有一百个理由崇敬他；然而，“智慧之鲑”的“命定食用者”这层身份更使得芬恩对范格斯的尊敬达到了无以复加的程度。毋庸置疑，芬恩对这位导师既爱戴又尊敬，因为他耐心十足、诲人不倦、教学有方，且拥有一副始终如一的热心肠。

“我已经从您这儿学到不少东西了,亲爱的导师。”芬恩感激地说。

“只要你有本事拿走，我所拥有的一切都是你的，”诗人答道，“因为你有权得到你所能拿走的一切，但是你拿不走的东西，就不属于你。所以，尽管拿吧，把两只手都用上。”

“说不定在我离开之前，您就能捉住那条鲑鱼呢，”男孩对此满怀憧憬，“那岂不是天大的好事！”他的目光穿过草坪，忘形地凝视着那些只有少年才能想象出来的幻景。

“让我们为此而祈祷吧！”范格斯满怀热切地说。

“但是我有个疑问，”芬恩又道，“这条鲑鱼是怎样让智慧融入其血肉的呢？”

“在某个渺无人烟之处，有一片隐秘的湖泊，湖面上垂挂着一截榛子树的树枝。智慧之果就从这神圣的树枝上落入湖中，而鲑鱼就会把漂浮在水面的果实吞到嘴里，吞咽下去。[30]”

“那还不简单，”男孩直言，“只要找到那棵神圣的榛子树，直接从树枝上取食它的果子就行啦。”

“这事可不大容易，”诗人回答，“至少没有你说得那么容易，因为要想找到那棵树，就必须先获得树本身所蕴含的智慧；要想获得这种智慧，就必须吃到树上的榛子；而要想得到榛子，就必须吃掉那条鲑鱼。”

“所以我们只能等待那条鲑鱼出现了。”芬恩万般无奈地说。

第十章

生活还在继续，周而复始的日子仿佛没有尽头，芬恩就这样度过了一个个波澜不惊却充满乐趣的昼夜。白天，他让身体积聚力量，让头脑增加智慧；到了晚上，他就把这两样东西好好保存起来，因为我们总是在夜晚巩固自己白天的积累。

如果芬恩曾向别人讲述这段日子的经历，他应该会提起一连串的吃吃睡睡和一番漫无目的的无尽交谈。在谈话过程中，芬恩的思绪会不时飘向某个只属于他的隐秘之处，在那片广博而朦胧的天地中，他的心绪时而左摇右摆、时而飘来荡去、时而平静安宁。然后，芬恩会收束心神，回归现实。他很喜欢在经历这种漫游之后再次追赶导师的思路；那思路早已向前迈进了，但他喜欢臆造自己遗漏的所有内容。不过，芬恩也无法经常进行这种半睡半醒式的漫游；他的导师教学经验太过丰富，根本不容他走神，尽管芬恩本人热爱并期待着这种机会。范格斯督促芬恩开动脑筋，正如两位女德鲁伊教徒围着大树抽打芬恩的双腿。他要求芬恩提问题要有意义，做答时要有理智。

提问有可能会成为大脑最懒散呆滞、缺乏主见的活动，可是当你强迫自己去回答你提出的疑问时，就会认真思考那个疑问，你提问时的表达也会愈发详细精准。芬恩学着让思维在更为坎坷的世界中跳跃，那儿的地势比他以前追兔子的田野还要崎岖。每当他提出问题并给出自己的答案之后，范格斯就会针对他的问题发表见解，并向芬恩详细解释他的提问哪里欠妥，或指出他的答案从哪里开始出现错误。就这样，芬恩逐渐了解到，一个绝佳的问题是如何一步步提炼而出，并最终得出理想答案的。

那番谈话结束后没几天，范格斯就又来到了芬恩身边。诗人的胳膊上挎着一个浅浅的柳条篮子，脸上得意的表情中夹杂着一丝忧郁。

他一定极为激动，但同时又备感难过。范格斯站在那里凝视着芬恩，目光中既有诚挚，又有哀愁，那份诚挚令芬恩深受感动，而那份哀愁则几乎使这孩子热泪盈眶。

“导师，这是什么？”男孩不安地问道。

诗人把柳条篮子放在了草地上。

“往篮子里瞧瞧，亲爱的孩子。”

芬恩照做了。

“是条鲑鱼。”

“应该说是‘那条鲑鱼’才对。”范格斯深深地感慨着，芬恩则高兴地跳了起来。

“我为您高兴，导师！”他呼喊着，“我真心为您高兴！”

“我也很高兴，亲爱的宝贝儿。”导师答道。

可是，说完这句话之后，他便将额头埋入掌心，自顾自沉默了许久。

“现在我们该做些什么呢？”芬恩一面凝视着那美丽的鱼儿一面问道。

范格斯从篮子旁边站起身来。

“我很快就回来，”他沉重地叹了口气，“在我离开期间，你可以把鱼烤了，这样我回来的时候它就已经熟了。”

“我一定照办。”芬恩说。

诗人用热切的目光久久地注视着他。

“你绝对不会趁我不在时偷吃我的鱼吧？”范格斯问道。

“我连一粒肉末都不会吃的！”芬恩说。

“我知道你肯定不会。”诗人一面喃喃地说着，一面转过身去，缓缓地穿过草坪，走到了草地边缘茂密的灌木丛后面。

芬恩将鱼烤熟了。热腾腾、香喷喷的鲑鱼盛在木盘里，映着绿茵茵、凉丝丝的草地，画面动人、香味诱人，令观者垂涎三尺；当范格斯从草坪边缘的灌木丛后面走出来，看到这一幕时，他心里就是这样想的。接着，他坐在家门外的草地上，目不转睛地望着那条鲑鱼。他不光是用眼睛观察，同时也用心、用灵魂在凝视。当他把视线转向芬恩时，那孩子已分不清导师眼中的喜爱是冲着那条鱼，还是冲着他自己。不过，有件事他心里很清楚：对这位诗人而言，一个重大的时刻已然来临。

“看样子，”范格斯说，“你终究还是没有偷吃我的鱼喽？”

“我不是答应过您的吗？”芬恩答道。

“可是，”他的导师接着说，“我又不在，倘若你觉得情不自禁，说不定就会把鱼给吃了。”

“我干吗要吃别人的鱼呢？”骄傲的芬恩说道。

“因为年轻人的欲望都极为强烈。我以为你会先尝上一口，然后把我的鱼吃个精光呢。”

“我的确尝了，但不是故意的，”芬恩笑着说，“因为在我烤鱼的时候，鱼皮上冒出了一个大气泡，我不喜欢那个泡泡的样子，就用大拇指把它摁了下去，结果烫伤了指头。于是，我赶紧把拇指含在嘴里缓解疼痛。如果您的鲑鱼跟我拇指上所沾的味道一样鲜美的话，”芬恩又笑了，“那它的滋味还真不错。”

“你先前说你叫什么来着，亲爱的宝贝儿？”诗人问。

“我说过，我叫丹纳。”

“你不叫丹纳，”诗人温和地说，“你叫芬恩。”

“的确，”男孩答道，“可是我不明白，您是怎么知道的。”

“就算我尚未吃到‘智慧之鲑’，也还有些自己的小见识。”

“您见多识广，实在太睿智了，”芬恩惊奇地说，“关于我的情况，您还知道些什么，亲爱的导师？”

“我还知道自己没跟你说实话。”诗人心情沉重地说。

“没说实话？那您说的是什么？”

“我告诉了你一个谎言。”

“这可不大好，”芬恩坦率地说，“是什么样的谎言呢，导师？”

“我跟你说过，根据预言，那条‘智慧之鲑’会被我捉到。”

“是啊！”

“这的确是实话，而我也已经捉到了那条鱼。但预言里还说，那条鱼不是给我吃的，可我却没有告诉你。所谓‘谎言’就是指我隐瞒了这一点。”

“这也不是什么弥天大谎。”芬恩安慰他。

“但是我绝对不能再继续骗你了。”诗人严肃地说。

“那条鱼是给谁的呢？”芬恩非常好奇。

“是给你的，”范格斯答道，“它属于库尔的儿子、拜森族的后裔——芬恩。这条鱼是给他的。”

“这条鱼有一半属于您！”芬恩高声宣布。

“我不会吃的，哪怕是它身上最细的鱼刺尖儿那么大的鱼皮，我也不吃，”诗人一面颤抖，一面坚决地说，“你现在就把这条鱼吃光，我会一边观看，一边歌颂异界和大自然的神灵。”

然后，芬恩就吃下了那条“智慧之鲑”。当他咽下最后一块鱼肉之后，诗人便恢复了平静，又变得兴高采烈、热情洋溢起来。

“啊呀，”他说，“我可是跟那条鱼进行了一番激烈的搏斗啊！”

“它是不是为了保命而竭力挣扎？”芬恩问。

“没错，但是我说的搏斗并非指这个。”

“您将来也会吃到‘智慧之鲑’的。”芬恩很有把握地告诉他。

“你已经吃了一条了，”诗人开心地叫道，“既然你这样担保，那就表示你知道它会实现。”

“我担保，并且知道它会实现，”芬恩郑重其事地说，“您迟早会吃到‘智慧之鲑’的。”

第十一章

芬恩从范格斯那里汲取到了对方所能传授给他的一切知识。他已经完成学业，现在到了检验学习成果，以及在知识之外的方面考验身心的时候了。于是芬恩告别了和蔼的诗人，动身前往塔拉王城[31]。

此时正值萨温节[32]临近，塔拉王城内将要举行宴会，到时候全爱尔兰的智者学人、能工巧匠及名门望族会齐聚一堂。

塔拉王城当年的布局如下：中间是“至高王”[33]的宫殿及其防御建筑；围绕它们的是四座规模稍小的宫室，四位“地方王”[34]各居一宫；这些宫殿的外围还有一道防御工事；再往外就是豪华的宴会大厅了。大厅周围则是塔拉的主要外层壁垒，它圈出了一片非常广阔的区域，把大厅和整座圣山都纳入其保护范围之内。此地便是爱尔兰的中心，四条宽阔的大路从这里分别伸向东、西、南、北四个方向。萨温节之前的那几个星期，爱尔兰各地的旅客们沿着这几条大路源源不绝而来，一时间人流如潮。

这条路上有一群衣着华丽的人，正在替芒斯特省的某位贵族搬运装饰亭阁用的名贵珍宝。那条路上有一只用风干的紫杉木做成的酒桶，巨大得堪比一栋房屋。木桶装在车上，由一百头牛费力地拉着，在颠簸和摇晃中前进，桶里盛的是给康诺特的王公大臣们解渴的麦芽酒。走在另一条路上的是来自伦斯特的饱学之士，他们每个人的脑袋里都装着足以让北方学者狼狈不堪，让南方才子目瞪口呆、坐立不安的高明见解。这些人步履端庄，队列整齐，每人手里还牵着一匹马，马背上高高地堆放着削净了皮的柳树或是橡树棍杖，朝马身两侧伸出一大截，那上面刻满了欧甘文符号、诗的首联（因为除了诗文首句，镌刻其他的诗行是一种亵渎智慧的做法）、历代国王的姓名和生卒年份、塔拉及其附属国的一部部法律，还有各地的名称及其含义。那边有匹棕色公马正安安静静地缓步慢行，也许它正运载着跨越了两千年甚至一万年的诸神之战；这匹步履优雅的母马则露出刁悍的目光，悄步前行的它背负着一大堆橡木枝，上面刻的也许是纪念其主人家族的颂歌，另外可能还有几捆奇遇故事以备不时之需；还有那匹倔脾气的花斑马，说不定它正将爱尔兰的历史驮进沟渠。

走在这样的旅途上，所有人都可以互相搭话，因为大家都是朋友，任何人手里的武器在其他人眼中都只不过是一件工具，用途是驱赶不听话的母牛，或者给某匹过于活泼的小马“噼里啪啦”一顿抽打，好让它安静下来。

人群摩肩接踵，他们推搡着、欢笑着。芬恩也悄悄混了进去，但即使他像头受伤的野猪那样一心想要寻衅滋事，也找不到任何掐架的对象；即使他像个善妒的丈夫那样目光犀利，也找不出一束带着心计、威胁或是恐惧的目光与之对视；因为现在的爱尔兰一派祥和安宁，六个星期之内，所有人都是同胞友邻，全国百姓都是“至高王”的宾客。

就这样，芬恩和名人显贵们一道进了城。

他提前算准了时间，刚好在开幕日和迎宾宴开席的那一天抵达目的地。芬恩观赏着这座辉煌的城池，并为之惊叹不已：闪闪发光的青铜支柱和五颜六色的屋顶，绚丽得仿佛每栋房子都被一只色彩斑斓的巨鸟覆盖在舒展的羽翼之下。至于那些宫殿，则被红色的橡木装点得古香古色，在千百年岁月的洗礼和照管下，里里外外都被打磨得光润平滑。这些建筑的雕刻工作，都是由西方世界那些最富有艺术气息的国度中，最具盛名的艺术家们一代接一代完成的。这一切都为芬恩带来了新的惊奇。它看上去一定犹如一座梦幻之城，一处摄人心魄的所在。芬恩穿过了广阔的平原，只见塔拉王城在山峰的托举下，就像被一只手捧住，它聚敛着那份惠泽世间万物的恩赐——落日的每一缕金辉，欲重组一片跟这暮光同样温润柔美的光明。

气派的宴会大厅里，筵席上所需的一切用品都摆放得整整齐齐。

出席者有这个时代最优秀的博学之士与艺术能人，以及爱尔兰贵族。这些贵族还带来了他们风姿绰约的配偶。“至高王”“百战”康恩[35]坐在为他专设的高台上，俯视着阔朗大厅中的一切。他的儿子亚特来到他的右边就座，此人后来也变得与他父亲一样声名显赫。爱尔兰费奥纳勇士团的首领——莫纳之子高尔·摩尔则坐在了康恩左边的上座。“至高王”坐在那里，全国各个领域的名家闻人尽收眼底。他将会结识在场的每一位来宾，因为所有人的名望都要在塔拉经过确认后才成定论。康恩的宝座后面站着一名掌礼官，国王若有什么事不甚明白或者记忆蒙尘，便由他来告知。

康恩示意之后，宾客们纷纷落座。下面该轮到护卫们在自家男女主人的身后就位了。但是眼下，众人坐在豪华的房间里，房门也都关上了，这样就为大家留出片刻时间，能在侍从和护卫进门前互致敬意。

康恩的视线掠过在场的宾客，他注意到有位年轻人依然伫立原地。

“还有一位先生，”他低声说，“他还没得到座位。”

负责备宴的官员听见这话时，一定马上羞愧地涨红了脸。

“而且，”国王又道，“我好像并不认识这个小伙子。”

从国王的掌礼官到那个倒霉的备宴者，乃至在场的每个人，谁也不认识这位青年。于是大家都把目光投向了这位国王注视的对象。

“把我的牛角杯呈上来。”国王和蔼地说。

仪式专用的牛角杯送到了他手中。

“年轻的先生，”他向那位陌生人招呼道，“我想敬您一杯，祝您身体健康，同时也欢迎您来到塔拉。”

于是，小伙子走上前来，一头美丽的卷发垂在他那光洁的脸庞两边。他双肩宽阔，四肢修长而匀称，比集会上所有的壮汉都强健。国王把那只巨大的牛角杯递到他手上。

“告诉我，你叫什么名字？”他口气温和，但其中的威严却不容置疑。

“我叫芬恩，库尔的儿子，拜森族的后裔。”年轻人回答。

这句话犹如一道闪电，划遍集会现场，让所有人都战栗起来。那个被谋害的伟大首领的儿子站在国王身边，目光直逼高尔那双目光闪烁的眼睛。然而，没有人说话，也没有人动弹，最后还是“至高王”打破了沉寂。

“你的父亲跟我们是自己人，”这位君主豪爽地说，“你应该享有自己人的座位。”

他安排芬恩坐在了自己儿子亚特的右手边。

第十二章

大家都知道，每到举办萨温节宴会的夜晚，隔绝这个尘世及其邻界的门便会打开，两个世界的居民可以离开各自的疆域，进入对方的领地。

眼下，异界之王达格达·摩尔[36]有一个孙子，名唤米德纳之子阿雷恩。这个阿雷恩来自芬那赫之丘，对塔拉和“至高王”怀有难以平息的仇恨。

“至高王”不仅是爱尔兰的最高统治者，同时也是通晓魔法之人的首领。据说康恩曾一度冒险进入“青春之地”[37]，还在阿雷恩的领地或家中做过一些事，甚至犯下了某桩罪过，反正必定是一种着实恶劣的行径，因为阿雷恩每年都要趁这个解禁时段到塔拉来复仇，回回都是一副暴跳如雷、苦大仇深的模样。

为了完成这项复仇使命，他已经来过九次了，不过要说将这座圣城真正摧毁，他大概尚不具备这样的能力：“至高王”和魔法师们可以抵御这一切。即使如此，阿雷恩依然有本事对塔拉造成相当程度的破坏，单凭这一点，就足以让康恩动用特殊的额外防范措施来对抗他，甚至连个钻空子的机会都不能让他逮到。

因此，当筵席结束、宴会开始之后，“百战”康恩便从宝座中起身，俯视着聚集的人群。

一名侍从摇了摇“肃静链”——操纵这条银链子就是他的职责和光荣任务。清脆的锁链声刚一响起，大厅便立刻静了下来。接着，众人纷纷感到好奇，“至高王”准备向他的子民们宣告什么事情呢？

“各位朋友，各位英雄，”康恩说道，“今晚，米德纳的儿子阿雷恩将带着神秘而可怕的火焰，从弗埃德山区[38]来到我们这座城市。诸位当中可有谁热爱塔拉和国王，甘愿肩负起对抗此人、保卫我们大家的使命吗？”

他说话时，众人一片肃静；可他说完后，耳畔还是一片寂静，只不过此时的静默更甚于方才，使人感到不祥和痛苦。每个人都不安地瞟向身边的人，然后死死盯住自己的酒杯或手指。青年们先是在某个庄严的时刻心中一阵热血激荡，但旋即激情便冷却了，因为他们都听说过北方芬那赫之丘的阿雷恩是何等人物。实力稍差的贵族们暗中观察那些比自己技高一筹的勇士，而比他们技高一筹的勇士则偷偷瞄向那些最出类拔萃的佼佼者。“痛击者”莫纳之子亚特·奥格啃起了自己的手指头；“恶语者”莫纳之子科南和莫纳之子加拉两人则不耐烦地抱怨着对方和他们的邻座；就连罗南的儿子凯尔特也低下头去望着自己的膝盖；高尔·摩尔抿着酒，他的眼中已无半点儿亮色。华丽的厅堂被一阵让人厌恶的难堪占据了。“至高王”站在一片令人战栗的死寂之中，那张高贵面庞上的表情由亲切变成了凝重，然后由凝重变成了可怕的严厉。或许下一秒钟，这位国王就会被迫接过自己下达的挑战，宣布他将于当晚亲自担任塔拉的守护者，给每一个在场之人留下永不磨灭的耻辱；而国王则会把臣民脸上的羞愧之情永远铭记于心。高尔那颗无忧无虑的心可以帮助他遗忘世事，但是若有这样一段记忆，却是连他都不敢面对的，每每想起此事，他的心中定会痛苦不已。就在这个可怕的时刻，芬恩挺身而出了。

“完成这次抗敌任务的人能得到什么回报呢？”他问道。

“凡是正当的要求，都将获得郑重其事的准许。”国王回答。

“谁来做担保？”

“爱尔兰的诸位国君，还有莱德·希斯和他的魔法师们。”

“我愿承担这次抗敌任务。”

芬恩话音刚落，在场的国王和魔法师们便立刻做出了保证：他将依照约定获得报酬。

于是芬恩大步流星地离开了宴会大厅。随着他的身影逐渐远去，在场的贵族、家臣和侍从纷纷为他欢呼，并祝他好运。但实际上，这些人的心里却正在向他诀别，大家都认定这位小伙子正在一步步迈向死亡，而且这个命运是他无论如何都无法摆脱的，此时的他已经可以算作一个死人了。

也许芬恩曾向希族人求助，因为就其母系血统而言，芬恩也是丹奴族部落的成员之一，尽管从父系来讲，他身上混杂着相当一部分凡人血统。还有一种可能，那就是芬恩已经预知了事情将会如何发展，因为他吃过“智慧之鲑”。不过，从我们的文献上看，在这次事件中，芬恩并没有像他经历过的其他冒险那样，施展任何魔法手段。

芬恩在了解事情现状、发掘被隐瞒的事实时，依靠的都是同一个办法。至今这个办法还经常被人提及：先让人端来一个浅浅的椭圆形盘子，这只淡色盘子系由纯金打造，里面盛着净水。然后，芬恩便低下头朝水中望去，接着，他会一面凝视盘中的水，一面将拇指伸进嘴里，放在他那颗“智慧之齿”——这是芬恩自己特有的“智齿”[39]——的下面。

可以说，智慧比魔法更为高等，而且包含了更多等待我们去探究的内容。我们很有可能得以窥得眼前的事实，却无法预知接下来会发生之事；因为虽说“眼见为实”，但这并不代表“眼见了”或者“证实了”就等于“通晓了”。许多人目睹了某件事物并确认了其真实性，但他们对该事物的了解却一点儿都不比那些既没见过也未能证实它的人更透彻。可是，芬恩就能够看见事物，并通晓它们，换言之，对于自己所见之物，他得以具备相当程度的了解。芬恩确实精通魔法，因为他素来以学识渊博著称，后来，他家中还请了两位魔法师，他们一位叫迪瑞姆，另一位叫马克 · 里思，任务是替日理万机的主人处理学问方面的粗重事务。

然而，前来支援芬恩的人并非来自希德[40]。

第十三章

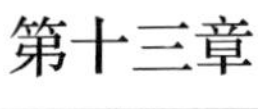

迈着坚定的步伐，芬恩穿过一道道防御工事，来到了高大的外墙下面。这里已是城池的边界，穿过这道墙，便是广阔的塔拉平原。

城外只有芬恩一人。因为除了疯子，在举办萨温节盛宴的夜晚，哪怕是屋子里着了火，也没有人胆敢舍弃房屋的庇护；因为不论屋子里发生什么劫难，跟外头的灭顶之灾一比，都会显得微不足道。

此时此刻，芬恩已经听不到来自宴会的喧哗声了——不过，眼下那座豪华的厅堂里大概正充斥着一片饱含羞惭的寂静——城内的灯火也被一层层高大的壁垒所遮掩。除了头顶的穹宇和脚下的大地，芬恩身边别无他物，倘或非要说有，也不过是黑暗和风罢了。

可是，漆黑的环境根本无法让芬恩感到半分恐惧，因为在幽暗森林中长大的他堪称黑暗的养子。风也无法使他的耳朵或心灵遭受半点折磨。芬恩细细品味着这支管弦乐队演奏出的每一个音符，然后和它们融为一体，而这原本就是不可思议的过程。乐曲中既有拖着长长尾音的悲叹，也有令人毛骨悚然的低吟和沉寂，还有高亢悦耳的呼啸，这声音微弱得难以察觉，与其说它是被耳朵所捕获，倒不如说是被精神力量所感知。那尖啸好似魔鬼的呼喊般突如其来，又如同十声雷鸣般震耳欲聋；那哀号就像是有人正一边回头张望，一面飞奔着躲进丛林和黑暗当中；而那啜泣则仿佛来自某个被痛苦折磨多年的人，虽然他只是偶尔才会想起自己的不幸遭遇，可是当记忆被唤醒之后，随之而来的又是何等的切肤之痛啊！芬恩侧耳辨听，得知了这些乐曲的演奏顺序，以及它们的音量从增强到减弱的各个变化。种种噪声叠加在一起，汇聚成一阵喧闹，芬恩就在黑暗中倾听着。他可以将这支大合唱的各个组成部分捋顺厘清，然后按照音调的渐变层次为它们安排合理的位置：这是家兔奔跑的声音，那是野兔掠过的动静；远处是灌木丛在窸窣作响，但那声短促的“唰”却是一只小鸟发出的；那儿有一匹不断迫近的狼，这儿有一只踟蹰不前的狐狸；那边的刮擦声不过是一片表面粗糙的叶子蹭到了树皮而已，至于那阵更遥远的摩擦声则来自雪貂的爪子。

智者无畏，这个词形容的就是芬恩。

芬恩默不作声，正当他忙于留心观察四周的状况时，一个声音引起了他的注意，于是他细细琢磨起来。“有人。”芬恩喃喃自语。然后，他一面朝着声音传来的方向倾听，一面向城池退去。

来人在黑暗中行动自如的本领几乎和芬恩不相上下。“这绝对不是敌人，”芬恩思索着，“他走起路来坦率直接，毫无掩护。”

“来人是谁？”他大声喝问。

“自己人。”那位初来乍到者说道。

“那就报上自己人的姓名。”芬恩说。

“科纳之子费厄库尔。”来人答道。

“啊，我最最亲爱的人啊！”芬恩一面呼唤，一面几个大步跨上前去，迎接那位曾在沼泽中抚育过自己的大盗。

“看样子你并不害怕。”他开心地说。

“说真的，我确实很害怕，”费厄库尔小声说，“我把你这里的事一弄完，就得一溜烟儿往回赶。这双腿能跑多快，我就跑多快。但愿诸位神灵能像来时的路上那样，保佑我平安回去。”强盗虔诚地祷告着。

“阿门，”芬恩说，“现在，告诉我你到这儿来的目的吧。”

“关于如何抗击这位来自希德的大人物，你有没有什么计划？”费厄库尔低声问道。

“我要向他发起进攻。”芬恩放出壮志豪言。

“这根本不叫计划，”对方颇为不屑，“我们要计划的不是怎样发起进攻，而是如何赢得胜利。”

“这个人非常可怕吗？”芬恩问道。

“的确很可怕。既没有人能接近他的身体，也没有人能从他手里逃脱。他总是一边从希德中走出来，一边用笛子和定音鼓演奏着低沉而动听的乐曲。只要一听见这支曲子，所有人都会昏睡过去。”

“我就不会睡着。”芬恩颇为笃定。

“你肯定会睡着，因为每个人都会。”

“接下来会怎样呢？”芬恩继续询问。

“所有人都陷入昏睡以后，米德纳之子阿雷恩就会从口中喷射出一道火焰。无论什么东西，只要一触及这火苗，就会被它摧毁。阿雷恩还能把他的火喷向各个方向，喷射的距离也远到令人难以置信。”

“这么说来，你能前来帮助我，真是太勇敢了，”芬恩喃喃地说，“尤其是在你根本帮不上忙的情况下。”

“我能帮得上你，”费厄库尔回答道，“不过我必须获得报酬。”

“什么报酬？”

“你所得全部酬劳的三分之一，再加上在你的队伍里谋得参谋一席。”

“我同意，”芬恩说，“那么，说说你的计划吧？”

“我有一支接口处嵌着三十颗阿拉伯金铆钉的长矛，你还记得吗？”

“啊，是不是那支前端用毯子裹着，插在一桶水里，还被你用锁链拴在墙上的——那个本性恶毒的‘博尔伽’[41]？”

“就是它！”费厄库尔答道。

“这支矛的主人正是米德纳之子阿雷恩，”费厄库尔继续说，“是你的父亲把它从阿雷恩所居住的山丘带出来的。”

“那又怎样？”尽管芬恩很好奇费厄库尔是从哪儿得到这支矛的，但是宽厚仁慈的性格使他没有让问题脱口而出。

“你一听到那位希德的大人物走近，就把这支矛前端的包裹物去掉，然后低下头，把脸对准它。这支矛所散发的高温、恶臭——总之它身上一切恶毒、尖刻的特质都会阻止你陷入沉眠。”

“你确定？”芬恩将信将疑。

“只要你紧挨着这臭烘烘的东西，就不可能睡着，任何人都不会。”费厄库尔斩钉截铁地回答。

接着，他又说：“米德纳之子阿雷恩会在他停止演奏、开始喷火的时候放松戒备。他会以为所有人都已经入睡，到那时就可以发起你方才所说的进攻了。祝你一切顺利。”

“我会将他的长矛物归原主。”芬恩信心满满。

“东西在这儿，”费厄库尔一边说，一边将“博尔伽”从自己的斗篷下面取了出来，“但是亲爱的，你要注意防备它、忌惮它，就像对待那个丹奴族的家伙一样。”

“我不会忌惮任何东西，唯一让我为之遗憾、略带歉意的人就是那个米德纳之子阿雷恩，因为他即将尝到自己长矛的厉害。”

“我这就走了，”他的同伴低声嘟囔着，“因为天色越来越暗了——我本来以为已经黑得不能再黑，可是它偏偏会继续变黑下去；而且外面总让人感觉怪怪的，我不喜欢。那个来自希德的家伙随时都有可能出现，要是他的曲子传到我耳朵里，哪怕只有一个音符，我也必死无疑。”

强盗离开之后，芬恩又是孤身一人了。

第十四章

芬恩听着费厄库尔离开的脚步声，直到它消失为止。此时除了他自己的心跳以外，再没有任何声音传入他那双竖起的耳朵。

连风都静止了，整个世界仿佛已然别无他物，只剩下黑暗和芬恩自己。在那片铺天盖地的黑暗里，在那片看不见的沉寂和空虚当中，心灵也可能变得不再专注于它自己。或许它会被这种氛围所湮没，消失在寰宇之中。这样一来，意识也会被转移或驱散，人站着就能睡着。因为在所有事物当中，心灵最惧怕的就是孤独，它宁可逃到月亮上去，也不愿被押回到精神世界，孤零零地待着。

可是，芬恩并不感到寂寞。当米德纳的儿子到来时，他也没有感到畏惧。

万籁俱寂之夜，时间一分一秒缓缓流逝，就这样过了很久，仿佛一切都已就此凝固、仿佛时间已不复存在，没有过去，也没有未来，只余下昏昏沉沉、无休无止的现在，意识也近乎消亡。接着，出现了变化：随着时间的推移，云朵也开始变得飘忽不定，一直藏在它们身后的月亮终于渐趋明晰，但它散发的不是灿烂夺目的光芒，而是层层浸染的清辉。月色穿透重重屏障，投射出一缕微光，就连月亮本身的幻影和它素日给人的印象都比这缕微光要更为明亮。这样的月光缥缈难寻，稀世罕见，使人不由得怀疑自己是否真的看见了它，还以为月亮尚未露面，一切都是他们的记忆重现呢。

但是，芬恩拥有一双野兽般的眼睛。它们在黑暗中窥探着，并且有意识地朝那边扫视。接着，芬恩看到了——那不是什么物件，而是一个活物。有东西正在一片漆黑中若隐若现，只是这东西比它四周的阴暗更加神秘莫测；它并非一种有形的存在，而是一道虚无的幻影，或者可以说是一股逼人的压迫感。不一会儿，芬恩便听到了那个大人物不慌不忙的脚步声。

芬恩朝他的长矛俯下身去，解开了罩子。

接着，黑暗中又传来一个声音。这声音低沉而动听，愉悦得使人战栗，低沉得撩人心弦。它是那样微弱，常人的耳朵几乎无法察觉；又是那样甜美，让耳朵甘愿斥拒其他一切声响，在人类所能听到的各种声音里拼命辨别着它的存在：那是另一个世界的乐曲！来自希德的旋律！如此超凡脱俗，引人入胜！所有人的心神都被这甜美的乐曲牢牢吸引，他们一听见这支曲子，就不由自主地打起了瞌睡，并追随着音乐飘过的轨迹，和它融为一体。除非那奇妙而和谐的乐章停止演奏，听众的耳朵方能重新获得自由，否则人们的神思就不可能归位。

但是，此时芬恩已摘去了长矛上的罩子，将它紧贴在额前，如此一来，他的精神和全部意识就都集中在了那滚烫的、散发着杀意的矛尖上。

音乐停止，阿雷恩从口中喷出了一道蓝色烈焰，那情景就如同他在喷吐闪电一般。

芬恩展开他那件带有流苏的斗篷罩住了火焰，看上去仿若施展了某种魔法。但是，他没有直接把火扑灭，而是将它从斗篷里倾倒出来，火苗飞快地钻入地下，一直烧到了离地表足有二十五拃[42]深之处。

如今这里依然被称作“斗篷幽谷”，而阿雷恩当初所站立的山岗则成了“烈焰高地”。

米德纳之子阿雷恩眼睁睁看着自己的火焰被一只无形的手攫住，然后倏然扑灭，他的惊讶可想而知。遭到这样的挫败后，他的恐惧也同样不难想象。毕竟，当一个精通各种本领的魔法师亲眼目睹自己的法力失效，然后面对自己一无所知的力量反复猜度，最后却被吓破了胆的时候，他的惊恐谁人能及？

他已经按部就班地完成了自己计划中的每件事。他吹了笛子、敲了定音鼓，照理说所有听见乐曲的人都应该陷入昏睡。但是，他的火却被人三下五除二就控制住，并且扑灭了。

阿雷恩施展出他所掌握的全部可怕力量，重新喷起火来。熊熊燃烧的蓝色火焰怒吼着、呼啸着从他口中喷射而出，却再次被芬恩拢住、扑灭。

恐慌侵袭了这个来自异界的家伙。他转过身去，逃离了这个可怕的地方。虽然他并不知道跟在自己背后的究竟是何方神圣，却对其充满了前所未有的恐惧。那个陌生人紧跟着他追了过来，可怕的御敌者反守为攻，在他身后紧追不舍，恰似一匹用爪子牢牢抓住公牛腹部的狼。

而且，这里可不是阿雷恩的世界！置身人界使他的一举一动都不甚灵便，连空气都变成了阻碍。若是在他自己的地盘，他占据地利之便，没准儿还能跑赢芬恩，但这里是芬恩的地盘，占据地利的人是芬恩，那位逃亡的神族想甩掉他，只怕体格还不够健壮。阿雷恩可谓使出了全力奔跑，因为当追逐者无比接近时，二人已经来到了阿雷恩所住山丘的入口处。芬恩把一根手指伸进了巨矛上的皮带里，长矛飞掷而出，米德纳之子阿雷恩旋即被黑暗所笼罩。他眼前一片昏黑，思维也乱作一团，然后终止了运转。随着“博尔伽”“嗖”的一声刺入他的肩胛骨，他的生命也开始逐渐流逝。他徒劳地翻滚着，最终停止了呼吸。芬恩把他那迷人的头颅从肩膀上砍了下来，然后穿过茫茫夜色，向塔拉走去。

大获全胜的芬恩，成功地向一位丹奴族人发出了致命一击，而那个受他一击的家伙此刻已经一命呜呼！

旭日初升的时候，芬恩抵达了王宫。

当日清晨，所有人都早早地起了床。他们想瞧瞧那个大人物究竟造成了怎样的破坏，可映入眼帘的却是芬恩年轻的身影，他手里攥着一把头发，而那颗令人望而生畏的脑袋就在那把头发下面荡来荡去。

“你想得到什么？”“至高王”问。

“一样我该得的东西，”芬恩说，“爱尔兰费奥纳勇士团的首领地位。”

“你挑一样吧，”康恩对高尔·摩尔说，“要么离开爱尔兰，要么把手伸给这位勇士以表臣服，然后为他效命。”

同样一件事，别人或许会感到为难，但高尔却能够做得出来，而且还做得很漂亮，任何举动都不会使他被人看低。

“我的手在此听命。”高尔伸出了手。

他一面表示臣服，一面朝那双严峻而充满活力的眸子眨巴着眼睛，而那双眸子也正凝神注视着他。

---

[1] 圣帕特里克（Saint Patrick），5 世纪的基督教传教士、爱尔兰主教，和圣布莱特、圣科伦巴同为爱尔兰守护神。据 12 世纪文学作品《长者的故事》（*Acallam na Senórach*）记载，库尔之子芬恩的儿子、费奥纳勇士团的战士欧莘（Oisín）和他的一名同伴活到了圣帕特里克生活的年代，并向其讲述了费奥纳勇士团的故事。

[2] 即库尔之子芬恩（Fionn mac Cumhaill），凯尔特神话中爱尔兰著名的传奇英雄，是爱尔兰民间传说和苏格兰盖尔语故事《芬尼安传奇》（*The Fenian Cycle*，爱尔兰语为

Fiannaidheacht）中最重要的人物，同时他也是大名鼎鼎的费奥纳勇士团，即“芬尼安勇士”最杰出的领袖。

[3] 玻德莱尔（Bodhmall），芬恩的父亲库尔的妹妹，德鲁伊教的教士。库尔被杀之后，她和丽雅丝·露其拉将芬恩带到布鲁姆山区（Slieve Bloom Mountains，爱尔兰语为 Sliabh Bladhma），将其抚养成人。

[4] 丽雅丝·露其拉（Liath Luachra），一位著名的女战士，芬恩的两位养母之一。

[5] 费奥纳勇士团的成员主要来自两个部族：库尔所属的拜森部族（clan Baiscne）和莫纳部族（clan Morna）。

[6] 拜森之子库尔（Cumhaill mac Baiscne，某些早期文本写作 Umaill），费奥纳勇士团首领，芬恩的父亲。库尔向莫瑞恩求婚，却遭到其父泰格的反对，于是两人私奔。泰格向“至高王”“百战”康恩（Conn of the Hundred Battles）求助，后者遂向库尔宣战。结果，库尔在战争中死于莫纳之子高尔之手。

[7] 费奥纳勇士团（the Fianna），凯尔特神话中爱尔兰最著名的精锐战团之一。传说战团在 3 世纪左右处于鼎盛时期。费奥纳勇士们的众多传奇冒险故事至今仍是爱尔兰民间传说中极为重要且最受欢迎的部分，在西方著名的亚瑟王和圆桌骑士的很多故事里都有他们的影子。“费奥纳”（fianna）一词来自爱尔兰语中的 fian，意为“战士、勇士”。从历史上来说，费奥纳勇士团的故事源自爱尔兰中世纪早期、被称为 kern 的轻步兵所组成的战团，其成员一般为尚未继承财产和土地的贵族青年。

[8] 里尔之子马纳南（Manannán mac Lir，其中 Lir 在爱尔兰语中意为“海”），掌管海洋、天气和迷雾的爱尔兰神灵，但是与爱尔兰神话中的异界及丹奴族有着非常紧密的联系。他多次出现在《芬尼安传奇》中，与芬恩关系密切，还曾赐予他武器，据说装有费奥纳勇士团宝藏的袋子也是他赐予芬恩的。

[9] 莫瑞恩（Muireann 或 Muirne），芬恩的母亲。库尔被杀后，莫瑞恩的父亲泰格下令烧死已经怀孕的女儿，莫瑞恩不得不投奔玻德莱尔。

[10] 关于泰格的父亲是谁，人们说法不一。主流观点认为是指“银手臂”努阿达（Nuada Airgetlám），丹奴族的第一任国王；也有人说是爱尔兰“至高王”努阿达·奈克（Nuadu Necht）或其他同名者。

[11] 卢夫（Lugh 或 Lug），爱尔兰神话中的神灵，擅长使用长矛（一说是投石环索），因此也被称为“长臂者”。在大多数故事版本中，卢夫的父亲是丹奴族的凯恩（Cían）。

[12] 布鲁姆山区（Slieve Bloom Mountains，爱尔兰语为 Sliabh Bladhma），位于爱尔兰中部平原，虽然海拔仅有 527 米，却是一片极其广袤的山林。

[13] 莫纳之子高尔（Goll mac Morna），是费奥纳勇士团的成员，也是莫纳部族的领袖人物。高尔杀死了芬恩的父亲库尔并成为费奥纳勇士团的新领袖，但后来，根据《芬恩的少年经历》（*Macgnímartha Finn*）的记载，每年萨温节，一个名为阿雷恩（Áillen）、会喷火的希德生物会来到塔拉山；他先用音乐引诱所有人进入梦乡，然后喷火烧死他们。高尔领导下的费奥纳战士对阿雷恩的攻击束手无策。少年芬恩设计杀死阿雷恩，从而得到了费奥纳战士们的认可，成为新的领袖。高尔便从此追随芬恩，并娶了芬恩的一个女儿，可在费奥纳和“至高王”的战争中他选择了支持敌人。高尔的原名

实际为 Áed 或 Áedh，因在与库尔的战争中失去一只眼睛而被称为“高尔”（Goll 意为“独眼”）。

[14] 莫纳之子科南（Conán mac Morna），也被称为“秃子”科南（Conán Maol），是高尔的兄弟，费奥纳勇士团成员。在相关神话中，他通常被描绘成一个具有喜剧色彩的人物，但他是一个勇敢的战士，而且极其忠诚。

[15] 哥尔提山脉（Galtee Mountains 或 Galty Mountains），位于爱尔兰芒斯特省，是爱尔兰海拔最高的内陆山脉（最高点 917 米）。

[16] 欧甘文（ogham），中世纪早期的字母系统，主要用于记录早期的爱尔兰语言（4 至 6 世纪），以及后来的古爱尔兰语（6 至 9 世纪）。在古爱尔兰神话中，欧甘文常用来记录诗歌、德鲁伊教咒文以及政治事务。

[17] 科纳之子费厄库尔（Fiacuil mac Cona），他是芬恩的姑妈、保护人之一玻德茉尔的丈夫。库尔死后，他和玻德茉尔成为莫瑞恩的保护人，莫瑞恩就是在费厄库尔家中生下芬恩的。

[18] 米德纳之子阿雷恩（Aillen mac Midna），人称“烧灼者”，他曾在每年的萨温节期间来到塔拉山，先通过音乐让所有人入睡，再喷火烧死他们，最终被芬恩杀死。在爱尔兰神话中，阿雷恩所居住的地方被称为“蜜之平原”或“欢乐平原”（爱尔兰语为 Mag Mell 或 Mag Meall），它属于凯尔特神话中异界的一部分，一般认为是一座存在于远海当中的浮岛。

[19] 利菲平原（Moy Liffey 或 Magh Liffey），古地名，位于今天爱尔兰基尔代尔郡，因其名字意为“利菲河附近的土地、平原”，所以应该在都柏林和利菲河附近。

[20] 莱恩湖（Lough Leane），爱尔兰语写作 Loch Léin，意为“知识湖”（Lake of Learning），是爱尔兰克里郡基拉尼镇三座湖泊中最大的一座（面积为 19 平方千米）。

[21] 芬垂克（Finntraigh），字面意思为“白色的海滨”，位于爱尔兰西南部的芒斯特省。

[22] 欧莘（Oisín），库尔之子芬恩的儿子，费奥纳勇士团的成员，爱尔兰神话中的伟大诗人。

[23] 奥斯卡（Oscar），《芬尼安传奇》中欧莘和希族女子“金发”尼亚芙（Niamh Chinn Óir）的儿子，费奥纳勇士团成员。

[24] 鲁格纳（Luigne），最早是一个丹奴族部落，后来演化成奥哈拉（O'Hara）和奥加拉（O'Gara）两个凯尔特姓氏部族。活动范围约在如今的爱尔兰斯利戈郡（Sligo）西部，牛山（Ox Mountains）和加拉湖（Lough Gara）之间，“鲁格纳”一词也被用于称呼他们的领地。

[25] 范格斯（Finnegas，也被称为 Finn Eces），爱尔兰神话中的诗人、智者，也是芬恩的导师。

[26] 博因河（River Boyne），位于爱尔兰伦斯特省的河流，传说它是由女神博安（Boann）所创造的。

[27] 香农河（River Shannon），爱尔兰境内最长的河流（全长 360.5 千米），它的名字来源于凯尔特女神秀娜（Sionna）。

[28] 舒尔河（River Suir），爱尔兰河流，在东南部的沃特福德市（Waterford）附近汇入大西洋。

[29] 利菲河（River Liffey，爱尔兰语为 Ana Life），流经都柏林中部的爱尔兰河流，原名为 An Ruirthech，意为“激流”，后因其所流经的平原改名为“利菲”。

[30] 榛子树的树枝和果实在爱尔兰及威尔士传统文化中扮演着重要角色。榛树的果实往往被称为“智慧之果”（nuts of wisdom）。相传榛子落水后，有的会激起气泡，使人产生神秘的灵感；有的则会被鲑鱼吞下，据说鲑鱼背上斑点的个数就代表它所吞食的榛子数量。

[31] 塔拉王城（Tara of the Kings），位于爱尔兰米斯郡首府纳文市附近的塔拉山上。据说它原是博尔格人的一座堡垒，后来被丹奴族占领，随后又成为爱尔兰“至高王”的住所。

[32] 萨温节（Samhain），盖尔人的节日。萨温节标志着丰收季节的结束和冬天的开始。庆祝节日的时间从 10 月 31 日傍晚而始，到 11 月 1 日傍晚而终。相传在萨温节前夜（即 10 月 31 日的夜晚），两个世界之间的界限最为模糊，因此爱尔兰神话中的许多重大事件都发生在萨温节前夜。

[33] 根据爱尔兰传奇，一位“至高王”（英文为 High King，爱尔兰语为 Ard Rí na hÉireann）在塔拉山上统治爱尔兰其他等级较低的国王。在早期爱尔兰文学中，“至高王”往往会迎娶代表爱尔兰的三位女神之一，象征着王权与土地的结合。虽然有一些“至高王”是历史人物，但现在的历史学家认为“至高王”的历史和延续多为 8 世纪后的政治和文学产物。

[34] “地方王”（爱尔兰语为 rí ruirech），是分管爱尔兰各省份的国王，数量一般在三个到六个不等。爱尔兰曾有五省：伦斯特、芒斯特、阿尔斯特、康诺特和米斯，但米斯后来被划入伦斯特省。

[35] “百战”康恩，根据中世纪的爱尔兰传说及编年史资料记载，康恩是爱尔兰的“至高王”，也是康诺特王朝的祖先。

[36] 此处应指丹奴族统领达格达（the Dagda），原文中的“摩尔”（Mór）在爱尔兰语里有“伟大”的意思。在爱尔兰神话中，达格达相当于众神之父，是一个类似希腊神话中宙斯或北欧神话中奥丁的角色。他也被称为“众神之父”（Eochaidh Ollathair）、“火”（Aedh）或“智慧之父”（Ruad Rofessa）。虽然没有直接证据表明此处的达格达 · 摩尔和达格达之间的关系，但“火”这个称呼似乎也暗含了他与被称为“喷火者”的阿雷恩之间的联系。

[37] “青春之地”（Tír na nÓg / Tír na hÓige），爱尔兰神话中异界的别称（或者异界的一部分）。在不同版本中，异界的形式和方位也各不相同：有时它是一个黑暗之地，但有时是一个极乐世界；有时在地下，有时在某座海岛上。这里的“青春之地”就是一种形式，相传那里物产丰饶，所有事物都能永葆年轻、美丽、健康、愉快。还有一种说法，称阿雷恩的居所为“蜜之平原”或“欢乐平原”。同“青春之地”相同，它也是异界的另一种称呼和形式。在爱尔兰神话中，这是一个位于爱尔兰以西的海岛或位于大洋之下的土地，是一个没有忧愁的死后世界，只有极少数人死后能前往此地，类似希腊神话中的极乐世界（Elysium）或北欧神话中的英灵殿（Valhalla）。

[38] 弗埃德山区（Slieve Fuaid），位于北爱尔兰阿马郡纽敦哈密尔顿区（Newtownhamilton）附近，据说阿雷恩的住处距离这座山不远（一说为两者系同一个地方）。

[39] 芬恩最早品尝“智慧之鲑”是通过他的拇指，因此他的拇指成了“智慧之指”。每当他需要得到不为人知的信息时，他就将那根拇指放入口中。在某些故事版本中，他所需要的知识本身就蕴含在他的拇指当中，但一部分力量也与他的牙齿有关，所以每当他想获取这些知识时，便将拇指放到牙齿上面轻咬。

[40] 希德（Sídhe），本意为山丘。在爱尔兰神话中，希德是异界的两种存在形式之一。希德与人类世界之间的界限并不绝对，通常认为，两个世界的界限最为模糊的时候是古爱尔兰的萨温节前夜。

[41] 博尔伽（Birgha 或 Birga），爱尔兰神话中百掷百中的长矛。

[42] 搾（span），长度单位，一搾通常为 9 英寸或 23 厘米。

布兰的出生

THE BIRTH OF BRAN

❦ ❦ ❦

第一章

有些人对狗没有半分好感——这类人通常为女性，但是在这个故事中，讨厌狗的却是个男人。不，何止讨厌，他对狗简直深恶痛绝。他只要一遇见狗，就立刻脸色阴沉，接着不断向狗投掷石块，直到它逃得无影无踪方才罢休。然而，守护众生的神明让这家伙长了一对斜视眼，所以他扔的石头从未命中过目标。这位先生名唤费格斯·芬恩里荷，他的堡垒位于戈尔韦[1]港口附近。无论何时，只要一有狗叫，费格斯就会从椅子中一跃而起，找准声源方向，然后顺手抄起什么东西，就往窗户外面扔。那些讨厌狗的仆人会得到他的赏赐；每当听说哪个人溺毙了一窝小狗，他总要上门拜访，还变着法子求娶对方的女儿。

可是，库尔的儿子芬恩在这方面却跟费格斯·芬恩里荷完全相反。他喜欢狗，并且对狗了如指掌——从幼犬长出第一颗小白牙，到老狗最后一颗细长的黄牙开始松动，狗的生活习性芬恩都一清二楚。他懂得狗天生喜欢什么、讨厌什么；他知道应当把狗训练到怎样的程度，才能使它们在听话的同时依然保有其高贵品质，而不会变得奴颜媚骨、畏首畏尾；他明白什么样的希望能让它们斗志昂扬，什么样的忧虑会使得刺痛和激动深入它们的骨血；狗儿能通过爪子、耳朵、鼻子、眼睛和牙齿来表示它们的索取之意，抑或宽恕谅解，对于这些，芬恩都非常熟悉。芬恩之所以能深谙这些，是因为他爱狗——只要有爱，我们就能够了解任何事物。

芬恩有三百只狗，他对其中两只尤为钟爱，并与它们日夜相伴。这两只狗分别叫作布兰和西奥兰。芬恩对它们注入了特殊的感情，无论何时都不愿和它们分离。至于其中的缘由，旁人就算花上二十年的工夫也猜不出来。伦斯特的艾伦山[2]地势开阔，芬恩的母亲莫瑞恩到这里来看望儿子，还带来了自己的妹妹赫尔茵[3]。伟大领袖的母亲和姨妈总能得到费奥纳勇士团的热情接待，这原因有二：一来她们都是芬恩的长辈；二来两位女士风姿迷人，举止高贵。

任何语言都不足以描绘莫瑞恩是多么令人喜悦——但我们的主角并不是她。至于赫尔茵，任何男士见到她之后都会变得要么愤愤不平，要么垂头丧气，因为她的面庞像春天的早晨一样朝气蓬勃；她的声音比树篱最高处传来的杜鹃啼鸣更加欢快；她的身姿像芦苇一样摇曳婀娜，像波浪一样凹凸起伏，令每个人都觉得她这条河流一定会奔向自己的怀抱。

已有妻室的男子见过赫尔茵之后都变得郁郁寡欢、沮丧不已，因为他们已然无望娶她为妻，而费奥纳勇士团里的单身汉们则红着眼睛，你瞪我，我瞪你，目光中充满了敌意。然后，他们纷纷把视线转向赫尔茵，眼神中却满是脉脉柔情，让她恍惚以为自己正沐浴在拂晓时那和煦的晨光里。然而赫尔茵却将芳心许给了一位阿尔斯特贵族——欧兰·艾克泰克[4]，这位首领声明了自己的权力和地位，并向她求了婚。

唯一的问题是，芬恩并不欣赏这个阿尔斯特人。不知是对这两人不太了解，还是对他们太过熟识，在同意这门婚事之前，芬恩提出了一个奇怪的约定：万一哪天欧兰觉得赫尔茵生活得并不幸福，就得把她送回来。欧兰同意了。这个约定的担保人有罗南之子卡尔特、莫纳之子高尔，以及卢盖。婚礼上，卢盖还亲自把新娘交给新郎，但这个仪式对他而言却并不愉快，因为他同样深爱着这位小姐，他希望永远将她留在身边，而绝不愿拱手让人。赫尔茵离开后，卢盖写下了一首关于她的诗，第一句是：

“日月无光，苍穹失色……”

后来，这首诗被数百个断肠人铭记于心。

第二章

欧兰与赫尔茵完婚后，两人便去了阿尔斯特，一起过着幸福美满的日子。然而，生活的常理即是变幻无常，一切事物都无时无刻不在变化；幸福必然会演变成不幸，而这不幸又会被它先前所取代的欢乐代替。至于往事，我们也必须认真对待，因为它们往往并不会如我们所希望的那样被远远地抛诸身后；更多的时候，过去的事还会横在前方，阻挡住我们的去路，在我们以为道路畅通无阻，并因而自得其乐的时候，未来却绊了一个大跟头。

欧兰就有这么一段不大体面的过去，但他并未因此而觉得羞耻；他只是觉得事情都已经结束了，而实际上一切才刚刚开始——我们所谓的将来，其实就是过去的开始，无休无止，不见尽头。

欧兰加入费奥纳勇士团之前，曾经跟一位名叫阿克特·黛尔芙[5]（意为“美丽的胸脯”）的希族小姐情投意合，相爱多年。想当初，他跑去异界探望自己心上人的次数多么频繁哪！他每次前往时都满怀热情和希望，他吹出的爱情哨曲在异界尽人皆知，而且那里曾有不止一位娇美可爱的姑娘把他作为谈论的对象。

“你的哨曲，美胸小姐。”阿克特·黛尔芙的希族姐妹总会这么说。

这时，阿克特·黛尔芙便会回答：“没错，这是我的凡人、我的爱侣、我的心肝儿、我唯一的珍宝。”

她若正在纺纱，就会把纺具撂在一边；她若正在刺绣，就会把绣品束之高阁；她若正烤制蛋糕，就会把那块用优质小麦拌着蜂蜜做成的糕饼放在一旁，置之不理，任由它烤干烧焦——总之，她会抛下一切，奔向欧兰。随后，他们便手拉着手，在那个弥漫着苹果花和蜂蜜香味的国度，观赏枝头硕果累累的大树，还有光芒四射、舞动不止的流云。有时候，两人会偎依而立，沉浸在梦幻当中。他们用臂弯和眼神紧紧缠绕着对方，彼此上下凝视：欧兰低头注视着那两泓甜美可人的灰色清泉，它们在一双罥烟眉下窥视着、忽闪着；阿克特·黛尔芙则仰脸凝望着那双乌黑的大眼睛，它们时而迷蒙、时而火热，就这样循环往复，无休无止。

然后，欧兰便回到人界，阿克特·黛尔芙则继续处理自己在这片永生之地的日常事务。

“他都说了些什么？”她的希族姐妹会问。

“他说我是山中的浆果、智慧的星辰，还说我是覆盆子花。”

“那些人老是这一套。”她的姐妹把嘴一撇。

“可他们流露出的情意不同，”阿克特·黛尔芙强调着，“体会到的感觉也不同。”她喃喃自语。于是，一场无穷无尽的交谈又开始了。

后来，欧兰有一段日子没来异界，阿克特·黛尔芙对此感到讶异，而她的姐妹则提出了一百种假设，一种比一种糟糕。

“他没死，否则他就会上这儿来了，”她说，“他就是把你给忘了，亲爱的。”

欧兰和赫尔茵的婚讯传到了“青春之地”。阿克特·黛尔芙听闻这个消息，她的心跳停顿了片刻，然后，闭上了双眼。

“看吧！”她的希族姐妹说，“凡人的爱情也就能保持这么久。”这姑娘补充道，她的语调得意中带着悲伤，那是姐妹间特有的感情。

然而，阿克特·黛尔芙心中升腾起一股交织着嫉妒和绝望的怒火，其强烈程度在希族人中可谓闻所未闻。从这一刻开始，阿克特·黛尔芙变成了一个无恶不作、不择手段的女人；因为这世上有两件东西令人难以克制，一是饥饿，二是嫉妒。她下定决心，要让那个鹊巢鸠占、夺走欧兰爱情的女人为她当初的所作所为感到后悔。阿克特·黛尔芙冷静下来后，便独坐一旁陷入了沉思，但是心中却痛苦不已。她反复考虑、盘算着报仇的事，最后终于想出了一条妙计。

阿克特·黛尔芙熟悉魔法和变形之术。于是，她幻化成爱尔兰最广为人知的女性、芬恩的女传信人的模样，从异界动身，来到了凡间。

然后，她便朝欧兰的堡垒走去。

欧兰认出这就是芬恩的信使，但她的到访令他颇感意外。

她向他行礼致意。

“愿您健康长寿，主人。”

“愿您健康幸福，”他回答说，“哪阵风把您给吹来了，亲爱的？”

“我是来替芬恩捎信的。”

“什么信呢？”他说。

“尊贵的首领想要来拜访您。”

“欢迎他前来，”欧兰说，“我们会用阿尔斯特的筵席款待他。”

“那可是世界闻名的盛宴啊，”信使彬彬有礼地说，“现在，”她又道，“我有些口信要转告您的王后。”

然后，赫尔茵便同信使一道离开了屋子。可是，当她们走出一小段路之后，阿克特·黛尔芙便从自己的斗篷下面拿出一根榛树枝，在王后的肩膀上抽了一下，赫尔茵的身体立刻开始发抖、摇晃，继而缩小、变矮，最后，她变成了一只猎狗的模样。

这是一只漂亮的猎狗，它震惊地站在那里，修长的身躯颤抖不已，可爱的双眸因恐惧和惊愕而流露出叫人生怜的目光，那副样子任谁看了都要黯然心碎。可是，阿克特·黛尔芙却并无丝毫怜悯。她用链条紧紧拴住猎狗的脖子，然后带着它向西而去。那里住着费格斯·芬恩里荷——全世界对狗最不友好并因此而臭名昭著的家伙。阿克特·黛尔芙之所以带狗前去找他，正是因为看中了他这个名声。她才不打算为它找个温馨舒适的安身之所呢！她要物色的是全世界最凄惨、最痛苦的归宿。她相信费格斯会替她报仇，让她对赫尔茵的愤恨和嫉妒得到发泄。

第三章

阿克特·黛尔芙一面往前走，一面朝猎犬发出恶毒的咒骂。她时而甩动链条，时而猛拉狠拽，猎犬一路上频频发出凄厉的哀嚎和微弱的呻吟。

“哼，鹊巢鸠占的家伙！哼，夺人所爱的丫头！”阿克特·黛尔芙凶巴巴地说，“要是你的情郎瞧见你现在这副模样，他的心里会做何感想呢？要是他看到你这尖尖的耳朵、又细又长的鼻子，还有这瘦骨伶仃、哆哆嗦嗦的腿，他的脸上会是什么表情呢？现在，他不会再爱你了，臭丫头！”

“你听说过费格斯·芬恩里荷吗？”她接着说，“就是那个不喜欢狗的人。”

赫尔茵的确对此人有所耳闻。

“我就是要把你交给费格斯！”阿克特·黛尔芙嚷道，“他会朝你扔石块。你以前从没被人用石头砸过吧？哈，臭丫头！石头飞射而来的‘嗖嗖’声，会让耳朵紧张成什么样子；当它狠狠砸在皮包骨头的腿上时，那种撕心裂肺的刺骨之痛又是怎么一回事，你通通一无所知。强盗！凡人！贱丫头！你从没体验过挨鞭子的感觉，不过你马上就会尝到那种滋味了。你会听到鞭子的欢歌：它扬成一道弧线朝你扑来，狠狠地抽进肌肤，然后撕扯着你的血肉呼啸而去。到了夜里，你会把那些入土多年的尸骨偷偷刨出来，靠咀嚼它们来充饥。你会冲着月亮悲鸣、嚎叫，在严寒中瑟瑟发抖。而且，你绝不可能再抢走其他姑娘的心上人了！”

就这样，她一边往前走，一边恶声恶气地对赫尔茵百般恐吓。猎狗战栗着、蜷缩着，在绝望中发出楚楚可怜的哀鸣。

一人一狗来到了费格斯·芬恩里荷的堡垒前，阿克特·黛尔芙要求进入。

“把狗留在外面。”看门的仆人说。

“我才不干呢。”假冒的信使回答道。

“你要么把狗留在外面，自己进去，要么就跟狗一块儿待在外面。”那守卫板着脸，没好气地说。

“我告诉你，”阿克特·黛尔芙高声叫了起来，“要么让我把这条狗带进去，要么就让你那主子自个儿去跟芬恩交代！”

对方一听到芬恩的大名，便吓得几乎站立不住。他一路飞奔，前去禀告主人。接着，费格斯就亲自来到了堡垒的大门处。

“天哪，”他惊呼道，“是条狗！”

“的确是条狗。”仆人阴着脸抱怨。

“请你离开，”费格斯转向阿克特·黛尔芙，“先宰了这条狗再回我这儿，到时候我会送你一份礼物。”

“善良的主人，拜森后裔、库尔之子芬恩祝您健康长寿。”阿克特·黛尔芙对他说。

“也祝芬恩健康长寿，”费格斯答道，“进屋传达你带来的消息吧，但是请把狗留在外面，因为我不喜欢狗。”

“这条狗非进去不可。”信使回答道。

“凭什么？”费格斯怒吼起来。

“就凭芬恩下令把这条猎狗交给您照管，直到他来领回为止。”信使说。

“这我就想不通了，”费格斯抱怨道，“因为芬恩心知肚明，这世上再没有谁比我对狗更缺乏好感了。”

“无论如何，主人，我已经传达了芬恩的口信，这条狗也就在我的脚边。您要还是不要？”

“如果我会拒绝芬恩送来的什么东西，那一定是狗，”费格斯说，“但是芬恩送来的任何东西我都无法拒绝，把猎狗给我吧。”

阿克特·黛尔芙把链子交到他手里。

“哼，贱狗！”她说。

她对复仇计划的实施情况感到非常满意，于是便动身离开，回到了自己的希族同胞之中。

第四章

第二天，费格斯就唤来了仆人。

“那条狗还在发抖吗？”他问道。

“还在抖，先生。”仆人说。

“把那畜生带到这儿来，”主人吩咐道，“因为让谁不满意都行，但是必须让芬恩心满意足。”

狗被带了过来，费格斯用充满偏见和怨恨的目光审视着它。

“的确还在发抖。”他说。

“是啊，是啊。”仆人应和着。

“发抖这毛病怎么治？”主人询问道，因为他觉得要是这牲畜抖断了腿，芬恩必定会心怀不满。

“办法倒是有一个。”仆人语带迟疑。

“那就快告诉我！”主人怒吼道。

“如果您愿意把那畜生拎起来，搂在怀里，抱抱它、亲亲它，颤抖自然就会停止。”

“你的意思是说——”主人咆哮着，伸手欲拿棍棒。

“我也是从别处听来的。”仆人可怜巴巴地说。

“去把那条狗拎起来，”费格斯命令道，“然后抱抱它、亲亲它，要是让我发现那畜生再哆嗦一下，我就让你脑袋开花。”

仆人朝猎狗弯下腰去，但手上却被它咬去了一块肉，连鼻子都险些被啃掉。

“这狗不喜欢我。”仆人无奈地摊了摊手。

“我也一样！”费格斯大吼一声，“滚出我的视线！”

仆人离开后，房中便只剩下了费格斯和那条猎犬。但是，可怜的小家伙吓坏了，它抖得比先前还要厉害十倍。

“它的腿快要抖断了，”费格斯说，“芬恩一定会怪罪我！”他绝望地呼号起来。

他朝猎犬走了过去。

“你敢咬我的鼻子，或者用牙齿尖碰一碰我的指头试试！”他咆哮道。

费格斯把狗拎了起来，狗倒没咬他，只是抖个不停。他小心翼翼地托着它，就这样过了一会儿。

“如果非抱它不可的话，”他说，“那我会照办的。为了芬恩，再为难的事我也会照办。”

于是，他把狗揽进怀里牢牢托住，然后闷闷不乐地在房间里踱来踱去。狗的鼻子顺着他的胸膛伸到他下巴底下，而他则每走五步就拥抱它一次。正当他例行公事般地拥抱那条狗时，狗竟伸出舌头，羞怯地舔了舔他的下巴。

“停！”费格斯大叫起来，“收起这一套！”他的脸涨得通红，泛着凶光的眼睛顺着鼻子向下看去。一双温柔的棕色眼眸正仰望着他，还有一条小舌头怯怯地轻舔着他的下巴。

“如果非亲它不可的话，”费格斯闷声闷气地说，“那我会照办的。为了芬恩，再为难的事我也会做。”他咕哝着。

于是，费格斯低下头去，闭上双眼，托起了狗的下颌。可他刚把嘴唇贴上去，怀中的狗便开始微微扭动起身子，发出低低的吠叫，还轻轻地舔他，弄得费格斯几乎抱不住她。最后，费格斯把猎犬放回了地上。

“现在好了，她一点儿也不哆嗦了。”他自言自语道。

事实的确如此。接下来，费格斯走到哪儿，那条狗就跟到哪儿，还不时往他身上轻轻地扑腾着、拍打着。一双眸子饱含热切之意，闪着灵光，紧紧盯住他的双眼，令他诧异不已。

“这条狗喜欢我！”他低声惊叹，喃喃自语着。

第二天，他又嚷了起来：“天哪，我竟然喜欢上了这条狗！”

第三天，他开始把她称作“我唯一的珍宝，我的小分身”。不到一个星期，哪怕狗儿只离开他的视线片刻，都会让他觉得不堪忍受。

一想到可能会有恶棍向这条猎狗投掷石块，费格斯心中便如同油煎火燎。于是，他把仆人和家臣召集起来，听他训话。

费格斯告诉众人，这条猎狗是生灵中的王后，是他的心肝儿宝贝、掌上明珠。他还发出警告，哪怕只是斜眼看看这条狗，或者惊扰了她、让她哆嗦一下，肇事者也将为自己的举动付出代价，不仅皮肉要吃苦头，还要受尽羞辱。他列举了一连串酷刑，都是犯下上述滔天大罪的家伙将要面临的灾难。那些刑罚从剥皮到肢解无所不包，其中还掺杂着个别复杂而又颇具独创性的施虐手段，男士们听到这些内容后，只觉得血管中的血阵阵发凉，而家中的女士则直接站在原地昏了过去。

第五章

最后，消息终于传到了芬恩的耳朵里，母亲的妹妹眼下并没有跟欧兰住在一起。他当即派出信使，要求欧兰兑现他向费奥纳勇士团许下的承诺，立刻送赫尔茵回来。信使提出要求之后，欧兰顿时陷入了颇为悲惨的处境。他猜测自己王后的失踪与阿克特 · 黛尔芙有关，因而请求芬恩宽限些许时日，好让他寻回那失踪的姑娘。欧兰信誓旦旦，如果在规定期限内找不到赫尔茵，他就任凭芬恩处置，到时候无论怎么给他定罪，他都绝无二话。伟大的首领同意了他的请求。

“告诉那个弄丢了妻子的家伙，若是见不到人，我就要他的脑袋。”芬恩说。

欧兰随即动身前往异界。他对此可是轻车熟路，所以没多久便来到了阿克特 · 黛尔芙居住的山峦。

单单说服阿克特 · 黛尔芙同意相见就让欧兰颇费了一番周折，不过她最终还是答应了，于是两人在异界的苹果树下见了面。

“好啊！”阿克特 · 黛尔芙首先开了口，“哼，你这言而无信、见异思迁的家伙。”

“你好啊，祝你幸福安康。”欧兰一副低声下气的样子。

“我告诉你，”她高声喊道，“我不会给你任何祝福，因为当初我们分开时，你也没给我留下什么祝福！”

“我遇到危难了。”欧兰说。

“那跟我有什么关系？”她气冲冲地反问。

“芬恩可能会要了我的脑袋。”欧兰的声音越来越小。

“只要他拿得走，要就要呗。”她说。

“不，”欧兰却很是自负，“他只能拿走我愿意给他的东西。”

“把你的事儿说来听听。”她冷冷地说。

于是，欧兰先讲述了他的遭遇，继而说出他的判断：“我敢肯定，那姑娘是被你藏起来的。”

“如果我能从芬恩手里保住你的脑袋，”这位希族姑娘说，“那么你的脑袋就属于我。”

“没问题。”欧兰同意了。

“如果你的脑袋属于我，那么在它下面活动的身体也同样属于我。你有异议吗？”

“没有。”

“你得向我保证，”阿克特·黛尔芙又说，“如果我帮你躲过这场危难，你就要一心一意地爱我，直到生命的终点、时间的尽头。”

“我保证。”欧兰也答应了。

随后，阿克特·黛尔芙便去了费格斯·芬恩里荷的住处。她消除猎犬身上的魔法，让赫尔茵恢复了原来的身形；可是赫尔茵已经生了两只小狗，它们身上的魔法是无法破解的，所以只好让它们保持原状了。这两只小狗就是布兰和西奥兰，它们被送到了芬恩手上。从那以后，芬恩就一直对这两只小狗宠爱万分，它们不仅像狗一样忠诚、深情（那种程度也只有狗儿才做得到），还像人一样聪明伶俐。此外，它们也算是芬恩自己的表亲啊！

后来，对赫尔茵爱慕已久的卢盖终于向意中人求婚了。但是，他不得不先向赫尔茵证明自己没有别的恋人。卢盖证实这一点后，两人便结为了夫妇。从那以后，他们一直过得非常幸福，那才算是真正的生活呢。卢盖又作了一首诗，开头是：

"韶华好，晨光初照几多娇……"

后来，这首诗被上千个愉悦幸福之人铭记在心。

至于那个费格斯·芬恩里荷，则被自己那无处寄托的感情折磨得痛苦不已，以致抱病卧床，一躺就是一年零一天。要不是芬恩给他送来了一只与众不同的小狗，他说不定会在病榻上咽气。不到一个星期，这条小猎狗便成了费格斯的幸运星、心头肉，他的身体也因此恢复了健康。从那以后，费格斯也过上了幸福快乐的好日子。

---

[1] 戈尔韦（Galway），位于爱尔兰西部康诺特省戈尔韦郡的首府，濒临克里布湖和戈尔韦海湾之间的克里布河河畔。

[2] 艾伦山（Hill of Allen），位于爱尔兰基尔代尔郡（Kildare）西部，相传是库尔之子芬恩的居住地和费奥纳勇士团的活动中心。根据爱尔兰传说，芬恩成为勇士团首领后，曾要求祖父努阿达之子泰格（Tadg mac Nuadat）对他父亲的死做出赔偿，因为虽然库尔之死的直接元凶是高尔，但库尔是因为泰格的控告才遭到放逐和追杀的。芬恩以战争或决斗来威胁泰格，泰格只得将艾伦山送给芬恩。

[3] 赫尔茵（Tuireann），一说她是芬恩的妹妹或弟妹。

[4] 欧兰·艾克泰克（Iollan Eachtach），伦斯特国王。在一些故事版本中，欧兰的妻子赫尔茵是库尔之子芬恩的姐妹，而和欧兰私通的阿克特·黛尔芙是一名德鲁伊教徒，她出于嫉妒将赫尔茵变成了狗。

[5] 阿克特·黛尔芙（Ucht Dealb），在另一传说中，她是海神马纳南的妻子，后来，阿雷恩爱上了阿克特·黛尔芙，马纳南遂将其送给阿雷恩，另娶了阿雷恩的姐妹艾妮。

欧莘之母

OISíN'S MOTHER

第一章

夜幕降临，费奥纳勇士团的首领芬恩决定为这一天的狩猎画上句号。猎犬们循着口哨声收队归来，全队朝着归家的方向肃穆前行。无论白天是什么样子，一到晚上，男人们在行进时就会变得格外肃静；在主人们营造的这种氛围中，就连猎犬也会受到感染，变得安稳起来。

他们就这么静静地走着，周身沐浴在金色的余晖之下，穿行在柔和的暮色之中。突然，一头小鹿从树丛中一跃而出，瞬间打破了这片寂静。男人们喊叫起来，猎犬们也跟着狂吠，一场激烈的追逐就这样开始了。

热衷狩猎的芬恩自然不会放过这样的机会。于是，他领着布兰和西奥兰，很快将猎队中的一众男人和狗群远远抛在身后。周围一片死寂，只剩下芬恩、他的两只猎犬，还有那只敏捷、迷人的小鹿。他们在奔跑中绕过或跨过不时出现的大小岩石，经过孤独静立在路旁的美丽大树，穿过偶尔出现的那些如同蜂巢般投下甜蜜树影的树丛，脚下则是沙沙作响的草丛——它们一望无际，在微风下舞动着、向前蔓延着、摇曳着，仿佛无边无际的、富有韵律的浪潮。

即使在最疯狂的时刻，芬恩都从未停止过思考；而此刻，在奋力的奔跑中，他的头脑仍在飞快地运转着。他熟知这两只爱犬的每个动作，无论是它们脑袋的每次抖动或摇摆，还是耳朵或尾巴的每次竖立，对他而言都不无意义。然而在这场追捕中，身为主人的他却无法解读它们发出的任何一个信号。

它们这样热切地向前飞奔，是前所未有的。它们几乎完全沉浸其中，却没有像往常一样发出渴望的嚎叫，也没有向它们的主人投去哪怕一次渴求鼓励的目光——不论何时，只要它们这样做，他就绝不会表示拒绝。

它们确实望向了他，但那目光却是他无法理解的。在它们深邃的目光里，有疑惑，也有诉说，而他既无法知晓它们的疑问，也参不透它们想要传达的意思。其中一只爱犬在全速的飞奔之中不时回过头去，然而目光却越过芬恩、越过在他们身后铺展开来的广阔平原，凝视着后方遥远的某处。在那里，同行的狩猎者们已经消失无踪。

“他们一定是在寻找其他猎犬。”芬恩暗自揣测道。

“但是它们竟然没有出声！阿兰，叫起来！”他大声喊道，“奥兰，吼起来！”

这个时候它们才应声看了他一眼，然而芬恩依然无法读懂，他也从未在以往任何追捕中见过这样的目光。它们既没有吠叫，也没有低嗥，反而变得更加沉默，速度也更为迅疾，直到它们精瘦的灰色身躯紧绷着，化成一道一闪而过的飞鞭。

芬恩大为惊奇。

“它们不愿意让别的狗听到，也不愿意让它们加入这场追捕呢！”他一边轻声低喃着，一边寻思着这些细长的小脑袋里究竟在想什么。

接着他又想，“这只鹿真能跑！”于是他再一次喊起来：“怎么回事，阿兰，我的宝贝？奥兰，跟上她！孩子们，拿下她！”

“这只小兽的精力还充沛得很，”他的大脑一刻不停地运转着，“她还没有完全发挥出她的潜能，甚至连一半都没有。她甚至可以跑得比布兰还快！”他有些恼火地琢磨着。

它们平稳、优美、快速地飞奔过一片平坦的山谷，就在这时，小鹿突然停下，在草地上躺下来。她表现得那样平静，丝毫看不出任何畏惧，同时又那样闲适，令人察觉不到一丝紧张。

“这真是新鲜！”芬恩惊讶地凝视着她，“她并没有上气不接下气，”他感觉这个问题很耐人寻味，“但她为什么要躺下来？”

但与此同时，布兰和西奥兰并没有停下来，它们从容地将本就拉长的身子又伸了伸，朝那只小鹿靠近。

“现在要杀了她简直易如反掌，”芬恩有些痛惜地说，“她是它们的囊中之物了！”他忍不住高呼起来。

但事情的发展再一次出乎他的意料，他的爱犬们并没有杀她。它们在她身旁跳跃着、嬉戏着，舔着她的脸，愉快地将鼻子在她颈上蹭来蹭去。

于是，芬恩也走上前去。他放低手中的长矛，蓄势待发，锋利的猎刀也插在刀鞘之中，但最终却都没能派上用场，因为那只小鹿已经和他的两只猎犬一起在他身边嬉戏起来，并且跟他的爱犬一样满是深情地待他，她甚至和他的爱犬一样，不时将她柔软的鼻子蹭入他的手掌。

在它们的陪同下，芬恩愉快地回到了伦斯特省[1]广阔的艾伦平原，当人们看到这位首领带着两条猎犬和一只鹿出现在他们面前时，无不露出惊讶的神情。

其他猎手回到家中后，芬恩便向他们讲述了他追捕的经过，众人一致赞同，这样的一只鹿绝不能杀掉，而应该被留下来妥为安置、悉心照料，作为费奥纳勇士们的爱宠。但也有一些记得布兰出身的人认为，既然布兰来自希德，那么这只鹿很可能也来自希德。

第二章

入夜，就在芬恩准备休息的时候，他的房门突然被人轻轻推开，一位年轻女子走了进来。这位首领目不转睛地盯着她——这也难怪，因为他从未见过，甚至从未想象过能够见到一位貌美如斯的姑娘。事实上，她还是一位芳华正茂的少女，尚称不上是个女人。她的举止优雅高贵，面容雍容端庄，使得这位勇士几乎不敢直视，却又无法将目光从她身上挪开半分。

她微笑着站在门口，像花朵般羞涩，又如小鹿般美丽且易受惊吓，令我们的首领情不自禁地吐露出心声。

“她是黎明时分的仙女，”他默默地赞叹，“她是泡沫上的亮光。她像苹果花一般洁白馥郁，她的气息甜蜜芬芳。我爱她超过爱这世间的一切女子。我要永生永世将她留在身旁。”

这样的念头使他又喜又恼：喜的是这样的期冀如此甜蜜；恼的是这还只是他的一个期冀，它尚未实现，并且前景渺茫。

她望着他，目光如同那两只爱犬在傍晚那场狩猎中的目光一样令他无法捉摸，在那目光中，有着令他困惑的疑问，也有令他无法参透的诉说。

于是，他按捺住自己紧张不安的心情，向她开了口。

“我好像并不认识你。”他说。

“的确如此。”她答道。

“那就更令人好奇了，”他继续柔声说，“我应该认识这里的每个人。你需要我为你做些什么呢？”

“我请求您为我提供庇护，尊敬的首领。”

“这里所有的人都能受到我的保护，”他回答道，“你又是因为谁才来寻求我的庇护？”

“我害怕的是费尔 · 多里奇[2]。”

“那个希德的黑暗之人？”

“他是我的敌人。”她说。

“那他现在也是我的敌人了！”接着，芬恩继续鼓励道，“跟我说说你的故事吧。”

“我是来自异界的塞薇，”于是她开始讲述自己的故事，“在我的故乡希德，有很多人向我表达爱慕之意，但这些男子中没有一个能令我倾心。”

“这可说不过去。”芬恩嘴上责怪着，内心却雀跃不已。

“我心满意足，”她回应道，“因为无所求，也就无所缺。但如果非要我爱上一个人，那么这份爱只能归属爱尔兰的一位凡人。”

“我发誓，”芬恩痛不欲生地说道，“我很好奇那个人会是谁！”

“你认识他的，”她轻声说道，“我在异界的生活原本很平静，那时，我常会听人说起我的凡人勇士，因为他的英勇事迹已经传遍了整个希德。直到有一天，那个身为德鲁伊教祭司的黑暗魔法师盯上了我，从那时起，不管我看向哪个方向，都会看到他的目光。”

说到这里，她顿了顿，内心的恐惧在她脸上展露无遗。“他无所不在，”她低声说，“山丘之上、灌木丛里，到处都有他的身影。我望向水中，他便在水底抬头看着我；我望向天空，他便从空中俯身盯着我。哪里都有他的声音，这种声音从心底秘密地向我发出各种命令。他不仅无处不在，而且无时无刻不萦绕在我的周围。我无法逃离他的掌控，”她说，“我很害怕。”说着，她静静地凝视着芬恩，无声地流下眼泪。

“他是我的敌人！”芬恩低吼道，“我郑重宣布，将他列为我的敌人。”

“您会保护我，是吗？”她恳求道。

“只要有我在，就不会让他靠近你，”芬恩许诺，“我也拥有神力。我是芬恩，是库尔之子、拜森的后裔，我介于神明和凡人之间[3]。”

“他要求我嫁给他，”她继续说，“但我满心只有我敬慕的那位英雄，于是我拒绝了这个黑暗之人。”

“那是你的权利。我发誓，只要你渴慕的那个人还活着，并且尚未婚娶，我就让他娶你，即使他要拒绝，也得给我一个明确的答复。”

“他倒是尚未婚娶，”塞薇说道，“但你指使不了他。”

这位首领紧锁着眉头陷入了苦思。

“除了‘至高王’和其他‘地方王’，我有权指使这片土地上的任何一个人。”

“可是有谁能够指使、强迫他自己呢？”塞薇反问。

“你的意思是，我就是你要找的那个人？”芬恩似乎还不敢相信。

“我爱上的正是您本人。”她大声回答道。

“这真是好极了！”芬恩欢快地喊叫起来，“从你进门那一刻，我就爱上了你，渴望得到你，而你说想要嫁给其他人时，那些话语就如同利剑般穿透了我的心。”

芬恩爱上了塞薇，他以前从未爱上过任何女人，而今后也不会再爱上其他任何一个。他对任何一样东西的爱都从来没有胜过对她的感情。离开她会让他无法忍受。只要她在眼前，他便无视整个世界，而倘若她消失不见，整个世界在他眼里也将空无一物，或者说，他的整个余生都将了无希望、不见天日。牡鹿的低吼曾是芬恩甘之如饴的美妙乐曲，可塞薇一开口，他便不在乎其他声音了。他过去喜欢聆听春天的布谷鸟在最高的枝头唱出的婉转啾鸣，也爱听闻乌鸫在金秋的灌木丛中吹响的愉快哨声，还有云雀在茫茫的天际和静寂的旷野谱写出的空灵乐章，在他听来也带着一丝微微的甜蜜，令他心驰神迷。可现在，对于芬恩来说，他的新娘的声音比云雀的歌声还要甜美动听。她的到来使他的生命充满惊奇与揣测。她的指尖仿佛流淌着魔力；她那纤弱的手掌让他着迷；她那细长的双足令他心跳不已；而她头部的每个动作，无不使她姣好的面容呈现出一种截然不同的美态。

“她时时都呈现出新的一面，”芬恩赞叹道，“她永远都比其他女子更为美好，甚至永远都要比她自己更美好。”

他从此不再参与费奥纳勇士团的事务，也停止了狩猎。诗人的吟唱、魔法师的稀奇言论也都再也入不了他的耳中，因为这一切都能汇集于他的妻子，并且在她那里甚至还有比这些更美好的东西。

“她是无限个世界的总和，她就是完美的化身！”芬恩这样说。

第三章

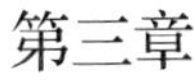

不久，洛悍人[4]，也就是来自斯堪的纳维亚的维京海盗，大举远征爱尔兰。庞大的舰队停在埃德尔海岬[5]的峭壁之下，将那里团团围住，斯堪的纳维亚人[6]从那里涌上岸边，蓄势待发，意图夺取这个国家的统治权。芬恩与费奥纳勇士团的战士们一道重返沙场，抵御他们的进犯。芬恩向来不喜欢洛悍人，而这一次，他在与他们的对决中更是满怀怒气，不仅是因为他们对爱尔兰发起了进攻，还因为他们横空出现，生生将他从生命里最深的喜悦之中硬拉了出来。

这场仗打得很艰难，但也很短暂。维京海盗被赶回了他们的船上，短短一周之内，依然留在爱尔兰领土之上的斯堪的纳维亚人只剩下那些已经掩埋在黄土之中的尸骨。

战役结束了，芬恩离开获胜的费奥纳勇士，向艾伦平原飞奔而去。不必要的停留意味着与塞薇分离的日子多了一天，而这是他无法忍受的。

“请不要离我们而去！”莫纳之子高尔大声喊道。

“我必须走了！”芬恩回答他。

“你怎么能缺席我们的庆功宴！”科南责备他说。

“留在我们身边吧，头儿。”卡尔特[7]也恳求他。

“要是没有芬恩，宴会还有什么意思？”他们抱怨着。

但他仍然不肯留下。

“我发誓，”他大喊了起来，“我非走不可了。她会在窗前翘首盼望着我的归来。”

“那倒是真的。”高尔也不得不点头称是。

“一定会那样，”芬恩大声叫道，“而且当她远远地看到我出现在平原上时，便会奔出大门来迎接我。”

“要是哪个妻子不那么做才奇怪呢！”科南低声嘟哝。

“我要再次紧握她的双手。”芬恩对着卡尔特悄声说。

“不用说，你肯定会那么做。”

“我要仔细凝视她的脸。”他的头儿喋喋不休地说着。

可是，他发现即便是他最爱的卡尔特也无法理解他这话的含义，他内心的想法没有人能替他解说，也没有人能够理解，而这使他感到既悲哀又自豪。

“你陷入爱河了，亲爱的。”卡尔特说。

“准没错，他就是在热恋中，”科南也跟着嘟囔，“爱情就是女人的甘露、男人的宿疾，谁遇上它都得变得惨兮兮。”

“的确不假，”这位首领低声喃喃道，“爱情令我们可怜至极。它使我们有双眼，却看不尽所有要看之物；有双手，却握不住所有欲握之物的十分之一。当我凝视着她的双眸，我就看不见她的芳唇，这令我苦恼万分；而当我注视着她的芳唇，我的灵魂又会忍不住嘶吼出声，‘看着她的双眸，看着她的双眸！’”

“爱情就是这样。”高尔也陷入了回忆。

“正是如此，别无他样！”卡尔特赞同道。

勇士们各自跨过时间的长河，遥望着记忆中的那些芳唇，他们知道，他们的首领是留不住了。

当堡垒远远地映入芬恩的眼帘，他的血液沸腾起来，步伐也随之加快。他奔跑着，并不时将他的长矛高举在空中挥舞。

“她还没看到我。”他伤心地想。

“她还看不到我。”他一边责怪着自己，一边更正道。

可是他的心里、脑里，甚至直觉里都充满了不安，因为若是换作他，早在两倍的距离之外，就能看到她了。

“她一定是以为战争尚未结束，或者以为我被留下来参加宴会了。”

可是，他又忍不住觉得，要是换了他，他肯定不用想都能知道，没什么能留住一个心早已飞走的人。

“女人嘛，”他说道，“都是害羞的，她们不喜欢在别人面前表现得太热切。”

然而他心知肚明，如果换作他，即使有其他人在旁边看着，他也会浑然不觉；即使觉察到了，他也全然不以为意。所以他也明白，除了他，他的塞薇既看不到，也不会在意其他任何人的目光。

想到这，他握紧手中的长矛，以他平生最快的速度疾步飞奔，以至当他跨入敦堡[8]的大门时，已经气喘吁吁、衣冠不整、头发也凌乱不堪了。

敦堡内一片狼藉。仆人们朝彼此喊叫着，女人们将双手紧紧绞在一起，大声尖叫着，惊慌失措、横冲直撞地跑来跑去。而当他们看到这位归来的勇士时，那些最靠近他的人纷纷跑开，所有人都极力想要躲藏到其他人身后。但是芬恩看到了他的管家——“大喇叭”加里·科罗南，并叫住了他。

"你给我过来。"他命令道。

于是"大喇叭"连大气都不敢出一声，战战兢兢地朝他挪了过来。

"我们的'艾伦之花'在哪儿？"他的主人诘问道。

"我不知道，主人。"这位仆人胆战心惊地回答。

"你竟然不知道！"芬恩惊诧地说，"那就说说你知道的。"

于是，这位管家就向他讲述了整件事情的来龙去脉。

第四章

"您走后的第二天，守卫们就看到了令人吃惊的一幕。当时他们正从敦堡的高处向外眺望，而'艾伦之花'也和他们在一起。她目光敏锐，高呼道，费奥纳勇士团的首领正越过山岭，朝着敦堡走来，接着她便要飞奔出堡垒去迎接您。"

"那不是我。"芬恩摇了摇头。

"那个人外形跟您一模一样，"加里·科罗南回应道，"他穿着跟您一样的盔甲，长着跟您一样的面孔，身边还跟着那两条狗，布兰和西奥兰。"

"它们也一直和我在一起。"芬恩说。

"可大伙儿都看到它们跟在那个人身边。"这位仆人谦恭地解释。

"继续说下去！"芬恩大喊起来。

"我们都觉得很可疑，"这位仆人继续说，"因为我们知道，芬恩从不会不战而归，而且我们也知道，您肯定还没抵达埃德尔海岬，更没有遇上那些斯堪的纳维亚海盗。于是我们极力劝阻我们的夫人，请求她留在敦堡内，让我们出去迎接您。"

“劝阻得好。”芬恩表示赞许。

“可她听不进任何劝告，”这位仆人悲伤地说，“她冲我们大声喊道，‘让我去见我的爱人。’”

“天哪！”芬恩忍不住惊呼。

“她朝我们不断喊叫，‘让我去见我的丈夫，去见我腹中孩儿的父亲！’”

“天哪！”芬恩发出深沉的、痛苦的叹息。

“她朝着那个以您的模样出现的人飞奔过去，而那个人也向她张开了双臂。”

睿智的芬恩将一只手覆上双眼，看着这一幕在脑中重演。

“继续说下去。”他说。

“她扑向那双臂膀，然而就当她触及它们的那一刻，那个人扬起了一只手。那只手拿着一根榛树枝在她身上点了点，她便在众目睽睽之下凭空消失了，而她原来所在的地方，站着一只瑟瑟发抖的小鹿。小鹿扭头便往敦堡的大门跳跃着奔跑过来，可那两只猎犬也飞跑起来，在她身后紧追不舍。”

芬恩张大双眼，失魂落魄地盯着他的仆人。

“它们咬住了她的咽喉——”这位仆人浑身颤抖地低声说。

“啊！”芬恩发出一声可怖的嘶喊。

“接着它们将她拖回了那个貌似您的人身边。这期间，她三次挣脱开来，重新跑向我们，但每次都被那些狗咬住咽喉，又拖了回去。”

“那你们就这么眼睁睁地看着！”他们的首领咆哮起来。

“不，主人，我们都跑了出去，可是当我们就要到达她身边的时候，她便消失了。那两只猎犬，还有那个貌似您的人也跟着它们一起不见了。高低不平的草地上，只剩下我们一群人站在那里，面面相觑，听着风声在耳边哀号，心中惊骇万分。”

“请您原谅我们，尊敬的主人。”这位仆人失声痛哭起来。

但这位伟大的领袖并没有回应他。他兀自站在那里，仿如盲哑，并不时用他握紧的双拳在自己胸前重重地捶打着，仿佛要杀死那里面某个该死却又死不了的人。他就这样敲打着自己的胸口，一路走进他在敦堡内的房中，接下来的一整天里，都没人再看到他。第二天早上，太阳升起，照耀着利菲平原，他也始终没有出现。

第五章

接下来的岁月里，只要不用出征抵御那些进犯爱尔兰的敌人，芬恩便到处搜寻。他寻遍了这个国家的每一隅、每一角，只希望能有机会与他那位从希德来的可爱姑娘再次重逢。这期间，他每晚都在痛苦中入睡，第二天醒来又继续陷入无尽的悲痛之中。每次出门打猎，他都只会带上他最信赖的猎犬——布兰和西奥兰、隆莫尔、布罗德和隆鲁，因为若是遇上一只小鹿，这五条优秀杰出的狗会分辨出这只鹿是该捕杀还是需要保护，这样，塞薇便会少一分危险、多一丝被找到的希望。

七年的时光转瞬即逝，芬恩的搜寻依然徒劳无获。一天，芬恩正与费奥纳勇士团的首席战士们在古班山狩猎。此时，芬恩已经彻底断了与“艾伦之花”重逢的念想，因此，费奥纳勇士团的所有猎犬都倾巢而出。狩猎的队伍沿着山坡四处搜寻，突然，狗群在山坡高处的一处狭窄地带狂吠起来，而那其中，芬恩那几条猎犬发出的凶猛吠叫盖过了所有喧嚣。

“发生了什么事？”芬恩感到非常疑惑，他急忙与同伴们一起赶向吵闹声传来之处。

一位勇士大声喊道："它们正与费奥纳的所有猎犬展开战斗！"

正如他所言，芬恩那五条聪慧的猎犬围成一圈，同时对抗着上百只狗。它们浑身毛发倒竖，神情骇人，而发自它们那强劲锐利的下颚的每一口撕咬都令受到攻击的狗群哀嚎不已。它们一反惯常狩猎和训练中安静的战斗习性，每完成一轮猛攻，便扬起有力的头颅，向它们的主人发出响亮、凄厉而又急迫的长啸。

"它们在呼唤我！"芬恩大吼道。

话音未落，他已飞奔起来，而在过去的岁月中，这样的奔跑仅有过一次。他身边的男人们也都拼尽全力，竞相往前冲去，仿佛这是他们一生仅有的一次奔跑一样。

当他们到达山坡上的狭窄地带时，便看到那五条出色的猎犬围成一个圆圈，不让其他狗靠近，而在圆圈的中央站着一个小男孩。他有着一头美丽的长发，身上一丝不挂。身边这场可怕的战斗连同猎犬们的嘶叫也并没有令他胆怯。他没有看向那些猎犬，而是像一位年轻的王子一样，注视着向他蜂拥而来、用长矛的尾端驱散着狗群的勇士们，还有芬恩。战斗一结束，布兰和西奥兰便跑到小男孩身边，呜呜地低鸣着，舔舐着他的双手。

"可从没有人享受过这样的待遇，"旁边一个人说道，"它们找到的这位新主人是个什么人物？"

芬恩朝男孩弯下腰去。

"告诉我，我的小王子、我的命脉，你叫什么名字？你怎么会陷入猎犬的包围，又怎么会赤身裸体？"

然而男孩却听不懂这些爱尔兰人的语言。他将一只手放入芬恩的掌中，可我们的首领却觉得这只小手像是放入了他的心坎里。他将这个小家伙高高举起，让他坐在自己宽大的肩膀上。

"这次狩猎，我们的收获可不小，"他转向罗南之子卡尔特，"我们得把这件珍宝带回家。你将成为我们费奥纳勇士的一员，我的宝贝儿！”他仰着头喊道。

男孩低眉望着他，举止高贵，神情里满是信赖，没有丝毫畏惧，这使得芬恩的心柔软得就快融化了。

“我的小鹿仔！”他惊叹道。

说着他就记起了另一只鹿，于是他将男孩放在双膝之间，长久而热切地仔细端详着。

“这模样跟她多像啊！”他对着自己渐渐苏醒的心说道，“这双眼睛跟塞薇一模一样。”

悲伤的心情仿若洪水，从他的内心汹涌而出，而浪潮激起的泡沫充溢着喜悦与欢乐。他一路放声高歌，带着勇士们浩浩荡荡地返回营地，那个几乎快要被众人忘却的、愉快而又充满朝气的首领再一次回到了勇士们中间。

第六章

正如他曾经无法忍受与塞薇分离一样，如今他也无法离开这个男孩半步。他为他想出了上千个称呼，每一个都比前一个更温柔几分：有时他称他“我的小鹿仔”“我的命脉”“我的秘密小宝贝儿”，有时他又会叫他“我的乐曲”“我那开满花朵的枝丫”“我心中的珍宝”“我的灵魂”。而他的猎犬们对这个男孩的狂热也不输芬恩。他可以毫发无伤地坐在这群会将任何人撕成碎片的猎犬之中，因为布兰和西奥兰总是带着它们那三只幼崽，如影随形地跟在他的身旁。当他身处狗群之中时，这五条猎犬便守护在他身边，一旦它们的同伴靠得太近，或是对他不够恭顺，它们便会朝那些同伴投去无比哀伤的目光。它们有时单独出击，有时集体上阵，向狗群中那些进犯的猎犬发起猛烈的攻击，直到芬恩的狗舍中没有哪只狗不知道这个小家伙是它们的主人，并且这世上也没有什么是比他更为神圣而不可侵犯的。

没过多久，这五只聪慧的猎犬便已能够停止它们的监护，因为狗群已经彻底地认识到，这是它们年轻的主人。然而它们却没有放弃继续行使监护的权利，只因它们对这个小家伙的守护并非出于爱恋，而是崇拜和敬慕。

它们过于周密的照顾甚至本可能令芬恩都感到难堪。如果可能，他本可以用严厉的语气教训他的爱犬们，但他无法这样做——这对他来说简直不可想象；而且他若胆敢如此，小男孩也可能用同样严厉的语气跟他说话。在芬恩的心目中，他所喜爱的事物是这样排序的：第一位是他的小男孩，接下来是布兰、西奥兰以及它们那三只幼崽，再接下来便是罗南之子卡尔特，然后才是他的勇士们。他爱他们中的每一个，但他的喜爱程度却依着这优先次序各有不同。倘若有荆棘刺入了布兰的脚掌，芬恩也会感同身受。全世界都对此心知肚明，并且勇士们也只得带有几分怅然地承认，他的爱是不无道理的。

男孩开始慢慢地理解他们的话语，并学着运用它。最后，他终于能够向芬恩讲述关于他的故事了。

这个故事中有着一段一段的空白，一个年幼的孩童尚不能准确清晰地记住各种事物。所有行为在一日之内即告朽败，到夜间便被时间的尘土掩埋。新的记忆蜂拥而上，淹没了旧的记忆，而一个人不光要学会记住，也必须学会忘却。全新的生活簇拥着这个男孩，这些生活近在眼前而又值得铭记，以至眼下的记忆混入脑中，让过往之事变得模糊不清。最后，他也分不清他所讲述的故事究竟发生在此时的这个世界，还是他已离开的那个世界了。

第七章

“我曾经生活在一个广阔而美丽的地方，”他说，“那里有山峦和峡谷、有树木和湍流，但是无论我去往哪一个方向，都有峭壁挡住去路，这些峭壁如此之高耸，仿佛直插云霄；它们如此陡峭，就连擅长攀岩的山羊也不敢翻越。”

“我从不知道还有这样的地方。”芬恩若有所思地说。

“爱尔兰没有这样的地方，”卡尔特摇了摇头，“但希德有如此之地。”

“的确如此。”芬恩说。

“盛夏，我就以水果和树根为食，”男孩继续道，“而到了严冬，就会有人将食物放在我居住的洞穴里。”

“没有人和你在一起生活吗？”芬恩问。

“没有，只有一只鹿。她很爱我，我也非常爱她。”

“啊！”芬恩发出一声极度痛苦的叫喊，“告诉我你的故事，我的儿子。”

“有一个严厉阴沉的男人常常跟在我们身后，跟那只鹿说着话。他有时柔声细语、好言相劝，有时又疾声厉色、暴跳如雷。但无论他说话的方式如何，那只鹿都会面带惧色地从他身边跑开，每次到最后，他都怒气冲冲地离开。”

“他就是那个德鲁伊教派的黑暗魔法师！”芬恩绝望地呐喊起来。

“是他没错，亲爱的。”卡尔特说。

“我最后一次见到那只鹿时，”孩子继续道，“那个黑暗之人正对她说着话。他说了很长时间。他一时温柔、一时暴怒，如此反反复复，以至我以为他会一直这么说下去。然而，他最终抽出一根榛树枝，用它打了鹿一下，迫使她跟着他离开。那只鹿一直回头望着我，她的叫声是那样凄厉，任谁听了都会心生怜惜。我也试图跟上她，却无法动弹，我朝她叫喊着，心中悲愤不已，直到再也无法看到她的身影、再也听闻不到她的声音。然后，我便跌倒在草地上，失去了意识，什么都不知道了。等我再次醒来，就已经出现在山顶那群猎犬的中央，就是你们找到我的地方。”

这个男孩便是费奥纳勇士们口中的欧莘，他们也称他为“小鹿仔”。后来，他成了一名骁勇的战士，也成为这世上数一数二的诗人。但他与希德的缘分并未就此终结。当时机来临，他便会重返异界，之后再次回到这里，向人们述说这些故事。而现在您所听到的这些故事，正是由他亲口讲述的。

---

[1] 伦斯特省，爱尔兰四个历史省份之一，位于爱尔兰岛东部。下分十二郡，当中包括了原来也是一个省的米斯郡和西米斯郡。

[2] 费尔 · 多里奇（Fear Doirche），意为“黑暗之人”，是一位德鲁伊教魔法师，他向塞薇（Sadhbh）求爱不成，便将她变成了一头鹿。

[3] 芬恩的母亲莫瑞恩的父亲就是一位德鲁伊祭司，甚至有一种说法说他是“丹奴女神的子民”首领之一努阿达的儿子，所以从这个角度讲，芬恩身上也带有异界神族的血统。

[4] 洛悍（Lochlann），古盖尔语和中世纪早期爱尔兰文化中的一个地理区域。在苏格兰盖尔语中，Lochlannach 意为“海盗”（其中 loch 一词在盖尔语中意为“湖、水域”），这里特指维京时代的斯堪的纳维亚人。

[5] 埃德尔海岬（Binn Éadair），即现在的霍斯，位于爱尔兰中北部，在今天爱尔兰首都都柏林市郊。9 世纪和 10 世纪，斯堪的纳维亚人入侵了霍斯，并建立了位于都柏林的殖民地。11 世纪初，当时的爱尔兰“至高王”打败入侵者，很多斯堪的纳维亚人逃到霍斯，并以此地为据点组织反抗。直到 11 世纪中期霍斯才重新回到爱尔兰的控制之下。

[6] 斯堪的纳维亚在地理上是指斯堪的纳维亚半岛，包括挪威和瑞典，在文化与政治上也包括丹麦，这些国家彼此视对方属于斯堪的纳维亚。虽然他们政治上互相独立，共同的称谓却显示了他们的文化和历史有深厚的渊源。斯堪的纳维亚一词对于世界各地的人有不同的含义，但北欧国家才是称呼三个斯堪的纳维亚王国（挪威、瑞典和丹麦）以及两个共和国（芬兰、冰岛）的正式名称。这里的称呼虽为“Danes”，但其指的

却是来自同一个文化历史背景的北欧多国国民，而非只有“丹麦人”。

[7] 罗南之子卡尔特（Caílte mac Rónáin），芬恩的侄子，费奥纳勇士团的成员。拥有超凡的速度，以及与动物沟通的能力，同时也是一位出色的故事讲述者，芬尼安传奇的很多诗歌都出自卡尔特之口。

[8] 敦堡（dùn），特指常见于不列颠群岛上的一种古代城堡。一般建于略高的地面、山坡或湖中的人工岛屿上，拥有由木头和石头堆砌而成的防御城墙，但整体结构不高。随着凯尔特人的迁徙，敦堡于公元前 7 世纪前后出现于不列颠群岛，一部分城堡沿用至中世纪时期。在古爱尔兰语和苏格兰盖尔语中，dùn 本身具有“城堡”“城池”或“土墩”“山丘”的意思。

逐爱的贝可芙拉

THE WOOING OF BECFOLA

第一章

没人知道贝可芙拉来自何处，也没人确切地知晓她后来又去了哪里。人们甚至不知道她的真实名姓，因为“贝可芙拉”这个名字只是一个绰号，意思是“没有嫁妆或者嫁妆很少的姑娘”。人们唯一可以确定的是，她从大家所知的世界中消失，前往了一个无迹可寻的秘境。

故事发生在著名的阿尔多·斯莱恩[1]之子德蒙特[2]统治着整个爱尔兰的时期。尽管德蒙特当时尚未婚娶，却收了辖下四省很多的王子作为养子。这些王子的亲生父亲将他们送到这里，以示其对“至高王”的忠诚和爱戴，而德蒙特也妥善履行了他作为养父的责任。在他收养的众多年轻王子当中，“至高王”最喜爱伦斯特国王阿尔多的儿子克里米安[3]。更妙的是，这位年轻人也同样对他的养父爱戴有加，而且他生性热情好学、天资聪慧机颖、举止雍容有度，具备一位王子应有的全部风范。

“至高王”常和克里米安一起离开塔拉山[4]，或狩猎，或放鹰行猎，有时身边甚至不带一名随从。在这些远足中，“至高王”把自己所通晓的有关林中生存技能的广博知识传授给了他的养子，并教导他一位王子应有的担当与责任，以及治国爱民的道理。

阿尔多之子德蒙特热衷于这样的独自冒险，只要能从繁忙的政务中挤出一天时间，他便会派人暗中向克里米安捎去口信，然后这位年轻的小伙子就会带上他的狩猎装备，到他们约定的地点与“至高王”碰面。两人跟随着上天的指引，朝向未知的疆土出发。

在一次冒险当中，他们沿着一条洪水肆虐的河流寻找可供其涉水而过的浅滩。就在这个时候，他们看到一位独自驾着战车的女性，正从西边朝他们驶来。

“我想知道这意味着什么。”“至高王”若有所思地惊叹道。

“您为什么会对一个坐在战车上的女人感到吃惊呢？”随行的克里米安询问对方，想要一探究竟——毕竟，他热爱知识，而且渴望获取知识。

“问得好，亲爱的，”德蒙特回答他，“当我们看到一个女人能够将牛赶去吃草的时候，内心会为之惊讶，因为我们素来以为，女人是驾驭不好牲畜的。”

克里米安像海绵一样飞快地吸收了这些教诲，并将之消化。

“这个说法很有道理。”他不禁点头称赞。

“但是，”德蒙特继续说，“当看到一个女人驾着一辆套着两匹烈马的战车时，我们的心情简直就可以用惊奇来形容了。”

当一件事物的内在机制逐渐向我们展露时，我们的兴趣也会随之变得更加浓厚起来，所以，在谆谆教诲之下，克里米安也如“至高王”一样，开始备感惊奇。

“千真万确，”他说，“这位女士正驾驭着两匹马呢！”

“你之前没有注意到这一点吗？”他的导师善意地揶揄道。

“注意到了，可我并没有太过留心。”这个年轻人承认说。

“这么说吧，”“至高王”循循善诱，“当我们发现一个女人远离居所，心中便会生出许多揣测。你会察觉到，女人都是居家之人，一个少了女人的屋子，或是一个失了居所的女人都称不上完整，因此当我们看到这两者离了另一方单独出现时，便会加倍留心。”

“这一点毋庸置疑。”王子回应着，眉头因深思而紧锁。

“那我们就去打听一下这位女士的故事吧。”“至高王”做出了决定。

“就让我们这么做！”他的养子也随声附和。

“‘我们’这个词是以国王之尊指代国王自身时用的，”德蒙特说，“尚未获得领土统治权的王子在指代他们自身时则必须使用另一种表达方式。”

“我太轻率了。”克里米安谦恭地说。

“至高王”亲吻了他的双颊。

“的确如此，我心爱的儿子，‘我们’并不是要训责你，但当你深思的时候，必须试着掩饰自己的神情，这也是统治者必须掌握的一项技巧。”

“我肯定永远也掌握不了那么难的本领。”他的养子叹了口气。

“所有的国王都得掌握它，”德蒙特回应道，“我们可以用大脑、用语言来思考，但绝不能用上鼻子和眉毛。”

这时，那位驾着战车的女性已经来到他们所在的浅滩附近。她未作片刻停留，便驱马涉入浅滩，激起一串浪花和水沫。

“看她驾驭马车的技艺多高超啊！”克里米安禁不住钦佩地叫起来。

“等你年长些，”“至高王”继续教导他说，“你会钦佩那些真正值得你钦佩的人和事。眼下，尽管这驾车的技术着实不错，但更值得称道的却是这位女士。”

他毫不吝啬赞美之词，继续称颂道：

“她实在是世所罕见的瑰宝，是双眼无尽的愉悦之源。”

她的确堪当此誉，甚至更胜一筹。当她驾着双马驰过水面，踏上河岸的时候，那飞扬的发丝、微启的双唇，还有她那迸发青春活力的优雅身姿便一同闯入这位君王眼底，从此难再离开。

然而，这位女士却将目光投向了他的养子。不仅如此，如果说我们的君王难以将目光从她身上挪开半分，那么她也同样没法使自己的双眼所看的方向从克里米安身上偏离分毫。

“站住！”“至高王”大声喝道。

“你是谁，凭什么叫我停下来？”这位女士嘴上虽这么说着，但驱车的动作却停了下来。女人总是这样，一边反抗着外来的命令，一边又顺从于它。

“叫你停下的是德蒙特！”

“这世上的德蒙特多了去了！”她回应说。

“但这里边却只有一个‘至高王’！”这位爱尔兰的最高统治者说。

她这才从马车中走下来，向“至高王”行了个礼。

“我想知道你叫什么名字。”“至高王”问。

面对他的问题，这位女士蹙起双眉，果断地回答：

“我不想说。”

“那么，我想知道，你从哪里来，又打算往哪儿去？”

“这些问题我一个都不想回答。”

“可现在问你的是‘至高王’，难道你也不说吗？”

“我不想告诉任何人。”

克里米安对她的回答颇感震惊。

“小姐，”他和和气气地说，“您肯定不会对‘至高王’有所隐瞒，不是吗？”

但就在“至高王”带着高贵威严的神情盯着她时，这位女士也以同样的神色回敬了他。而且不管他从她可爱的明眸里看到了什么，“至高王”都只有妥协的份儿。

他将克里米安拉到一旁，只要有机会给这位年轻人一点儿教导，他就绝不会吝啬。

“我亲爱的，”他说道，“我们必须始终努力保持理智，只有对那些真正关系到我们自身的事情，才有必要刨根问底。”

克里米安接受了这句话里所有合理的信息。

“因此，我并没有那么想要知道这位女士的名字，也不太关心她究竟来自何方。”

“您不想知道？”克里米安对此感到十分讶异。

“对，我想知道的是，她愿不愿意嫁给我。”

“可在我看来，这个问题的答案显而易见。”他的同伴支支吾吾地说。

“这个问题她必须回答！”“至高王”不但丝毫不想让步，还看起来胜券在握。“不过，”他继续说，“知道她是个什么样的女人，或者她来自什么地方，很可能会在让我们在了解她的同时也使我们陷入痛苦。天知道她过去经历过什么样的奇遇！”

好一会儿，他都没再出声，一心只想着那令人烦躁、并不明朗的种种可能。克里米安也随他陷入了沉思。

最后，“至高王”终于得出了结论：“那些过去都是属于她的，但她的未来却属于我，我只需得到关乎未来的答案就行。”

于是他又回到那位女士面前。

“我希望你能成为我的妻子。”

他一边这么说着，一边注视着她，目光柔和坚定，同时屏息静气，夹杂着一丝惶恐，这使她无法将视线游离到别处。然而，即便他这样看着她，她那双可爱的明眸里还是溢出了一滴泪水。在她的眉眼之外，她的思绪已经飞到了“至高王”身边那位正注视着她的英俊少年身上。

可是，当爱尔兰的“至高王”要求我们嫁给他的时候，我们是不会拒绝的，毕竟这可不是一件每天都能遇上的事，而且这世上也没有哪个女人不会爱上在塔拉山上主宰一切的权力。

因此，这位女士的睫毛再没有挂上第二滴眼泪。她将一只手放入“至高王”的手中，与他一起朝着宫殿走去，而阿尔多之子克里米安则拉着马匹和马车，闷闷不乐地跟在他们身后。

第二章

他们迫不及待地成了亲，因为“至高王”一刻都不想耽搁。由于他没再问起她的名字，而她也从未主动告诉他，再加上她既没能给她的丈夫带来任何嫁妆，也没有从他那里得到一点儿聘礼，人们便称她为贝可芙拉——没有嫁妆的姑娘。

寒来暑往，“至高王”获得了与他的期望一般无二的欢愉。然而，贝可芙拉的心中却不曾有过相似的情感起伏。

对于那些把欢乐建立在野心和地位之上的人来说，爱尔兰“至高王”王后这份殊荣已经足以使她们宏愿得偿、心满意足。但贝可芙拉的心却不能就此满足：在她看来，少了克里米安，她所拥有的一切都只是徒然。

因为在她心中，克里米安是太阳之光、清月之辉，他是果之芳馨、蜜之甘甜。每当她将视线从克里米安那儿折回“至高王”身上，总会忍不住觉得，她的意中人委实错了位。在她看来，即使阿尔多之子克里米安头顶上只有一头卷发，他也比那些世之主宰、头戴桂冠的君王更加尊贵。于是，她便这么跟克里米安说了。

这个意外的信息让克里米安震惊不已，他的第一反应便是当下就逃离塔拉山。然而一件事情一旦开了第一次口，第二次说出来便要容易得多，等到第三次说出来，听的人也就能泰然接受了。

很快，阿尔多之子克里米安便同意与贝可芙拉一起逃离塔拉山，并为此做好了准备。他们达成了一个共识，那就是从此之后，他们应当幸福快乐地生活在一起。

这天清晨，连小鸟都没出巢，“至高王”就感觉到他心爱的伴侣起了床。他勉强睁开一只眼睛，瞟了瞟从窗外偷偷溜进来的晦暗光线，发现严格来说它们连光线都称不上。

“外面连只鸟都还没起来呢！”他喃喃地抱怨着。

接着他又转向贝可芙拉。

“什么事起这么早，宝贝儿？”

“我要去赴约。”她轻描淡写地答道。

“这可不是赴约的时候。”国王冷静地说。

“那就当它是吧！”她一边回答着，一边迅速地穿好了衣服。

“那你要去赴什么约？”他不依不饶。

“我把一些必需的衣饰落在了一个地方。八件绣着金丝的绫罗长衫、八只金箔打制的珍贵胸针，还有三顶纯金锻造的王冠。”

“现在这个时刻，”“至高王”继续耐心劝阻着，“床上可比路上要好得多。”

“管它呢！”她说。

“还有，”他仍不放弃，“礼拜日[5]出门会招来厄运的。”

“该来的运气就让它来吧。”她回答道。

“阻止猫吃奶油或者女士装扮可不是国王该做的事。”这位君王的声音变得严肃了起来。

这位“至高王”可以从容自若地看待万物，也可以用平和的眼光环视众生，但是你该注意，有一件事情令他憎恶至极，并且会使他对犯错的人施以极尽严酷的惩罚，那便是——侵扰他的礼拜日。对德蒙特而言，在一周中的其余六天里，所有能发生的事都可以任其发生，唯有第七天，但凡是“至高王”能够管束得了的事，通通不该发生。如果可能的话，在这一天里，他会用绳子把鸟雀们牢牢拴在翠绿的枝头，他会阻止云朵堆满天空，以免它们搅乱了天空的颜色。他在这一天里允许的事情，恐怕就只有人们紧闭的双唇，而其他的一切，都该尽在他的掌控之中。

他习惯在礼拜日的早晨登上塔拉山的制高点，从那里扫视每一个角落，这样他就可以看到是否有任何来自希德的异族或希族人在他的领地上寻欢作乐，因为他严禁那些家伙礼拜日出现在地上。一旦他发现这些开开心心的家伙打破了他的戒律，那么他们就该倒霉了。

他究竟会对希族人做些什么，我们不得而知，但在德蒙特的统治下，每到礼拜日这一天，人们便会虔诚祷告，而希族人则规规矩矩地留在他们的山丘之中。

因此，我们可以想象，当他见到他的妻子准备在这一天出行时，他心中该有多么恼怒！然而，作为一位国王固然可以为所欲为，可作为一名丈夫，他又能怎么做呢？于是他决定继续睡他的觉。

“我可不参与这不合时宜的行程！”他愤愤地说。

“随你的便。”贝可芙拉回答他。

她带着一位女仆离开了宫殿，然而正当她穿过大门的时候，身上却发生了一件事，而这件事究竟是如何发生的，没有人能说清。当她一只脚踏出宫殿的那一刻，她同时也跨出了她所在的世界；第二步，她便踏入了异界，但她自己却浑然不知。

她原本计划赶去达亥莱赫草原[6]与克里米安见面，可当她离开宫殿后，却再也无法记起克里米安了。[7]

在她和她那位女仆的眼里，世界并无变化，围绕在她们周围的，也还是那些为她们所熟识的景物。但她们此行的目的地却全然改变了，尽管她们对此一无所知。她们穿过一条条道路，眼之所见都是陌生却又熟悉的脸孔。

她们从塔拉山向南走去，来到了伦斯特省的都弗里[8]。又走了一阵子，她们踏入了一片旷野，接着迷了路。最后贝可芙拉停了下来，说道：

“我不知道我们现在在哪儿。”

女仆表示自己对此也毫无头绪。

“不过，”贝可芙拉又说，“要是我们一直继续往前走，肯定能到达某个地方。”

于是她们又接着上路，那位女仆一面走，一面哭，泪水洒了一路。

黑夜降临，喑哑的寒风伴着灰沉沉的静默笼罩在她们头上。她们走着走着，心中开始生出期望与恐惧，因为她俩都明白她们最终要去某个地方，可谁也不知道那到底是哪儿。

在孤寂的沉默当中，她们艰难地爬上了一个低矮的山坡，四周的树叶沙沙作响，如同轻声低语。就在这时，女仆不经意间回头望了一眼，立时吓得抓住贝可芙拉的胳膊，指着她们身后失声尖叫起来。顺着她的手指，贝可芙拉看到，在她们的下方，一大团黑影正上下蹿动，朝着她们急速追近。

“狼！”女仆大叫起来。

“跑到那边的树下去，”她的主人急忙下令，“我们爬上去，坐在树丫上。”

接着她们便飞跑起来，而女仆始终都在抽抽噎噎地哀声啼哭着。

“我不会爬树，”她哭诉道，“我会被狼群吃掉的！”

结果她的话很快就成真了。

可她的主人爬上了树。她吊在半空中，从那些锋利的钢牙之中逃脱出来，任它们在距她一掌开外的地方淌着口水、叩响牙齿、连撕带咬。饿狼们竭力绷紧身体，嘶吼咆哮着。它们咧着嘴，露出雪白的獠牙，凶恶的眼睛里闪烁着猩红色的光芒，如火似焰，不断徘徊跳跃着。贝可芙拉坐在枝头上，看着脚下这一切，心中悲愤交加。

第三章

然而不久之后，月亮就升了起来，狼群也随之撤离，因为它们的头领——那头睿智、狡黠的头狼断言，只要它们还在这儿，这位女士就会继续坚守她的阵地。于是，在朝着树木狠狠地咒骂一番后，狼群离开了。

由于一直紧紧夹着树干，贝可芙拉的双腿变得生疼，而她全身也没有哪一处不感到疼痛。毕竟，对于一位女士来说，坐在树上可不是件容易的事。

好一会儿，她都没敢从树上下来。

“那些狼可能还会回来，”她自言自语，“它们的头领既狡诈又机灵，而且它离开时，我捕捉到了它眼中的神色。我可以肯定，它宁愿舍弃全世界所有的女人，也要一尝我的滋味。”

她朝各个方向仔仔细细地张望了一阵，好看清它们是不是隐伏在其中某个方位；她谨慎地反复扫视着远处树丛下的阴影，好分辨它们有没有移动；她留心倾听着每一阵风声，试图从中辨认出一声低嚎、一声哈欠，或者一声喷嚏。

但是她什么也没看到，什么也没听到。于是，她的心情渐渐平静下来，开始觉得自己或许已经无须在意，危险已经过去了。

不过，就在下树之前，她再次扫视了一遍在她周围酣睡着的、糅合着浓重黑暗与泛泛银辉的世界，并且从远处的树林中发现了一丝红色的微光。

“有光的地方就没有危险。”她这么说着，随即下了树，奔向那丝亮光。

在一片由三棵高大橡树围成的空地中，她遇到了一位男子。他旁边生着一堆火，火上正烤着一头野猪。她向这位小伙子致了意，随即挨着他坐了下来。可是，在起初瞥了她一眼并致意后，这位小伙子的目光便再没在她身上停留，也没有跟她说过一句话。

野猪烤好后，他分了一些给她，两人便一起吃了起来。之后，他站起身，离开火堆径直走进了树林。贝可芙拉紧随其后，内心由于这种从未有过的全新体验而沮丧不已。她暗自想道：“我现在是国王的妻子，因此年轻男子不和我说话也很正常。可是从没有哪个年轻男子连看都不看我一眼，这太不寻常了！”

尽管年轻男子并没有看贝可芙拉，但她却将他瞧了个仔细，而且眼前所见如此怡人，使她没有时间去思考其他的事。因为如果克里米安称得上俊美，那么这位小伙子还要比他俊美十倍。克里米安头上的卷发曾令王后如饮醇醪，见到他便能使她食愈甘，寝愈安。可这位年轻男子却使她食不甘味。至于睡眠，那更是令她惶恐至深。一旦闭上双眼，她便要被剥夺看到这位年轻人那一刻的欢愉，只要她的双眼尚能视物，或是她的头尚能支撑，她便无法停止对他的凝视。

一轮圆月挂在空中，银色的月光挥洒下来。在这银光之下，他们来到海边一处甜美静谧的港湾。贝可芙拉紧跟在这位年轻男子身后，踏上了一条小船，接着向一座高耸出海面、环境宜人的小岛划去。他们上了岛，走进一座四下无人的巨大宫殿，然后，那位年轻人在那里睡了下来。而贝可芙拉则坐在一旁，静静地凝视着他，直到一股不可抗拒的平和感拉下她的眼皮，她也进入了梦乡。

第二天清晨，一阵高昂的叫喊声将她从睡梦中吵醒。

“出来，弗兰，出来，我亲爱的！”

那位年轻人从他的卧榻上一跃而起，披上盔甲，大步流星地走了出去。三位身着铠甲的年轻男子迎接了他。随后，他们四人继续前进，走向在不远处草地上等待着他们的另外四名男子。接下来，两伙人互相打斗起来，对战时他们礼数周全，却也凶狠无比。最终，战斗结束了，只有一个人还站在那里，其他七个人全都卧倒在地，气息全无。

这时，贝可芙拉转向这位年轻人，开口称赞道：

“您真是英勇绝伦啊！”

“唉，”他悲伤地回答，“即使能称得上英勇，这也并不是什么光彩的事，因为我的三位兄弟都死了，我的四个侄子也都死了。”

“天哪！”贝可芙拉叫起来，“那你们为什么要进行这样一场战斗呢？”

“为了这座以代尔之子费达赫[9]命名的小岛的统治权。”

不过，尽管这场战斗让贝可芙拉感到惊心动魄、感触颇深，但她的兴趣却在别的事情上。因此，她很快又提出了她最为关心的问题：

“你为什么不跟我说话或者看看我？”

“在打败所有对手、赢得这片土地的统治权之前，我还配不上爱尔兰‘至高王’的王后。”他答道。

这个答案给贝可芙拉的心灵带去了莫大的欣慰。

“我该怎么做？”她询问着，容光焕发。

“回到你的家里，”他建议道，“你的女仆并没有真正死去，所以我会和她一起将你护送回去，等我赢得了我的统治权，就会去塔拉山找你。”

“你一定得来。”她紧追不舍地强调。

“我保证，”他说，“我一定会去。”

之后，这三人便启程返回塔拉山。他们走了一天一夜，终于，透过清晨的薄雾，塔拉山宫殿那恢宏的屋顶远远地映入了他们的视线。于是，这位年轻男子离开了，而贝可芙拉也一边思索着该如何就外出三天一事向德蒙特做出解释，一边拖着缓慢而又极不情愿的步伐，几步一回头地跨进了宫殿的大门。

第四章

天色尚早，就连鸟儿都还没起床。昏暗的灰色光线从空气中折射出来，又被逐渐放大，使一切都变得朦胧难辨，一切都被包裹在冰冷、青灰的幽暗之中。

贝可芙拉小心翼翼地穿过昏暗的走廊。她高兴地发现，除了守卫，还没有其他人或者动物起来活动，这样一来，在很长一段时间里，她都不需要向任何人解释她的行踪。她也很高兴能有机会获得短暂的喘息，好让她能够进入自己家中，从中汲取一份安宁。只有当女人处在自己居所四壁的环绕之下、审视着那些已成为她们人格一部分的财产时，她们才能得到这种感受。没有哪个女人能在她们的财产被剥夺的情况下保持冷静，即使她们的头脑还能思考，她们的内心也无法真正做到从容有常，因此，在广阔的天空之下也好，在别家的屋檐之下也罢，她们都不完整。只有当她们再次看到自己家中井井有条，家庭的所有需求也都尽在掌控时，她们才能成为一个个精明能干的个体。

贝可芙拉推开“至高王”寝室的房门，悄无声息地走了进去。然后她在一把座椅上坐下，盯着横卧在睡榻上的君王，考虑等他醒来后如何先发制人，又该用什么话来搪塞他的询问或指责。

“我得责怪他，”她想，“我得说他是个糟糕的丈夫，让他大吃一惊，这样他就会忘记一切，独自在那儿又惊又气。”

可就在这时，“至高王”从枕头中抬起头，温柔地看向她。

她的心中有如擂鼓，计划着应该赶在他提出任何问题之前朝他大嚷一通。

但“至高王”抢先一步开了腔，他的话语令她惊诧万分，惊得她连已经准备好的解释和指责都通通从她紧张得发颤的舌尖溜了回去，她只有呆坐在那里，瞠目结舌，茫然无措。

“好了，我亲爱的，”“至高王”说，“你已经决定不去赴约了吗？”

“我，我……”贝可芙拉结巴了起来。

“现在真不是赴约的时候，”德蒙特坚持说，“别说外面连一只鸟都还没离巢，而且，”他带着一丝恶意继续道，“光线这么暗，就算遇着了要见的人，你也看不见他。”

“我，”贝可芙拉倒抽了一口气，“我……”

“礼拜日的行程都是糟糕透顶的，”他继续说，“这一点众所周知。这一天出行准遇不上什么好事。你要取回你的长衫和王冠，明天去也可以。可现在这个时候，聪明人都会把约会留给蝙蝠和双眼圆睁的猫头鹰，还有那些瞪大着眼睛在黑暗里徘徊游荡、东闻西嗅的动物。回到暖和的床上来吧，亲爱的宝贝儿，等天亮再启程赶赴你的约会。”

贝可芙拉心中立刻升腾起一种沉甸甸的恐惧，促使她立即遵从了“至高王”的指示。她的心智被这种慌乱满满占住，使得她心不能动、口不能言。

等到贝可芙拉在温暖的黑暗中放松舒展开来，她才想起，阿尔多的儿子克里米安这会儿肯定正在达亥莱赫草原上等着她。此刻她想起这位少年，就如同想起了一件美妙却极为荒谬的事。而他正在等待着她的这个事实带给她的困扰，跟一只绵羊在等着她，或是路边的一丛灌木带给她的感受没什么两样。

她沉沉地进入了梦乡。

第五章

天亮之后，正当他们坐在桌前享用早餐的时候，有人前来通报，说有四位教士到访，“至高王”看着他们走进门来，脸上露出严厉、责难的神情。

“这次礼拜日到访的意义何在？”他厉声问道。

代表这四人发言的是一位下颌瘦削、眉毛稀疏的教士，他的十指不安地缠绕在一起，一双刻薄的眼睛深深地陷入眼窝。

“没错，”他说着，用右手的手指死死掐住左手手指，“没错，我们违反了规定。”

“解释看看。”

“受我们的主人——德夫尼什岛[10]的莫拉西乌斯[11]的指派，我们快马加鞭地赶了过来。”

“一位虔诚、圣洁的先生，”“至高王”打断他，“他绝不会赞同对礼拜日有所亵渎。”

“我们奉命向您转告下面这些话，”这位冷酷的教士说着，又将右手的手指埋入他紧握成拳的左手之中，这样其他人就无法指望再看到它们露出来。

“德夫尼什有一位教友，他的职责之一，”他继续道，“就是在

黎明破晓前将牛赶去吃草，而今天早上，我们的这位教友在履行这一职责的时候恰好看到八个俊秀的青年在互相打斗。”

“在礼拜日的早上！”德蒙特暴怒地咆哮着说。

教士重重地点了点头，力度大得堪称野蛮。

“就在这个神圣之日的早上。”

“说下去！”“至高王”愤怒地命令道。

然而突如其来的恐惧却紧紧攫住贝可芙拉的心。

“别再说这些发生在礼拜日的可怕故事了，”她恳求丈夫，“这些故事对谁都没好处。”

“不，这件事不能不说，亲爱的女士。”“至高王”说。

得到国王肯定的手势后，那位教士阴郁地盯着她，带着令人生畏的神色继续讲述他的故事。

“在这八个人中，有七个被杀死了。”

“他们这会儿已经下了地狱。”“至高王”语调阴沉。

“的确，他们已经下了地狱。”教士狂热地回应道。

“那么剩下那个没被杀死的人呢？”

“他还活着。”教士回答道。

“想来也是，”君王对此表示赞同，“接着说下去。”

“莫拉西乌斯将那七个罪恶之人埋了，并从他们不洁的脖颈、邪恶的臂膀，还有不祥的武器上取下了两人重的金银财物。”

“有两个人那么重！”德蒙特说着，陷入了沉思。

“正是，”那位瘦削的教士说，“不多也不少。接着他便派我们来向您请示，这些罪恶的财物应有多少归德夫尼什的教友们、多少归于‘至高王’的财富之下。”

贝可芙拉再次插了进来，她语气谦和尊贵，却带着一丝急促：

“让那些教友们留下全部财物吧，这些礼拜日的财物是不会给任何人带来好运的。”

那位教士再次用那双严厉的灰色小眼睛冷冷地瞪了她一眼，然后等待“至高王”开口。

德蒙特沉思了一会儿，先是朝左边摇了摇头，接着又向右边点了点头，仿佛两边正有人跟他争论似的。

“就照这位甜美的王后说的这么做吧。让能工巧匠用那金银打造一个圣髑匣，在箱子上刻上我的生日和姓名，以纪念我那老祖母[12]，她先后生下一头羔羊、一条鲑鱼，最后诞下我的父亲——上一任‘至高王’。至于余下的那些财物，就分给教牧同工，以此表达对虔诚的莫拉西乌斯先生的敬意。”

“可这个故事还没有结束。”那位面色阴郁、下巴尖细的教士又说。

“至高王”挪了挪身子，虽不耐烦，但他的态度却依旧和善。

“要是你继续下去，”他说，“故事总会结束的。砌石相累可成屋宇，亲爱的，言语相加便成故事了。”

教士裹紧他身上的衣物，显得愈加瘦削可怖。

他压低了声调说：

“那位没被杀死的年轻人名字叫作弗兰。并且，还有一个人当场目睹了这场亵渎礼拜日的战斗。”

“那个人是谁？”君王警觉地问道。

教士向前抬起尖瘦的下巴，紧接着眉尖向上一挑。

“这个人就是‘至高王’的妻子，”他大声说，“就是那个被人称作贝可芙拉的女人。就是这个女人！”他大吼一声，伸出一根纤瘦、僵硬、修长的食指，直指眼前的王后。

“见鬼！”“至高王”生硬地叫着，惊得跳了起来。

“如果她真的是一个人类女人的话。”那位教士尖声说道。

“你是什么意思？”“至高王”带着暴怒而又令人胆战的神情问道。

“她要么是一个应该受到这个世界惩罚的女人，要么就是一个应该受到希德驱逐的女人。但不论她属于哪一个世界，这都是不争的事实：在这个神圣的早晨，她身处希德，而她的手臂就环绕在弗兰的脖颈上。”

“至高王”被惊得目瞪口呆，重重地跌回他的座椅中。他的视线逐个在这些人身上缓慢地移动着，最后停在了贝可芙拉那里，接着就那么怔怔地望着她，双眼因恐惧而变得暗淡无光。

“这是真的吗，亲爱的？”他讷讷地问。

“是真的。”贝可芙拉答道。于是，就在这一瞬间，她在“至高王”的眼里成了一个刺眼的白影。

他指着门口。

“去赴你的约，”他结结巴巴地说，“去找那个弗兰。”

“他在等着我，”贝可芙拉半是骄傲半是羞愧地说，“而且一想到他还得等我，我就心如刀绞。”

说罢她就走出宫殿，离开了塔拉山。从此，整个爱尔兰，乃至整个有人类居住的世界里，都再没有人见到过她的踪影，也再没有人听到过她的消息。

---

[1] 阿尔多·斯莱恩（Ae of Slane，爱尔兰语为 Áed Sláine），其父亲赛贝尔之子迪尔玛特（Diarmait mac Cerbaill）是 Uí Néill 家族——康诺塔王朝（Connachta Dynasty）的创建家族——南部派系的始祖，该家族从 6 世纪末开始统治爱尔兰，直至 10 世纪末为止。他的名字“斯莱恩”实指位于今天爱尔兰东北部的斯莱恩山（Hill of Slane）。该山距“至高王”所占据的塔拉山（Hill of Tara）仅 16 千米。

[2] 德蒙特（Dermod，即 Diarmait mac Áedo Sláine），赛贝尔之子迪尔玛特（Diarmait mac Cerbaill）的子孙。据 17 世纪后期的一系列爱尔兰编年史记载，德蒙特曾在 7 世纪前期作为“至高王”统治爱尔兰。

[3] 克里米安（Crimthann，即 Crimthann mac Áedo Dibchine），是古爱尔兰历史上的一位伦斯特国王，据说卒于 633 年。

[4] 塔拉山，位于今爱尔兰东北部，相传是古爱尔兰最高权力以及“至高王”的宅邸所在。塔拉山顶有一立柱，被称为“命运之石”（Lia Fáil），是爱尔兰“至高王”的加冕之处。根据爱尔兰神话，如果合法的“至高王”踩在石头上，石头就会发出叫声。

[5] 9 世纪，凯尔特基督教制定了一条关于礼拜日的律令。后来，康迈尔之子科纳尔（Conall mac Coelmaine）将这条律令带回了爱尔兰。律令规定，人们在礼拜天不得骑马出行，亦不得发起争端，甚至连地狱中的人在这一天里也会停止受刑。违反这一律令的人，灵魂将被永远打入地狱。

[6] 达亥莱赫草原（Cluain dá Chaillech），意为“两个修女草原”（challech 本意为“面纱”，后引申为“修女”）。该地名只在本故事中出现过，具体方位不明，据译者推测应位于塔拉山与伦斯特省两地之间。

[7] 原版故事中，在与贝可芙拉约定见面私奔后，克里米安的族人们阻止了他“诱拐‘至高王’的王后”。不知情的贝可芙拉仍旧带着她的女仆出发赴约，可是却在中途迷了路。

[8] 都弗里（Duffry），位于伦斯特省的韦克斯福德郡（Wexford）。

[9] 在其他文献中，该岛屿的所有者也被写作 Fedach mac Daill 或 Fedach mac in Daill，意为“盲人的儿子”。

[10] 德夫尼什岛（Devenish Island），位于北爱尔兰费马纳郡的下厄恩湖，临近如今的天主教克洛赫教区恩尼斯基林，其名源自爱尔兰语中的 Daimhinis，意为“公牛岛”。

[11] 莫拉西乌斯（Molasius），卒于 564 年，德夫尼什岛的守护圣徒，爱尔兰语全名为 Saint Laisrén mac Nad Froích，又称 Laisrén of Devenish 或 Lasserian，莫莱斯（Mo Laisse）为其昵称，这里的莫拉西乌斯是将其名拉丁语化之后的产物。莫莱斯是众多拉丁语及爱尔兰语故事的主角，经常出现在各处的奇闻逸事之中。

[12] 穆根 · 莫尔（Mugain Mór），在早期神话中，她极有可能是一位代表芒斯特地区的女神。相传她久婚不育，便求助于莫维尔的芬尼安。芬尼安叫她饮下圣水，后来她便诞下一头羔羊、一条鲑鱼和阿尔多。

艾伦平原上的小纷争

THE LITTLE BRAWL AT ALLEN

第一章

“我认为，”“白肤”凯瑞尔[1]说，“尽管审判对芬恩不利，但公道却在芬恩那边。”

“他任凭一千一百个人被杀了，”科南和气地接过话，“如果你愿意，可以把这个叫作公道。”

“即便如此……”凯瑞尔抬高了声调，一副想要吵上一架的样子。

“这可是你开的头。”科南接着说。

“嚯！嚯！”凯瑞尔叫起来，“谁说的，你跟我一样有错。”

“我没错，”科南为自己辩护着，“因为是你先冲撞我的。”

“要是当时我们没被拉开——”另一方低声嘀咕起来。

“被拉开！”科南叫了起来。他咧嘴笑了，脸上的络腮胡子也跟着抖动了起来。

“对，被拉开了。要不是他们插手我们的闲事，我还是觉得我们肯定会——”

“不要将你的想法说出来，亲爱的，毕竟法律要求我们和平相处。”

“的确如此，”凯瑞尔说，“人必须得遵守判令。跟我来吧，亲爱的，我们去看看那些年轻小伙子是怎么在学校接受打磨的。其中有个家伙的剑耍得还不错。”

“没有哪个年轻人擅长用剑。”科南回应说。

“这一点你说得没错，”凯瑞尔也随声附和，“只有成熟老到的男人才配得上这种武器。”

“那些小鬼的弹弓倒是使得挺好，”科南接着说，“但是，除了填饱肚子和在打仗的时候溜之大吉之外，你不能指望他们做任何事。”

接着，这两个大家伙便朝着费奥纳勇士团的学校走去。

实际上，事情的来龙去脉是这样的。当时恰逢库尔之子芬恩召集了费奥纳的先生和他们的妻子，邀请他们一同参加他的宴会。所有人都到了——毕竟芬恩的宴会可是一件不能错过的事情。这些人里头有莫纳之子高尔和他的部下、有芬恩的儿子欧莘和孙子奥斯卡，还有“美男子”迪尔蒙德[2]、罗南之子卡尔特——参加宴会的人实在太多，难以一一尽述，不过总而言之，战斗中的所有精英和盖尔人的将领都在这里。

宴会开始了。

芬恩在堡垒中央的首领席落了座。在他对面的荣耀之座上，他安排的是一脸笑容的莫纳之子高尔。费奥纳勇士团的显赫人物则以这两人为端点，在中间沿两厢排开，按照各自的地位和世袭身份依次入座。

好吃好喝之后，他们自然愉快地谈笑一番。谈笑过后，便各自回家安歇——这是所有宴会的必经程序。因此，待所有人都已经吃得心满意足之时，男管家们便端着闪闪发亮、镶满珠宝的角杯走了进来，每个杯中都盛满了香醇醉人的美酒。接着，这些年轻的英雄渐渐有了些许醉意，言行也变得随意大胆起来；女士们也愈发温柔可亲；至于那些诗人，则一个个都成了饱学之士兼预言奇才。每个参加宴会的人眼中都闪耀着愉悦的光彩，并且不断地望向芬恩，期待这位伟大、温和的英雄能向自己投来短暂的一瞥。

高尔隔着桌子热情洋溢地冲他喊着话。

“这场宴会什么都不缺了，我的领袖！”他说。

芬恩望向他那双看起来饱含着亲切友好之情的眼眸，向他回以一笑。

“什么都不缺，”他回答道，“只差一首好诗。”

说完，一位负责传话的侍者站了起来，他一手握着一根长长的粗制铁链，一手持着一根精致的古旧银链。他摇了摇铁链，好让家中的仆从们安静下来，然后又摇了摇银链，提醒贵胄和诗人们也留心倾听。

接着，费奥纳勇士团的诗人——号称“巧舌”的费格斯歌颂起了芬恩和他的祖先们，以及他们的英雄事迹。当他歌颂完毕，芬恩、欧莘、奥斯卡和“辣手”卢杰克之子[3]赠予了他许多稀有而贵重的礼物，使得每个人都为他们的慷慨大方吃惊不已，就连习惯了国王及王子们大方馈赠的诗人们都为之惊叹。

之后，费格斯又转向莫纳之子高尔，歌颂起莫纳部族的坚实堡垒、累累战果、巧妙突袭，还有他们对爱情的大胆追逐。赞美的诗歌一首接着一首，高尔也随之愈发感到快活和满足。

吟唱一结束，还坐在座位上的高尔便转过身子。

“我的传信人在哪儿？”他大喊一声。

他的传信人是个女人，也是一位迅捷可靠的奇人。

她闻言走上前去。

“小人在此，尊贵的首领。”

“你把我从丹麦获得的贡物带来了吗？”

“带来了。”

说着，她在助手的帮助下将黄金抬到了他的脚边。这些金子都经过了加倍的精炼，足足有三人那么重。莫纳之子高尔从这份珍宝，还有他随身携带的指环、手链和项圈中取出一部分，作为对费格斯所颂诗歌的奖赏。之前芬恩所赠就够丰富了，可高尔出手比他还要阔绰一倍。

不仅如此，随着宴会的继续，不论是对竖琴师、预言者或是杂耍人，高尔的奖赏总要多于其他任何人。于是，芬恩开始有些不悦起来，并且随着宴会的进行，他也变得越来越严肃、越来越沉默。

第二章 [4]

高尔大手笔的赏赐仍在继续，尴尬不安的气氛也渐渐在宴会大厅内弥漫开来。

在座的绅士们带着诧异的神色彼此对视了一番，然后继续聊着些无关紧要的事情，但他们一半的心思都已经跑到了话题之外。吟唱诗人、竖琴师、杂耍人全都受到了这种局促氛围的影响，以致在场的每一个人都开始感到窘迫不安，可是没人知道该怎么做，也不知道接下来会发生什么。在这样的疑虑之下，宴会开始变得沉闷，紧接着，一阵沉默笼罩了整个大厅。

没有什么比沉默更可怕了。在沉默带来的空白中，或尴尬渐生，或愤懑渐长，而我们必定会从二者中择其一，使它成为我们情绪的主宰。

现在，同样的选择摆在了芬恩——这个从不知何为尴尬的人物面前。

“高尔，”他终于开了口，“你从洛悍人那儿收取贡物有多长时间了？”

“挺长时间了。”高尔答道。

接着，他就看到了一双严厉而冷峻的眼睛。

“我原以为这些人只需向我一个人缴纳租赋。”芬恩接着说。

“你记错了。”高尔说。

“就当是这样吧，”芬恩又问，“那你是如何开始收取这些贡物的？”

“那是很久以前了，芬恩，在你的父亲向我发动战争的时候。”

“啊！”芬恩发出一声惊叹。

“当时，他鼓动‘至高王’与我为敌，并将我逐出爱尔兰。”

“说下去。”芬恩一边说，一边紧盯着高尔那双嵌在浓眉之下的眼睛。

“我去了不列颠，”高尔说道，“但你的父亲随后而至。于是我又辗转到了白洛悍——也就是挪威，并占领了那里。可你的父亲又跟过来，再次将我驱逐。”

“这事我知道。”芬恩点了点头。

“我又去了撒克逊人的地盘，却再度被你父亲赶了出去。然后，在洛悍的诺科之役中，你的父亲和我最终碰上了面，脚对脚、眼对眼，就在那里，芬恩！”

“在那儿怎么了，高尔？”

“就在那里，我杀死了你的父亲。”

芬恩僵坐在那里，一动也不能动，他的表情冷漠而可怕，就好像刻在悬壁上的雕像一般。

“告诉我你当时的所有经历。”他说。

“在那场战役中，我击败了洛悍人。我打入了丹麦国王的领地。在他的地牢里，有些人已经待了一年，只等着最终的处决，是我将他们带了出来。我还解救了十五名囚犯，而其中一名就是芬恩。”

“没错。”芬恩表示同意。

听他这么说，高尔怒气顿消。

“不要嫉妒我，亲爱的，因为如果我拥有两倍于你的贡物，我只会将它赠予你、赠予整个爱尔兰。”

然而，“嫉妒”一词重新点燃了这位首领的怒火。

“你太无礼了，”他大声说，“竟敢在这张桌子上吹嘘你如何杀了我的父亲。”

“我发誓，”高尔反击道，“如果芬恩也像他的父亲那样待我，我自然也会以对待芬恩父亲的方式来待他。”

芬恩闭上双眼，拼命压制下心中升起的怒意。他冷笑一声。

“如果我有心这么做，就不会让你有机会说出最后那句话，高尔，因为在这里，你有一个人，我就有一百人来对付他。”

高尔大笑起来。

“你的父亲也是如此。”他冷冷地说。

芬恩的兄弟、“白肤”凯瑞尔突然发出一阵粗犷的笑声，打断了他们的对话。

“伟大的高尔到底放倒了芬恩多少家人哪？”他大声嚷嚷道。

但是高尔的弟弟、人称“恶语者”的秃子科南狠狠地瞪了凯瑞尔一眼。

“我以我的武器起誓，”他说，“高尔身边的人永远不会少于一百零一个，这其中最微不足道的人也足够将你们轻松放倒。”

“啊？”凯瑞尔高声叫道，“你不会就是那一百零一个人中的一个吧，老秃头？”

“就是其中一个，我又愚钝又胆小的凯瑞尔，而且我担保会在你的皮肉上留点儿证据，证明我老哥刚才说的话都是真的，而你的兄弟却是一派胡言。”

“你担保！”凯瑞尔咆哮起来，愤怒地甩了科南一巴掌，科南则挥着他的大拳头，重重地回敬了一拳，结结实实打在凯瑞尔的脸上。接着，两人扭打成一团，在大厅里横冲直撞，你一拳我一拳地猛击着对方。奥斯卡的两个儿子难以容忍看着他们的太叔祖父被揍，便朝科南扑了过去；高尔的两个儿子见状，也冲向这两人。接着，奥斯卡也一跃而起，双手各提一只大锤加入了混战。

“感谢神明，”科南说，“让你有机会了结你自己，奥斯卡。”

然后，这两人对战起来。奥斯卡一锤下去，打得科南痛呼出声。他向他的兄弟莫纳之子亚特·奥格投去了恳求的目光，于是这位强大的斗士便飞奔过去，向科南伸出援手，将奥斯卡打得挂了彩。这下，奥斯卡的父亲欧莘也不能放手不管了，他冲入其中，压制住了亚特·奥格。随后，莫纳之子拉夫·赫也加入进去，先是打伤了欧莘，接着又被卢杰克之子撂倒，而后者又被莫纳之子加拉所伤。

整个宴会厅一团混乱，到处都是拳脚相向、打得不可开交的人。这儿有两个勇士互相用手臂卡住对方的脖子，不停地跺着脚，转了一圈又一圈，活像跳着一支悲情、缓慢的舞蹈。那儿有两个人面对面屈膝蹲伏在那里，寻找着对方身上可以攻击的弱点。再远一点儿，一个虎背熊腰的壮汉将对手扛在肩上，然后扔向一小撮向他冲过来的人。而在一个幽闭的角落里，一位绅士小心提防着站在那儿，试图将一颗被打得松动的牙齿给拔出来。

“你没法儿打仗，”他含混不清地喃喃自语，“要是你有颗牙齿或是有只鞋子松了的话。”

“赶紧拔了那颗牙，”他对面的那个男人则不满地嘟囔道，“我还等着敲掉下一颗呢。”

一群女人紧挨着墙壁站在那里，有的失声尖叫、有的捧腹大笑，但她们全都呼喊着她们的男人，叫他们回到各自的座位上去。

大厅里只剩下两个人还坐在那里。

高尔坐着，扭动着身子，带着审视的目光四下环顾着这场战斗；而芬恩则坐在对面，注视着高尔。

就在这时，芬恩的另一个儿子菲奥兰[5]带着三百名费奥纳勇士对大厅发动猛攻，将高尔的所有部下赶出大门。而大门之外，争斗依旧继续着。

高尔从容地将目光投向芬恩。

“你的人用上了他们的武器呢。”他说道。

“是吗？”芬恩同样从容地反问着，仿佛面对的是一堆空气。

“要论武器的话……”高尔又说。

这位在战斗中令人难以招架的主心骨转向背后挂着他武器的那面

墙。他右手握紧那柄坚固匀称的长剑，左手则持起他那面硕大威严的盾牌，接着，他再次斜瞟了芬恩一眼，便走出大厅，势不可当地杀入了人群。

芬恩随之站起身。他也从墙上取下自己的装备，大步走了出去。之后，他高喊着投入了战斗，对胜利志在必得。

软弱的人在这里可找不到立足之地。这里不是可供那些玉指纤纤的女人盘头发的角落，也不是能够让那些老态龙钟的长者静坐冥思的处所，因为刀剑相拼的铮鸣、斧盾相击的轰响、战斗双方的怒吼、负伤勇士们的嘶喊、还有胆战心惊的女人们发出的尖叫破坏了这里的平静，而莫纳之子高尔的战斗口号与芬恩响彻云霄的呐喊盖过了所有这些声音。

这时，“巧舌”费格斯将费奥纳的所有诗人召集到了一起，将战士们团团围住。他们开始吟唱起冗长庄重的韵文和咒语，直到他们富有节奏的声音盖过了战斗的喧嚣声。于是人们停止了砍杀，扔下了他们手中的武器。诗人们拾起这些武器，双方就此和解。

但是，芬恩坚称他要找国王亚特之子科马克[6]、他的女儿爱尔菲[7]、他的儿子“利菲之爱”卡利柏[8]和首席诗人芬坦[9]做个评判，否则绝不与莫纳一族和解。高尔也同意将这件事交由国王的法庭评断，于是，他们约好了日期，决定在两周之后前往塔拉山，请“至高王”做出裁断。之后，大厅被清扫干净，宴会也得以继续进行。

芬恩的部下中，共有一千一百个男女送了命；而高尔的部下中，也死了十一个男人和五十个女人。不过，这些女人都是被吓死的，因为她们身上没有任何创伤或是瘀痕。

第三章

宴会过后的第十四天，芬恩和高尔带着费奥纳勇士团的将领们来到了塔拉山。在弗拉里[10]、弗希尔[11]，还有柏赫拉之子芬坦的陪同下，"至高王"带着他的一双儿女坐在审判席上，要求目击者陈述证供。

芬恩站起身，但与此同时，莫纳之子高尔也站了起来。

"我反对由芬恩来提供证词。"高尔说。

"为什么？""至高王"问。

"因为只要是有关我的事情，芬恩都会颠倒黑白，将假的说成真的，将真的说成假的。"

"我可不这么认为。"芬恩反对道。

"您看吧，他已经开始了。"高尔大声说。

"如果你反对由在场的主要人物提供证词，那我们该如何获得证供呢？""至高王"问道。

"我，"高尔说，"会相信'巧舌'费格斯所做的证供。他是芬恩的诗人，因此不会说出针对他主人的谎言，同时他也是位诗人，因此不会对任何人撒谎。"

"我同意这个提议。"芬恩对此表示赞许。

"不过，"但高尔还没说完，"我要求，费格斯应以他所尊崇的神明之名当庭立誓，他将做出公平的证供，不偏不倚。"

于是，费格斯依言宣誓，然后给出了他的证词。

他陈述道，先是芬恩的兄弟凯瑞尔攻击了莫纳之子科南，高尔的两个儿子就上前支援科南。接着，奥斯卡加入进来，好助凯瑞尔一臂之力，于是芬恩的部下和莫纳部族的族人就纷纷站起身，互相搏斗起来。就这样，一场争吵最终演变为一场战斗，导致一千一百名芬恩的部下和六十一名高尔的族人丢了性命。

“我很惊讶，”“至高王”的声音里透着不满，“就攻击他们的人数而论，莫纳部族的损失实在很小。”

芬恩闻言，顿时窘得满脸通红。

费格斯回答说：

“莫纳之子高尔用盾牌护住了他的族人。所有斩杀都由他一力当之。”

“人群太拥挤了，”芬恩抱怨道，“我没法及时赶到他那里，否则——”

“否则怎么样？”高尔大笑着问。

芬恩严肃地摇了摇头，不再说话。

“你们怎么评断？”科马克又转向他手下的审判者们。

弗拉里首先发话。

“我判定莫纳部族理应获赔。”

“为何？”科马克问道。

“因为他们首先受到攻击。”

科马克看着他，不为所动。

“我不同意你的评断。”他说。

“这里头有什么错吗？”弗拉里反问。

“你并未考虑到，”“至高王”回答，“一个士兵就应该服从他的首领，当时当地，芬恩正是首领，而高尔只不过是区区一个士兵。”

弗拉里考虑了“至高王”的意见。

“这一点，”他说道，“对于没有死伤或是赤手空拳的攻击尚有参考价值，但不适用于发生流血或者刀剑相加的攻击。”

“你的评判呢？”“至高王”又转向弗希尔。于是弗希尔也发表了他的意见：

“我判定，由于莫纳部族首先受到攻击，因此他们应免予赔偿损失。”

“那么芬恩呢？”科马克接着问。

“我认为，鉴于他遭受了惨重的损失，芬恩也应免予赔偿，他的损失将被视作赔偿。”

“我同意这一判定。”芬坦说。

“至高王”和他的儿子也都表示赞同，他们便将这一决定传达给了费奥纳的勇士们。

“必须得遵守判令。”芬恩说。

“那你接受吗？” 高尔问。

“我接受。”芬恩平静地说。

而后，高尔和芬恩亲吻了对方，就此重归于好。因为，尽管这两位英雄之间存在着永无休止的争吵，但他们同时也深爱着彼此。

然而，在事隔多年后的今天，我认为这场纷争错在高尔，而非芬恩，“至高王”的审判也并未面面俱到、考虑周全。当时在席间，高尔不应该给出比他的导师、宴会的主人更加丰厚的馈赠。并且，高尔也不该采用强硬手段，夺取费奥纳勇士团最慷慨馈赠者的地位，因为在这个世界上，从来没有人在馈赠礼物、发出挑战或者创作诗歌这些事上比芬恩更胜一筹。

但是法庭并未从这一角度出发讨论此事。不过，也许是考虑到芬恩的敏感，审判席才将这一面压了下来，因为假若高尔被指控为故意夸口炫耀，那么芬恩也将面对更加难堪的指控——嫉妒。尽管如此，这场纷争的起因仍要归咎于高尔鲁莽又爱惹是生非的脾性。时间的裁决必将洗清芬恩的罪责，使事件的责任最终归于其理应归属的一方。

同时，我们也不得不多说一句，并且永远铭记，每当芬恩陷入困境之时，将其拉出泥潭的人都是高尔。在这场纷争过去很久之后，时间给了他们所有人最残酷的一击，将费奥纳的勇士们作为异教徒送入了地狱，此时，又是莫纳之子高尔手握一条挂着三个铁球的锁链攻击了地狱，是他击败了一大群恶魔，将芬恩和费奥纳勇士团的成员们救了出去。[12]

---

[1] “白肤”凯瑞尔（Cairell the Whiteskin，爱尔兰语为 Cairell O’Baoisgne），虽然文中说他是芬恩的兄弟，但他实际上是芬恩的一个儿子，在这次争执中被高尔杀死。

[2] 迪尔蒙德·奥·德利暗（Diarmuid Ua Duibhne），他的养父是希族人阿格斯（Óengus 或 Áengus，一般被认为是掌管爱情和梦的神灵）。迪尔蒙德是费奥纳勇士团的成员，骁勇善战，最后却与芬恩年轻的新娘私奔，从而遭到芬恩的嫉恨和追杀。

[3] 芬恩的外孙卢杰克之子高因（Gaoine Mac Lughach 或 Mac Lughach），其母为芬恩的女儿露何姿（Lugaid）。

[4] 此版本中的库尔之死并不是实情，并且诺科也并不位于斯堪的纳维亚半岛，而是在爱尔兰。——作者注

诺科（Cnocha），位于都柏林郊区，现名卡索诺科（Castleknock），爱尔兰语为 Caisleán Cnucha，意为“诺科的城堡”。

[5] 芬恩之子菲奥兰（Fáelán mac Finn），芬恩与一位异国爱人所生，对他的父亲和同父异母的兄弟欧莘极其忠诚，尤其体现在抵抗高尔这件事上。

[6] 亚特之子科马克（Cormac mac Art，又名 Cormac ua Cuinn，意为“康恩之孙”，或者 Cormac Ulfada，意为“大胡子”科马克），据中世纪的爱尔兰传说和历史资料记载，他是古爱尔兰最负盛名的一任“至高王”，并且很可能是一位真实存在的历史人物。

[7] 爱尔菲（Aillbe），科马克的女儿之一。科马克共有十个女儿，其中两个——爱尔菲和格兰尼（Gráinne）日后都成了芬恩的妻子。

[8] 卡利柏（Cairbre Lifechair，意即“利菲的爱人”），科马克之子，高纳特（Eochaid Gonnat，科马克的继任者，在位仅一年）死后，他继任成为古爱尔兰“至高王”。

[9] 柏赫拉之子芬坦（Fintan mac Bóchra 或 Fintan mac Bocna），古爱尔兰神话中有名的智者，因其可化身鲑鱼，因此也被称为“智慧之鲑”。

[10] 弗拉里（Flaithri），是“至高王”科马克之子的导师和监护人。

[11] 弗希尔（Fitheal），弗拉里的父亲，是“至高王”科马克的主要法官（盖尔语和爱尔兰语为 brehon）。

[12] 在中世纪后期文献《芬恩诗歌总集》（*Duanaire Finn*）当中，芬恩被塑造成一位反基督人物，费奥纳的成员也由于不皈依新教而被打入地狱。在第五十首诗歌《莫纳部族在地狱帮助芬恩》里，高尔等人协助芬恩与撒旦战斗，最终却被魔鬼打败，直到60年后才被一个天使释放出来。还有一说是费奥纳勇士罗南之子卡尔特同意受洗后，恳求圣帕特里克将费奥纳勇士们的灵魂从地狱里解救出来。

“土衣”卡尔

THE CARL OF THE DRAB COAT

第一章

有一天，库尔之子芬恩遭遇到这么一件事：他离开了人类的世界，在异界之中游荡徘徊，这让他的内心痛苦万分。他在那儿度过了许多个日夜，经历了诸般冒险，最终将这些记忆带回了人类的世界。

单凭这一点，这件事就已经值得称奇了，因为极少有人能够记得他们曾经到访过异界，或是记得他们曾在那片土地上经历过的所有事件。

事实上，我们并非真的踏足异界，而是我们本身幻化为异界，在一息之间，我们就可能度过一年甚至一千年。然而，一旦我们重返现实，这份记忆便会迅速模糊。我们就像是做了场黄粱美梦，又或是见到了海市蜃楼一般，尽管我们确实曾真真切切地置身于异界之中。

因此，芬恩那些经历都发生在一个被极度延长的时刻里，而他竟能一一记得，这委实奇妙，不过在这个故事里面，最出奇的还不是这一点，因为前往异界的不止芬恩一人，还有一支大军，这支军队原本是在芬恩的统率下到了埃德尔海岬——也就是霍思山。而且不论是芬恩，还是这些将士，没人意识到他们已经离开了原先所在的世界，直到他们再次回到这里。

我们的这位首领率领着一支由十四个战队组成的大军，浩浩荡荡地向前行进。其中，七个战队是费奥纳勇士团的预备军，七个战队是他们的常规军。到达埃德尔海岬后，他们决定在那里安营扎寨，好让军士们休息一番，这样才有力气按照芬恩为第二天拟订的战斗计划行事。营地选好了，每个战队以及他们的附属连队都住进了合适的地点，既不会过度拥挤，也不会使行军受到阻滞或中断。因为每支队伍都在各自停步之处就地休憩，这样他们既不会阻碍其他战队，也不会让别人打扰自己。

等到一切布置妥当，各队的领头便聚集到一起，商讨第二天的作战策略。他们的集合之处是一片青草覆盖的平坦高地，往下俯视即是一望无垠的大海。在讨论中，头领们不时地望向脚下波光粼粼、浪涛翻涌的广阔海面。

与此同时，一艘巨大的船扬着风帆，在强劲的风势下，从东边朝着埃德尔海岬径直驶来。

讨论时断时续，每逢间隙，便会有勇士注意到这艘急行的舰船，并对此发表几句看法。或许就在其中某个空当，芬恩和费奥纳勇士团的冒险便开始了。

“我想知道，那艘船是打哪儿来的？”科南慵懒地说。

但是，他们只知道这是一艘装备精良的战舰，此外没人能对它做出任何推测。

就在船只慢慢靠岸的时候，众人注意到，一名高大的男子凭借着他的长矛从船只靠岸的一侧纵身一跃上了岸。不一会儿，便有人向芬恩报告了这位先生的到访，并将他带到了芬恩面前。

这实在是一位身形彪悍、英勇好战而又率真豪放的人物。他身穿一件精良坚固的铠甲，头戴一顶坚硬的雕花头盔，肩上挂着一面刻有华丽红色浮雕的盾牌，腿边还悬着一把剑槽宽阔、剑身挺直的长剑——此刻它正与他大腿上的护甲相互碰撞着，发出铮铮鸣声。在他的双肩与盾牌之间，披着一件华丽的猩红斗篷。而在他的胸前，则别着一枚做工精致的煅烧金胸针。他双拳紧握，手持一对矛杆粗重、未经打磨的长矛。

芬恩和一众勇士纷纷打量着这位先生，心中无不对他的举止风度崇敬有加，同时也对他的武器装备艳羡不已。

“你是什么血统，这位年轻的先生？”芬恩问，“还有，你来自世界的哪一方？”

“我是‘铁人’凯尔，”这位陌生人回答说，“色萨利[1]之王是我的父亲。”

“你来这里有何贵干？”

“我并没有什么差事，”那人一脸严肃地回答道，“只不过有些能让我自己愉快的私事。”

“好吧。那是什么愉快的事情促使你来到这里呢？”

“自从离开故土后，我每到一片大陆或是一个岛屿，必令其纳贡称臣，不然我不会离开。”

“而现在你踏上了这片领地！”芬恩大声叫了起来，怀疑自己是不是听错了。

“为了贡奉和统治权！”对方也发出低沉的咆哮，同时用长矛的手柄猛烈地敲击着地面。

“我发誓，”科南说，“我们还从未听说过有哪个战士能比得上爱尔兰的勇士。不管他们有多么出色，到了这片土地上，等待他们的都只有这里的女人们为之吟唱的丧歌。”

“我郑重发誓，”那位陌生人也声色俱厉地回应说，“你的言论只能让我想到乳臭未干的黄毛小子或者蠢蛋白痴。”

“小心点儿，先生，”芬恩说，“你身边站着的可是盖尔人中的勇士和巨龙，而驻扎在我们周围的，正是爱尔兰费奥纳勇士团的十四支战队。”

“即使让过去七年中死亡的费奥纳勇士全体复生，然后跟眼下在场的所有人加起来，”那位陌生人信誓旦旦地宣称，“我也能以残酷无情的手段将他们一并对付，我会一一削掉他们的手脚，取走他们的性命。”

“好大的口气！”科南一边喃喃，一边恶狠狠地瞪着他。

“这一点儿都不是吹牛，”凯尔说，“为了展示我的才能和地位，我会跟你们立个契约。”

“说说你的条件。”芬恩喝令道。

“这样，”凯尔的神情冷酷又野蛮，“无论是赛跑、摔跤，或是决斗，只要你能从你那十四支队伍中找到一个有本事胜过我的人，我就回我自己的国家去，永远都不会再来打扰你们。”

他的话语凌厉无情，眼神飞扬霸道，使得勇士们的内心开始涌出一丝惊惶，甚至连芬恩也感到自己的呼吸停滞了下来。

“这话像是一位英雄该说的，”过了一会儿，他才答应，“要是连这样我们都没人能在这些方面击败你，那也赖不到无人报名应战的借口上。”

“单论赛跑这一项，”芬恩深思了一下之后说，“我们有一位出了名的勇士，罗南之子卡尔特。”

“这位罗南的儿子过不了多久就会声名扫地了。”那位陌生人下了断言。

“他可以赛过赤鹿！”科南说。

“他可以跑得比风还快！”芬恩也提高了音量。

“赤鹿和风算什么，”那位陌生人轻蔑一笑，“他要跑赢的对手可是我！”他一嗓子喝道，声如雷鸣，“把这位赛跑者叫出来，然后我们就能知道，他的双脚是不是和你们所想的一样那么有能耐。”

“他没跟我们在一起。”科南惋惜地抱怨道。

“一到用得上他们的时候，这些声名显赫的战士从不跟我们在一起。”那位陌生人冷冷地说。

“我发誓！”芬恩高声说道，“他很快就能到这儿来，我会亲自将他接来。”

“那就这么做吧。”凯尔说。

“在我离开的这段期间，”芬恩继续道，“我在此与你约定，你得和这里的费奥纳勇士友好相处，并遵守朋友间的所有规则和礼节。”

凯尔答应了。

“在你回来之前，我不会伤害他们中的任何人。”他许诺道。

于是，芬恩便朝着诸王的塔拉山出发了，他猜想罗南之子卡尔特肯定会在那里。“假如他不在那儿，”这位勇士自言自语，“那么我就得上费奥纳的凯石朗[2]去找他。”

第二章

离开埃德尔海岬没多远，芬恩便来到了一片地形复杂、幽暗昏惑的森林，这里树木浓密茂盛，灌木枝缠叶绕，几乎令人无法通行。他记得这片森林之中曾开有一条小路，于是便寻找起来。那是一条经过深入挖凿、中间凹陷下去的小径，它蜿蜒绵延着，贯穿于整片林间。

芬恩跳下这条昏暗的沟渠，继续朝前走去，可是，当他深入这片阴暗潮湿的森林中后，听到了沉重的脚步在地面发出的咯吱声响，接着，他看到一个面目邪恶可怖的生物朝他走了过来。这是一个荒蛮粗野、身形庞大的黄皮肤巨人，他骨骼粗大，只穿了一件粗制滥造、沾满污泥的灰褐色大衣。它松松垮垮地挂在他身上，衣摆垂下来，拍打着他的小腿肚。他双腿赤条条的，什么也没穿，脚上套着一双形如小船但比小船还要巨大的粗革皮靴。他的步伐铿锵有力，每走一步，便深深地砸在泥里，在这条凹陷的道路中溅起整整一桶的污泥。

芬恩从未见过身形如此巨大的人，他站在那儿，双眼紧紧地盯住他，惊得目瞪口呆。

那巨人向他行了个礼。

“你独自一人吗，芬恩！”他大声喊，“费奥纳勇士团怎么会让他们的领袖独自上路，身边连一个芬尼安勇士都没有？”

听到他的询问，芬恩这才回过神来。

“说来话长，这事儿太复杂，情势又太紧迫，我现在也抽不出时间来跟你说。”

“还是赶紧说说吧。”巨人坚持要求。

于是，尽管事态紧急，芬恩还是向他讲述了“铁人”凯尔的到来以及后者向他们发出的挑战，并告诉他自己正出发前往塔拉山，去寻找罗南之子卡尔特。

“我对那位异国人士了解得很。”那个大块头说。

“他确实如他自诩的那般勇敢出色吗？”芬恩问。

“他比他自诩的还要厉害一倍。”那个庞然大物回答他。

“他不可能跑得比罗南之子卡尔特还快。”芬恩断言。

大块头对此嗤之以鼻：“你的卡尔特连一只刺猬都别想跑赢，亲爱的。他才刚开始准备起跑，这位凯尔就能到达终点了。”

“那么，”芬恩无奈地说，“我就不知道该去哪里寻求帮助，也不知道怎样才能捍卫爱尔兰的荣誉了。”

“我倒是知道解决的办法。”对方说着，慢悠悠地点了点头。

“如果你知道，”芬恩恳求道，“请以你的荣誉担保，告诉我该怎么做。”

“可以。”那人回答。

“别再指望着罗南那个双膝生锈、跑得比婴儿还慢的儿子了，”他继续说，“让我替你们进行这场比赛，我在此起誓，必能得胜而归。”

我们的领袖闻言大笑起来。

“我亲爱的朋友，你两边大衣下摆上的泥浆有两吨重，单要提起它们就够你受的了，更别提你还穿着一双那么重的靴子。”

“我对天起誓，”那人高喊起来，“除了我，爱尔兰没人能够赢得这场比赛。请你给我这个机会。”

于是芬恩同意了。

“那好吧，”他说，“那么现在，能告诉我你叫什么名字吗？”

“别人都叫我‘土衣’卡尔。”

“所有东西都可以拿来当作名字，”芬恩耸耸肩，“这也算是个名字。”

接着，他们便一起回到了埃德尔海岬。

第三章

当他们来到众人之间时，这些爱尔兰人纷纷围到了这位体格庞大的陌生人身边。他们中有的用斗篷蒙住了脸，好掩盖脸上的笑意；有的笑得在地上直打滚；还有的则惊得合不拢嘴、直不起腿，只能两臂瘫软、呆若木鸡地盯着这位陌生人，仿佛完全陷入了茫然之中。

“铁人”凯尔也看到了这一幕，他走上前去，细细地审视着眼前这位陌生人。

“这是个什么鬼东西？”他转向芬恩。

“亲爱的，”芬恩回答道，“这就是我带来与你一较高下的勇士。”

“铁人”凯尔的脸顿时涨得青紫，气得差点儿没把舌头给咽下去。

“直到永恒的尽头，”他高声咆哮，“直到末日前的最后一刻，我也不会跟这个浑身油腻、蹄大如船、衣衫褴褛、活像个乞丐似的东西跑上一步！”

然而，卡尔听到这话，却突然爆发出一阵大笑，震得在场勇士们的耳膜都差点儿崩成碎片、直飞到脑袋里去。

“放心吧，亲爱的，我不是什么乞丐，而且我的品性也绝不会比这群人里血统最尊贵的王子粗鲁。你不能用那种方式反悔，亲爱的，要么你就和我跑上一场，要么就让我把你赶回你的船上去。你想跑多长距离呢，亲爱的？”

“我赛跑从不少于六十英里。”凯尔面色阴沉地说。

“小意思，”卡尔说，“不过也行。从这里到‘绿荫之山’，也就是芒斯特省卢尔察山区[3]，刚好六十英里。你觉得怎么样？”

“怎么跑我都无所谓。”凯尔答道。

“那好，”卡尔说道，“我们现在就可以动身前往卢尔察山区，明早我们就能从那儿开始比赛，最后回到这里。”

“就这么说定了。”凯尔说。

于是，这两人便朝芒斯特省出发，在太阳完全落山之前，他们便到达了卢尔察山区，并为过夜做好了准备。

第四章

“凯尔，亲爱的，”卡尔说，“我们最好盖个房子或是小屋，好在里面过夜。”

“我什么也不打算盖。”凯尔一边回答着，一边向卡尔投去了极其厌恶的眼神。

“不会吧！”

“才住一宿就得盖房盖屋，我可不干，而且我希望再也不用看到这个地方。”

“那我自己造个房子好了，”卡尔说，“不过不来帮忙的人就只能待在房子外面过夜了。”

卡尔迈着笨重的步伐走向附近的树林，一口气伐倒了四十八棵树，又将它们两两一组绑成了二十四组大木块。他一只手臂夹着这些木块，另一只手臂拢着一大捆用来当作卧榻的灯芯草，只这一趟就备好了所有材料。随后，他飞快地建好了一座房屋，并且用茅草将它布置得又舒适又暖和，至于剩下来的木材，则被他用来在屋子里的地面上生起了一堆篝火。

他的同伴坐得远远的，心里对他这通忙活又是气恼，又是嫌恶。

“好了，凯尔，亲爱的，”卡尔招呼道，“你能帮我找点儿吃的吗？这儿有野味可以捕猎。”

“你自己去，”凯尔咆哮起来，“我只想离你远远的！”

“不帮忙者不得食。”卡尔回答道。

很快，卡尔便捕杀了一头野猪，将它带了回来。他将那头畜生架在篝火上烤熟，吃掉了其中一半，留下另一半当作第二天的早餐。接着，他在灯芯草上躺下，翻了两下身子便睡着了。

而凯尔则在屋外的山坡上躺了下来，这一晚，即便他睡得着，也是饥肠辘辘的。

然而，第二天一早，他却是第一个醒来的人，他过去将卡尔叫醒。

“起来，乞丐，要是你还打算和我赛跑的话。”

卡尔揉了揉他的眼睛。

“在得到充足的睡眠之前，我绝不起床——这会儿还差一个小时才够呢！不过要是你很急的话，亲爱的，你可以现在就出发，我祝福你。等我睡醒了，会小跑着跟上去的。”

于是凯尔便开始了比赛。对于这样的开端，他颇为沾沾自喜，因为他的对手竟这般轻视他。他简直无法想象待卡尔准备出发时究竟会是怎样的情形。

“不过，”凯尔对自己说道，“等我跑了一小时，就算那个乞丐把骨头跑散架，也不一定能追得上我。”于是他安下了心，信心满满地全速向前奔去。

第五章

一小时之后，卡尔醒了。他吃掉了另外那半头野猪，然后将骨头拆散，系在他那件大衣的下摆上。接着，在野猪的骨头相互撞击发出的哐当声响中，他开始了比赛。

很难说清他到底是怎样跑的，或者说他是以什么样的速度在奔跑，我们只知道他用那两条强健的腿向前跳跃着，时而用一条巨腿往前蹦，激得泥浆四溅；时而又迈开他那极其宽阔的步子，一跃数里，步声震天，所到之处满目疮痍。

他将燕子甩在身后，仿佛它们都沉睡了一般。他赶上了一头赤鹿，从它头上一跃而过，留下它呆若木鸡地站在身后。风始终跟在他后边，因为他每次都能超越它。“铁人”凯尔一直努力奔跑着，他双拳上扬，头颅后倾，健步如飞，快得令人看不见他双腿的移动，但即便如此，卡尔还是在几次跳跃之后，便赶上了对手。

经过凯尔身边的时候，卡尔放慢了速度，一手插入他的大衣下摆，扯出了一把血红的骨头。

“来，亲爱的，这块骨头上有很多肉的，”他说，“你都饿了一整晚了，可怜的朋友，只要从这块骨头上剔下那么点儿肉来，你的胃就能好受一些了。”

“留着你那脏东西吧，臭乞丐！”对方愤怒地大喊，“我宁愿吊死，也不会咬上一口被你啃过的骨头。”

“你为什么不跑呢，亲爱的？”卡尔依旧和颜悦色，“你为什么不努力跑赢这场比赛呢？”

于是，凯尔开始拼命调动四肢，仿佛它们是飞鸟的翅膀或是小鱼的鱼鳍，又如同受惊的蜘蛛身上伸出的六条细腿。

“我在跑。”他气喘吁吁地回答。

“但你得试试像这样跑。”卡尔好心好意地提示，然后身子一扭便跳了起来，接着突然迈开双腿，急速地奔跑起来。他那双巨大的靴子在地上飞溅起一大片淤泥，只一步便消失在凯尔的视线里。

“铁人”凯尔一下子陷入了绝望，但他有一颗不屈的心。

“我会一直跑到身体爆炸，”他尖声喊道，“等我炸开的时候，我要崩得远远的，用我炸裂的身体将那个乞丐绊倒，让他摔断他的腿！”

于是，他带着坚定的决心、狂怒的心情以及一股子犟劲儿，疾速地飞奔起来。

最终，他赶上了卡尔，因为那家伙在路边停了下来，摘食灌木丛中的黑莓。当他跑近卡尔身边的时候，凯尔开始愤怒地对着卡尔冷嘲热讽了起来。

“谁把他衣服的尾巴给掉了？”他放声大笑着说。

“不要给一个正在吃黑莓的人出谜题。”卡尔向他呵斥道。

“没尾巴的衣服，没尾巴的狗！”凯尔大声地喊了起来。

“算了，我不回答了。”卡尔含混地嘟哝道。

“这个人就是你自己，乞丐！”凯尔的语气里充满了嘲弄。

“我才是我自己，”卡尔嘴里塞满了黑莓，咯咯地笑了起来，“既然我就是我自己，那‘这个人’又怎么可能是我自己？这真是个愚蠢的谜题。”他嘟囔着，语无伦次。

“看看你的大衣吧，大油桶！”

卡尔照他说的做了。

“我的天！”他说道，“我大衣上的两片下摆哪儿去了？”

“我能闻到其中一片的味道，它绕在后面三十英里外的一棵小树上了。”凯尔说，“而另一片挂在了这片下摆后头十英里的一丛灌木上，难看至极！”

“跟自己的大衣下摆分开可真是个噩兆。”卡尔哼哼地发着牢骚。“我得回去把它们捡回来。亲爱的，你就在这儿吃着黑莓等我回来，然后我们再一起公平地开跑。”

“我半秒都不会等。”凯尔回答道，说着，他便开始朝着埃德尔海岬跑去，如同一位恋人奔向他爱慕的姑娘，又如一只蜜蜂飞向它的蜂房。

“我的黑莓也还有一半没吃完呢。”卡尔惋惜地抱怨着，转身朝他的衣服下摆跑去。

他沿着原路一股劲儿地埋头奔跑着。由于之前所经过的道路全都已经被他踏平，犹如被上百头套着轭的公牛肩并肩地踩过一般，所以，他没费什么力气就找到了那两丛灌木，还有他那两片大衣下摆，并将它们缝回了他的大衣上。

接着，他一跃而起，再度开始狂奔，那是力的爆发，宛如旋风，激烈至极，任何词语都不足以形容他的动作。他那双大靴子敲击在地面上，发出越来越急促频繁的声响，就仿佛斗大的冰雹急速地敲打在屋顶上。他所经之处，周围的树木通通被他卷起的狂风刮倒。他所过之路，一旁徘徊的野兽都在剧烈的震荡下倒地身亡，而从他鼻子里喷出的炽热鼻息将飞鸟全都冲击成了碎片，连大团大团的云都被吹得从天空中掉落下来。

他再次赶上了正埋着头、用脚尖全力奔跑着的凯尔。

“要是你不使劲儿点儿跑，亲爱的，”卡尔说道，“那可就永远都拿不到你的贡奉了。”

说着，他继续发力冲刺，一双靴子来回摆动交错着，令见者眩晕，一眨眼便将凯尔抛在了身后。

“我会一直跑到身体炸开。”凯尔呜咽着，将焦虑与绝望全都注入了他的双腿，直到他嗓子里低声闷吼着，像一只在窗户上乱撞的绿头苍蝇般发出嗡嗡的声响。

在距离埃德尔海岬还有五英里的时候，卡尔再次停了下来，因为他又一次一头扎入了黑莓丛中。

他大口地吃着它们，直到自己变得跟一袋果汁没什么两样，而当他听到“铁人”凯尔的嗡鸣声时，他又为他来不及吃个过瘾而惋惜哀叹起来。他脱下大衣，用它包满了黑莓，然后将它挂在肩上，稳健而又敏捷地跳跃着奔向了埃德尔海岬。

第六章

在讨论这场比赛的结果时，芬恩和费奥纳勇士们心中的恐惧实在难以用语言描述。

他们无休无止地讨论着，并且，在这天中的某个时刻，一位勇士责备起芬恩，怪他没有按照大家一致商定的结果将罗南之子卡尔特找来。

“没有谁能比卡尔特跑得更快。”其中一个人断言道。

“他步履如飞。”另一个人说。

“他身轻如羽。”

“迅如牡鹿。”

“猛若公牛。”

“奔似苍狼。”

“他跑得快极了！”

他们对芬恩说着这些话，而芬恩又将这些话暗自咀嚼了一番。

时间每过去一分，每个人的心情就要沉重一分，如同铅水一滴滴地灌入心房，绝望的痛苦直穿每个人的头脑。

“去，”芬恩向一个好眼力的人吩咐道，“去山顶上等着那两人回来。”同时，他还派了一队身手迅捷的人和此人一起上去，这样，他们就能不断交替着跑回来向他通报最新的消息了。

信使们开始频频出入他的营帐，每隔一分钟就有人前来报告：“没情况”“没情况”“没情况”。瞬间的停留后，他们又飞快地跑回山顶。

于是，“没情况、没情况、没情况”这些字眼开始萦绕在每位在场勇士的脑中，令他们头昏脑涨。

“我们能指望卡尔做些什么呢？”一位勇士怒气冲冲地问道。

“没情况。”一位信使站定后高喊了一声，接着又飞奔而去。

“一个大泥团儿！”一位勇士大叫起来。

“一头肥猪！”另一位勇士也跟着吼道。

“大扁脚！”

“气儿短！”

“大肚皮！”

“懒骨头！”

“猪！”

“芬恩，你觉得那个大肉团儿能做些什么？难道你觉得一头鲸能在陆地上游动吗？”

“没情况。”一位信使一边喊着，一边再次飞快地跑了回去。

愤怒开始啃噬芬恩的灵魂，一团火红的阴霾在他眼前舞动摇曳起来。他的双手开始抽搐，一股冲动爬上他的心头。他想要掐住那些勇士的脖子使劲摇晃，在他们之中撕咬、肆虐，就像野狗横扫羊群一般。

他看着其中一个勇士，但又好似是在同时看着所有人。

“给我安静点儿！”他突然咆哮道，“你们就当自己是个死人，全都给我安静！”

接着，他面向前方坐着，仿佛看着眼前的一切，又仿佛什么也没看。他的嘴唇无力地微张着，一副浓眉阴郁地耷拉着，透出一股狂怒。这股怒意使得勇士们战栗不已，仿佛他们已经置身于死亡的寒意之中，一个个噤若寒蝉。

他站起身，大步走向营帐的大门。

“您去哪儿，芬恩？”一位勇士谦恭地问。

“去山顶。”芬恩说着，继续大步走了出去。

他们跟在他的身后，交头接耳，一路攀爬，谁也没敢将眼睛从地面挪开。

第七章

“你看到什么了吗？” 芬恩问那位瞭望员。

“什么也没有。”那人回答道。

“再看看。”芬恩说。

那位目光如鹰的人伸长脖子，将一张脸拉得又瘦又长，犹如被风削过了一般，他一动不动、专心致志地盯视着前方。

“你看到什么了吗？”芬恩又问。

“什么也没有。”那人再次答道。

“我自己来看。”芬恩终于不耐烦了，他浓密的眉毛拧成一团，阴郁地指向远方。

那位瞭望员站在他身旁，紧绷着脸，目不转睛地盯着前方，双眼连眨都不眨。

“您能看到什么吗，芬恩？”那位瞭望员小心翼翼地问。

“我什么也看不到。”芬恩说。接着，他再次将他冷峻而瘦削的前额探了出去。在众人看来，那位瞭望员在盯视前方时仿佛用上了他的整张脸，还外加他的一双手。而芬恩则面朝远方，凝重地沉思着，他眉毛开着叉，整个儿皱成一团。

他们再一次望向远处。

“你能看到什么吗？”芬恩问。

“我什么也没看到。”瞭望员说。

“我不知道这是我看到的还是臆测出来的，但好像有东西在移动，”芬恩说，“我还听到了沉重的踩踏声。”他又补充道。

于是，那位瞭望员整个人都变成了一只眼睛，一动也不动地向前倾着，全神贯注地把视线投向前方目光所及之处，寸土不落地在地面搜寻着。最后，他终于开口了：

“那儿有一团尘土。”他说。

勇士们闻言全都向外望去，视线急切地拉得老长，直到双目全都被一片幽蓝的黑暗所充斥，连近在眼前的事物都看不清了。

“我！”科南得胜般地叫了起来，“我看到了一团尘土！”

“我也看到了！”另一个人也叫了起来。

“我也是！”

“我看到了一个人。”那位目光如鹰的瞭望员又说道。

于是他们再次紧紧盯住前方，直到泪水模糊了他们圆睁的双眼，不得不频频眨眼。接着，他们看到一片片的树木飞起又掉落，看到大地在令人头晕目眩的世界中震颤摇摆，一圈又一圈地旋转着。

“那儿有个人！”科南高呼道。

“是有个人在那儿！”又一个人也跟着大声附和。

“而且他背上还扛着一个人。”瞭望员说。

“是‘铁人’凯尔把卡尔扛在了背上。”他叹了口气。

“那头大肥猪！”一个人咬牙切齿地说。

“没用的家伙！”另一个人干脆呜咽了起来。

“没骨气的！”

“大肥臀！”

“废物！”

“糊涂蛋！”

“猪！”一位勇士尖啸了一声。

接着，他愤怒地将一双拳头砸在了树上。

但那位好眼力的瞭望员仍然注视着前方，直到他的视线收拢，最终凝聚到一点。接着，他整个人仿佛都不复存在，幻化成了一只千里眼。

“等等，”他吸了口气，“等我再看仔细点儿。”

于是他们都等在那里，不再看着远处那个几乎无法察觉的灰点，而是紧盯着那位瞭望员的眼睛，仿佛他们可以穿透过去，通过它看到远处的情景。

“是卡尔，”他说，“背上背着什么东西，后面还有另一团尘土。”

“你确定？”芬恩用雷鸣般浑厚响亮的声音问。

“是卡尔没错，”瞭望员肯定地说，“后面那团尘土才是‘铁人’凯尔，正试图赶上他。”

于是，费奥纳勇士们发出了一阵沸腾的呐喊声，每个人都抱住身边的勇士，亲吻着对方的两颊。他们在芬恩周围拉起手来，围成了一个巨大的圆圈，不停地跳着、旋转着、高喊着，放声大笑，如释重负，沉浸在只有经历极度恐惧之后才会迎来的狂喜之中，激动得连颌骨都错了位。

第八章

“土衣”卡尔迈着颠簸而又笨重的步子踏进了营地，一群勇士怀着崇敬的心情，闪着泪花向他欢呼着，涌上去围住了他。

“大餐！”他喊道，“为众星之爱来顿大餐！”

接着，他不停地喊着“大餐，大餐”，直到每个人都被他喊得噤了声。

芬恩叫住了他。

“这顿大餐的由头是什么，亲爱的？”

“为了填满我的嘴，”卡尔说，“为了填满我胃里的所有角落和缝隙，填满那里边的每一寸。大餐，大餐！”他竟然哀号起来。

芬恩急忙命人布了一桌宴席。

卡尔将他的大衣放在了地上，小心地将它打开，露出一大堆黑莓，它们有的被压扁了、有的被挤碎了、有的烂成一团，整个看起来一片狼藉。

“大餐！”他哀叫道，“大餐！”

于是宴席被送到了他面前。

“比赛什么情况，亲爱的？”芬恩耐心地问。

“等等，等等，”卡尔大叫，“我要死了，我要被大餐和黑莓给馋死了。”

他将一大桶饭菜倒在那堆烂如稀泥的黑莓中央，将它们上翻下捣、左搅右拌，直到将它们混合成一堆黑白相间、红棕相杂、黏糊糊、湿答答的东西，直堆至他的肩膀那么高。接着，他开始用手在里面又抓又拢，将那些混合物塞入口中。每吃一大口，他便发出一声满足的喟叹；每吃一大口，他的嘴中便汁水四溢，汩汩有声。

然而，正当芬恩和费奥纳勇士们茫然地盯着卡尔时，一阵嗡嗡声在耳边响起，犹如一只大黄蜂或是马蜂的蜂后，或是一头狂野的、双翅嶙峋的狮鹫在他们上空盘旋，于是他们转过脸，看到“铁人”凯尔正用拉伸得有些变形、急促地跑动着的双腿冲向他们。他手握一把长剑，涨得赤红的脸上满是凶狠。

恐惧如同黑夜般笼罩在费奥纳勇士们周围，他们站在原地，双膝发软，两手低垂，只等一死。但是，卡尔抓起一把他那如稀粥般汤水四溢的食物，将它重重地砸向凯尔，砸得他的脑袋跟肩膀分了家，掉在地上一路蹦跶过去。然后，卡尔捡起那颗脑袋，准准地扔向了他的身体。凯尔的脑袋和躯体上各留有部分断颈，卡尔的力度刚好使两个断口卡在一起。你或许要说，它又完好如初了，但事实上，它完全反扭着，对错了方向。接着，卡尔又将他的手脚全都反绑起来。

“现在，亲爱的，你还想要爱尔兰的朝贡和统治权吗？”他问。

“让我回家，”凯尔痛苦地呻吟着，“我想回家。”

“你得向日月发誓，如果我让你回了家，你每年都要向芬恩献上一批来自色萨利土地的贡奉，不得间断。”

“我发誓，”凯尔说，“只要能让我回家，叫我发什么誓都行。”

于是，卡尔提起他，将他拎回了他的船上，让他坐在那里面。然后，卡尔抬起一只大脚，踢在那艘船上，将它向海中央踢出了七里格那么远，于是，“铁人”凯尔的冒险之旅就这么结束了。

“您到底是什么人，先生？”芬恩转向卡尔，口气谦恭。

但在做出回答之前，卡尔已经换了一副模样。此刻的他光辉四射，令观者无不感到欢欣鼓舞。

“我就是拉斯克鲁汗之丘[4]的统治者。”他说。

就这样，库尔之子芬恩设宴款待了这位和蔼快活的希族人，同时也为色萨利国王之子与“土衣”卡尔的故事画上了句号。

[1] 色萨利（Thessaly），位于希腊大陆的中部偏北，是一个区域的统称，其下包括四个州。在希腊神话中，奥林帕斯众神和提坦之间的统治权争夺战（也就是“提坦之战”）就发生于此。此外，色萨利地区还是很多著名希腊英雄的故乡，其中包括阿喀琉斯（Achilles）和伊阿宋（Jason）。

[2] 凯石朗（Cesh Corran），位于爱尔兰西北部的斯莱戈郡，坐落在爱若湖（Lough Arrow）以西的鲍德温堡（Castlebaldwin）外，是爱尔兰最大的新石器时代墓葬群所在地。

[3] 卢尔察山区（Slieve Luachra，爱尔兰语为 Sliabh Luachra，意为“绿荫之山”），是爱尔兰芒斯特省中的一个地区。坐落于黑水河（River Blackwater）河畔，与位于爱尔兰岛最南部的科克郡、爱尔兰岛西南部最西的凯里郡，以及爱尔兰岛西南部香侬河河口的利默里克郡相接相邻。

[4] 拉斯克鲁汗之丘（Shí of Rath Cruachan），是希德的一个山丘，类似于人类世界中的某个地域或国家。在希德，通常每个山丘都有一位统治者。在当代英语中，这个山丘被写作“Rathcroghan”，其在爱尔兰语中的名称“Ráth Cruachan”意指“克鲁汗环堡”，是一处靠近爱尔兰罗斯康芒郡塔尔斯科市（Tulsk in County Roscommon）的遗址，被认为是康诺特的古都。同时，在爱尔兰神话的阿尔斯特传说中，它也是位于康诺特的一个重要地点。

凯石朗的魔法洞穴

THE ENCHANTED CAVE OF CESH CORRAN

第一章

尽管库尔之子芬恩是这世上最为审慎周全的军队首领，但在自己的事情上，他就不见得总是那么稳妥谨慎了。军规铁律时常会令他心生厌倦，因此，只要一有机会，他便会投身冒险之旅。因为他不仅是一名战士，也是一位诗人，是知识的追求者，任何新鲜的或是不同寻常的事物对他而言都充满着不可抗拒的吸引力。

作为一名战士，他能单枪匹马将整个费奥纳勇士团带出他们所陷入的任何困境，但作为一位无可救药的诗人，一旦跌入求知的深渊，恐怕整个费奥纳勇士团联合起来也没法把他拉出来。费奥纳勇士团需要仰赖他来常保安宁，可为了阻止他们的首领涉入险境，整个费奥纳勇士团都不得不倾巢而出。但他们对此从没有半句怨言，因为他们爱芬恩头上的每一缕发丝，更甚于爱他们的妻子、儿女，然而这也无可厚非，因为这世上没有哪一个人比芬恩更值得被爱戴。

莫纳之子高尔嘴上虽没怎么承认，但他所有的行动都表明了这一点。因为尽管他从不放过任何可以杀死芬恩家人的机会（拜森部族与莫纳部族之间有着不共戴天的世仇），但只要芬恩一声呼喊，高尔便会如同风暴般席卷而来，向他伸出援手，就像一头对着它的配偶发出温柔嘶吼的雄狮。事实上，甚至连这一声呼喊都是多余，因为只要芬恩受到威胁，高尔的心中便会有所感应，即使只差那么一下就能让芬恩的其他族人送了命，他也会扔下这大好的机会，朝着芬恩需要他的地方飞奔而去。当然，他从未因此得到感谢，因为尽管芬恩也爱高尔，但他并不喜欢他，而这也是高尔对于芬恩的感受。

在一次狩猎中，芬恩正和“恶语者”科南，还有布兰和西奥兰这两条猎犬坐在凯石朗顶端一处用于狩猎的小山丘上。在他们的四周，费奥纳的勇士们为了寻找猎物，有的正在勒格尼[1]和布里弗尼的树丛中拍拍打打，有的正来回穿梭于格林达兰的僻静之所，有的悄无声息地潜行在卡布里[2]的坚果林和山毛榉林中，有的则仔细侦察着康纳海峡[3]附近林间的风吹草动，还有的在科纳尔平原[4]的广阔大地上来回搜寻。

这位伟大的首领满心愉悦，他的目光停留在他最爱的景象上——万里无云的天气、明朗宜人的日光、随风摇曳的树木、澄澈明净的天空和秀丽宜人、动静有常的大地。他的双耳也充溢着各种令人愉快的声音——猎犬们热切的吠叫声、年轻男人们嘹亮的叫喊声、从四面八方传来的尖锐哨声，而这每一声哨声都代表着狩猎过程中某个特定情况或进度的确切信息。在这些声音中，还不时地夹杂着鹿的跳跃奔跑声、獾群的连连嗥叫声，还有鸟群被迫飞起时发出的扑棱声。

第二章

就在这个时候，凯石朗之丘的国王、伊米德之子康纳兰也在注视着这场狩猎，但芬恩并没有看到他，因为只有在踏入异界的时候，我们才有可能看到身处异界的人，而彼时彼刻，芬恩连想都没有想过异界这个地方。康纳兰不喜欢芬恩，而当他看到这位伟大的勇士身边除了科南，还有布兰和西奥兰这两条猎犬外别无他人时，便认为收拾芬恩的大好时机到了。芬恩究竟对康纳兰做了些什么，我们无从知晓，但那一定是件足够严重的事情，因为当这位凯石朗之丘的国王看到芬恩如此靠近他、防备如此松懈，又如此毫无戒心的时候，他的整颗心都雀跃不已。

这位康纳兰有四个女儿。他将她们视若珍宝，并且以她们为傲。但是，如果论起相貌丑陋、脾气暴躁、性情扭曲，恐怕找遍爱尔兰的疆土或是希德所在的地下世界，也找不出一个能与这四个女子相匹敌的人来。

她们的头发黑如墨汁，硬若钢丝——它们直直地从头上伸出来，又成堆地垂挂在她们的脑袋周围，如同根根尖刺杂乱地缠结在一起；

她们的眼睛迟缓混浊，布满红丝；她们的嘴唇又黑又歪，并且个个嘴里都露出一排弯曲的黄色尖牙；她们细长的脖颈枯瘦如柴，并且能够像鸡脖子一样整圈转动；她们的手臂细长嶙峋，然而又布满肌肉；她们每只手指的末端都长着尖利的指甲，这些指甲跟兽角一样坚硬，又如荆棘一般锐利；她们的身体覆满了猪鬃般的毛发和绒毛，这使得她们的某些部位看起来像狗、某些部位看起来像猫、某些部位又看起来像鸡；她们的鼻子下方是向前伸出的髭须，耳朵和眼里也生出羊毛似的毛团。总之，她们丑得让你看过她们一眼，便永远不会再想看第二眼，而要是你不得已看了她们第二眼，那么这一眼很可能就会要了你的命。

她们的名字分别叫作卡尔芙、库伦，还有伊尔兰。四女儿伊尔娜赫那个时候并不在场，因此，关于她的事情在此毋庸赘述。

康纳兰将她们三个叫到了面前。

“芬恩落单了！”他说，“芬恩落单了，我的宝贝儿们！”

“啊！”卡尔芙叫道，她扬起下颚，又向外伸出，颚骨发出“咔嗒咔嗒”的声响——她每次感到满意的时候就会这么做。

“机会来了就得抓住。”康纳兰接着说道，他浓黑的眉毛向上挑起，脸上露出一抹恶毒的笑容。

“这话说得好！”库伦说道，接着，她微微地摇晃着下巴，使它上上下下地来回摆动，这正是她笑的方式。

“而眼下正是个好机会。”她的父亲又补充说。

“机会已经来了。”伊尔兰附和着，脸上也露出与她的姐姐如出一辙的笑容，而且只会比那更糟，因为她那颗长在鼻子上的粉瘤随着笑容来回地颤动着，好一会儿才再次恢复平静。

接着，她们又露出一个她们自认为相当怡人的笑容，但这笑容若是被其他任何人看到了，恐怕又得令他们一命呜呼。

“可是芬恩看不到我们。”卡尔芙提出了异议，说这话的时候，她的眉毛耷拉着，下巴向上伸着，嘴唇也使劲咧向一边，使得她的整张脸看起来就像一个失望至极的疯婆子。

“而我们值得让他好好看看。”库伦接过话，并将她姐姐脸上那副失望的表情依样歪曲地复刻到了她的脸上,只不过她的情形还要更糟一些。

“说得对极了！”伊尔兰哀声说着，脸上做出一个奇丑无比、扭曲而又僵硬的悲痛表情，这个表情使她的两个姐姐都深感挫败，甚至惊到了她的父亲。

“他这会儿是看不到我们,”康纳兰回应道,“但他马上就会看到了。”

“等芬恩看到我们的时候，他得有多高兴啊！”三姐妹异口同声地叫了起来。

然后，她们便手拉着手欢快地绕着她们的父亲跳起了舞，还唱起了一首歌。这首歌是这么开头的：

“芬恩自以为安全，可谁晓得天塌是何时？”

后来，许多希族人都背下了这首歌，并将它引申应用到了各种各样的情形当中。

第三章

康纳兰使出他的魔法，改变了芬恩眼前的景象，而这个魔法同时也被施加到了科南身上。几分钟后，芬恩从山丘上站起身来。他周遭的一切都还是之前的模样，所以他并不知道自己已然踏入了异界。他沿着这座小丘上上下下地步行了一会儿。然后，当他偶然顺着斜坡走到山脚时，突然张开嘴，两眼发直地站在了那里。他大喊起来：

“到这下面来，科南，亲爱的。”

于是科南也下山朝他走来。

“我这是在做梦吗？”芬恩问道，同时指了指前方。

“要是你在做梦，”科南回答道，“那我肯定也在做梦。一分钟前她们还不在这儿呢！”他磕磕巴巴地说。

芬恩抬头看了看天空，发现它一如往常。他凝神看向一边，也看到了康纳海峡的树木正在远处起伏摇曳。他仔细聆听着风声，从中辨识出猎手们的声声叫喊、猎犬们的阵阵狂吠，还有各种清晰的口哨声，那是在向众人通报狩猎的进行情况。

“真邪门！”芬恩对自己说道。

“我的天！”科南也发自内心地惊呼。

接着，两人便怔怔地瞪着眼前的山坡，仿佛他们正看着什么精彩绝伦的东西，使人无法将目光从那上面挪开。

“她们是谁？”芬恩说道。

“她们是什么玩意儿？”科南倒抽了一口气。

他们再次盯向前方。

因为在山丘的一侧，开着一个像门廊一般的大洞，而康纳兰的女儿们正坐在那个门廊里头，手中纺着纱。她们在山洞前竖起了三枝歪歪扭扭的冬青树枝，并且正从那上面将纱线退绕下来。不过，她们所编织的纱线其实是带着魔力的。

“肯定没人能说出她们长得好看这样的话。”科南说。

“有人能说得出，”芬恩回应，“但那肯定是假话。”

“我看不清她们，”芬恩又抱怨了一句，“她们被冬青树挡住了。”

“要是能够完全看不到她们，我就心满意足了。”他的同伴不满地嘟囔着。

但我们的首领仍然坚持要去看看。

“我想弄清楚她们脸上长的到底是不是胡子。”

“管它是不是胡子呢！”科南连忙劝阻，“只要别让我们跟她们扯上半点儿关系就行。”

“一个人应当无所畏惧。”芬恩郑重地说。

“我不是害怕，”科南急忙为自己的“软弱”开脱，“我只是想留住对女人的好感，要是那三个家伙真是女人的话，我肯定会立刻开始厌恶女人。”

“好了，亲爱的，”芬恩说，“我一定得弄清楚那些胡子到底是不是真的。”

他迈着大步，执意向着那个洞穴前进。他将一丛丛的冬青树枝推向一旁，朝着康纳兰女儿们的方向走了上去，身后还跟着科南。

第四章

就在他们穿过冬青树丛的那一刻，一股奇异的无力感突然侵袭了这两位英雄的身体。他们的双拳开始像灌了铅一般，变得越来越重，仿佛吊在他们手臂末端似的晃来晃去；双腿变得像稻草一样轻，并且开始里里外外地打弯；脖颈变得纤弱异常，以致无法支撑起任何东西，于是他们的脑袋便左右地来回晃动摇摆。

“究竟是哪里出了问题？”科南说着，一个踉跄摔倒在地。

“哪儿都出了问题。”芬恩回答道，接着也摔倒在科南旁边。

然后，那三姐妹便倾尽她们能够想到的各种方法，又捆又绕，又是打结，将这两位英雄绑了起来。

“那真是胡子！”芬恩说。

“天啊！”科南叫道。

“你非得在这么个地方找什么胡子？”他满口怨气，不满地嘟囔着，“谁想要胡子啊？”

可芬恩却在思考着别的事情。

“有没有什么方法可以警告费奥纳的勇士们，叫他们不要到这里来？”芬恩压低嗓音说。

“没有，亲爱的。”卡尔芙说。接着，她抛出了一个笑容，要不是芬恩及时把眼睛闭上了，可能已经让他送了命。

过了一会儿，他再次低声说：

“科南，我亲爱的，吹一下警示口哨，让费奥纳的勇士们不要靠近这个地方。”

科南的嘴里发出一声小小的呼哧声，简直和熟睡的婴孩发出的声音一模一样。

“芬恩，”他哭丧着脸说，“我吹不出口哨，这下可完蛋了。”

“没错！你们完蛋了。”库伦说道，她那毛乎乎的唇边浮现出一个扭曲的笑容，露出了一口尖牙。这笑脸差点儿就把科南给了结了。

这时，一些费奥纳勇士已经回到这座山丘，来查看布兰和西奥兰为何会不断地发出如此暴怒的狂吠。他们看到了这座洞穴，也跟着走了进来，可是一穿过那片冬青树枝，他们身上的力量便立刻消散殆尽。接着，他们便被那几个恶毒的巫婆抓住，五花大绑了起来。所有的费奥纳勇士都先后回到了这座小山，他们每个人都被引入了这个洞穴，沦为三姐妹的阶下囚。

欧莘、奥斯卡和卢杰克之子来了，拜森部族、科克伦部族，还有斯莫尔部族的显赫人物也来了。他们全都掉进陷阱，失去了自由。

费奥纳的勇士们一个个被绑在眼皮底下，这是何等的奇观和壮举啊！看到这番景象，三姐妹欢快地笑出声来，而这笑足可令闻者胆寒、令观者毙命。那些男人被俘获之后，便被这些巫婆拖进了一个个黑暗神秘的洞穴和漆黑复杂的迷宫。

“这儿又来了一个。”卡尔芙一边将一个绑好的勇士胡乱扔在身边，一边大声嚷嚷着。

“这里还有个胖子。”库伦说，同时将一个身体庞大笨重的芬尼安勇士像个轮子似的滚了进来。

“这儿，”伊尔兰说，“有个惹人喜爱的男人。这种男人可以拿来尝尝鲜。”她低喃着，舔了舔她里外都被胡须覆盖的嘴唇。

而这位被绳子牢牢绑住的勇士在她怀里抽抽搭搭地呜咽起来，因为他前路未卜，但被吃掉却很有可能真的成为他的宿命。他宁愿死在世界上任何一个地方，都好过葬身于那张脸的所有者的腹中。

到这里，他们的故事就暂告一段落了。

第五章

整个洞穴一片死寂，只有女巫的声音和费奥纳的勇士们偶尔没有抑制住的抽泣。但洞外却喧嚣震天，因为每位从狩猎中折回的勇士身边都跟着他的爱犬。尽管这些勇士都进了洞，但他们的爱犬却被留在了洞外。

这么做实在是太明智了。

站在洞外，它们心中既狂怒，又惊惧，因为它们能够嗅到主人的气味，也能感知到他们正处于危险之中。它们可能还从洞中嗅到了一丝此前从未遇过的、令人警觉的气息。

于是，这群猎犬不断地发出一阵阵尖嗥厉吠、一声声低咆猛啸，还有一次次狂嘶怒吼，无法用言语描述。不时地，某只猎犬从千百名勇士之中嗅到它主人的气味，它项上的颈毛便会顿时如同猪鬃般竖立起来，背上也隆起一条高耸的脊线。接着，它便会红着双眼、龇着尖牙，发出嘶吼，喷出重重的鼻息，咆哮着冲向洞口。然而它随后又会戛然而止，全身的毛发耷拉着，尾巴夹在两腿之间，双眼流露出痛苦的神色，歉疚而又担忧地看向一旁，并且从鼻子里挤出一声长长的、微弱的哀鸣，重新偷偷地溜回狗群之中。

三姐妹手握淬火锻造的宽槽宝剑，做好了大开杀戒的准备。动手之前，她们再次向洞口外看了一眼，以防有哪个离群的费奥纳勇士由于掉队而侥幸逃过一劫。然后，她们果真看到一个人向她们走来，在他的旁边，布兰和西奥兰正不断地上蹿下跳，而其他猎犬一看到这位高大、英勇、皓齿白牙的勇士，便集体爆发出一阵狂吠，它们重重地喷着鼻息，尾巴几乎快要摇断。这位勇士正是莫纳之子高尔·摩尔。

“我们先从这个人下手。”卡尔芙打量着高尔。

“他单枪匹马。”库伦说。

“而我们三个中随便哪一个都能以一敌百。”伊尔兰也说。

于是，这几个神秘可怖、行为粗鲁残暴的巫婆便迎着这位莫纳的子孙走上前去，而高尔一看到她们三个，便一手将他的长剑从腿旁猛然抽出，一手转动着他的盾牌，只用十个大步就迈到了她们面前。

在那场战斗中，整个世界都陷入了沉寂。风止了，云停了，就连那座古老的山丘也屏住了呼吸。洞内的勇士们一个个凝神侧听，而猎犬们则在这几个战斗者周围围成了一个巨大的圆圈。它们的脑袋全都对着同一个方向，鼻子向前探着，嘴巴也半张着，连尾巴都忘记了摇动。偶尔会有一只狗低低地呜咽一声，然后对着空气做出撕咬的动作，但除此之外，再没有任何声音，也没有任何动静。

这是一场漫长的战斗。这一战艰难而又棘手，高尔凭借着他的英勇和计谋，以及极佳的运气获得了胜利。他机敏地挥出一剑，结果将其中两个威猛的悍妇同时削成了两半，使得她们长着鼻子和胡须的那一半掉落在他的右侧，而膝盖和脚趾所在的那一半则栽倒在他的左侧。后来，这一击作为爱尔兰最出色的三大刀剑斩击之一而家喻户晓。然而，第三个巫婆成功地绕到了高尔背后，一个豹跃便跳上了他的后背，手脚并用，使出像蜘蛛一般灵巧的身手牢牢地缠绕、悬挂在他身上。但是，这位伟大的勇士将臀部一扭、双肩一摆，便将她像个麻袋一般甩飞在一旁。他将她从地上一把抓起，又用盾牌上的绳索绑住她的双手，准备施以最后一击。这时，她臣服在了他的气概和神勇之下，向他发出恳求。

“我把性命托付在你手上，”她说，“如果你放了我，我会解除费奥纳勇士们所中的魔法，让他们全部重新回到你的身边。”

“这我没意见。”高尔说着，解开了她的绳索。

这个巫婆履行了她的承诺，不一会儿，芬恩、欧莘、奥斯卡、科南便被放了出来，随后，所有费奥纳勇士也都重获了自由。

第六章

每个从洞中出来的人都忍不住大呼一声，一蹦三尺，仿佛这个世界的力量都注入了他们的身体，令他们觉得自己足以一人抵挡二十个对手。然而，就在他们谈论这场冒险的经历，并诉说着事情是如何发生之时，一个巨大的身影从山丘一侧迈着大步，走到了人群之中。

这人便是康纳兰的第四个女儿。

如果说康纳兰的前三个女儿令人看了心生恐惧，那么小女儿就要比她们三个加起来还要可怖。她身穿一副厚钢甲，身体一侧佩带着一把散发出邪气的长剑，手中握着一根狼牙大棒。她在姐姐们的尸身旁停了下来，眼中流出两行充满仇恨的泪水，一直淌入她的胡须里。

“唉，我的甜心们，”她绝望地喊道，“我来得太晚了。”

接着，她恶狠狠地盯着芬恩。

“我要求进行一场决斗！”她大声咆哮着。

“这是你的权利。”芬恩说。

说完，他将目光转向了他的儿子。

“欧莘，我亲爱的儿子，替我杀了这位可敬的女巫吧！”

然而，欧莘平生唯一一次面对战斗却打起了退堂鼓。

“我办不到，”他说，“我感到虚弱极了。”

这让芬恩惊诧万分。

“奥斯卡，”他又转向他的孙子，“那么你能替我杀了这位出色的女巫吗？”

奥斯卡也痛苦万分，结结巴巴地回答道："我也做不到。"

科南也拒绝了他的召唤，罗南之子凯尔特和卢杰克之子也是如此，因为眼前这个凶悍的巫婆既强大又勇猛，在场众人无不被她吓得心惊胆战。

芬恩站起身来，"那这场决斗就由我亲自上阵。"他面色冷峻地说。

接着，他向前挥舞着他的圆盾，将右手伸向了他的长剑。面对这令人难堪的景象，莫纳之子高尔羞红了脸，他从地面上一跃而起。

"不，不！"他高声喊道，"不，我的灵魂，芬恩，这场战斗不适合你。我来迎战。"

"你已经尽了本分，高尔。"这位首领说。

"战端由我而起，理应由我来结束，"高尔坚持道，"因为杀死这位英勇的女巫那两个姐姐的人是我，而这场仇怨所针对的对象也是我。"

"我同意，"康纳兰这位令人生畏的女儿说，"我会先了结莫纳之子高尔 · 摩尔，然后再杀了芬恩。最后，我会将费奥纳的芬尼安勇士杀个精光，一个不留。"

"开始吧，高尔，"芬恩说，"我会为你祈祷的。"

于是，高尔大步走上前去，投入了这场战斗，而那个女巫也以同样敏捷的动作向他发起了攻击。顿时，剑与盾牌相撞发出的铿锵鸣声响彻天际。这位刚强的女性所发出的可怕攻击极难招架，她的剑使得迅如闪电，而她的重击有如风暴的侵袭一般狂暴有力。然而，高尔却在这令人耳鸣目眩、密不透风的进攻中步步紧逼，左突右破，稳比水中石，敏若海中鱼。末了，对战双方中有一人向后躲避退却，正是那女巫。她倒退的脚步一迈出，一阵响亮的欢呼声便从费奥纳勇士之中迸发出来。这个怪物仰起她那张巨大的脸庞，朝着半空中发出一声怒啸，接着，她再度朝前方跃去，可半路便撞上了高尔的剑尖。那柄利剑从她脖子上一抹而过，转瞬间，她的脑袋便从脖子上搬了家，被高尔拎在手里，高举到芬恩面前，在他眼前晃来晃去。

在费奥纳勇士们回家的路上，芬恩向他这位伟大的战士和仇敌开了腔。

"高尔，"他说，"我有个女儿。"

“那可是个可爱的姑娘，一朵盛放在黎明的鲜花。”高尔说。

“你乐意娶她为妻吗？”我们的首领问。

“乐意至极。”高尔回答。

“那她就是你的妻子了。”芬恩说道。

然而，这场联姻并未阻止高尔后来杀死芬恩的兄弟凯瑞尔，没能阻止芬恩在那之后又杀死高尔，而当费奥纳勇士团的成员们在死后被送入新神的地狱时，这些仇恨也没能阻止高尔将芬恩从地狱中解救出来。但我们没有任何理由为这些事情抱怨，抑或感到惊讶，因为我们生活在一个彼此互通互融、你来我往的世界里。在这个世界之中，并不存在什么真正不可谅解的伤害。

---

[1] 勒格尼（Legney），与后文中的布里弗尼（Brefny）、格林达兰（Glen Dallan）均位于爱尔兰岛西北海岸的斯莱戈郡（County Sligo）内，历史上属康诺特省。

[2] 卡布里（Carbury，爱尔兰语为 Cairbre，也曾写作 Carbery），位于爱尔兰基尔代尔郡（County Kildare）的西北部，并邻近奥法利郡（County Offaly）。

[3] 这里应指阿尔斯特的康纳部族（Clan Conchúir Maghlthe）领地，位于现今爱尔兰岛屿北部的伦敦德里郡，但最早位于爱尔兰北部的多尼戈尔地区。

[4] 这里应指阿尔斯特的科纳尔部族（Cenél Conaill）领地，位于多尼戈尔地区。

“雪肤”贝库玛

BECUMA OF THE WHITE SKIN

第一章

世界不止一个，并且彼此千差万别。然而，无论在哪个世界，都少不了喜悲、少不了善恶。因为有生命的地方自然就会有作为，而作为无非就是善或恶的一种体现。

人世之外便是希德，而希德之外则是多彩之地，再之外是奇迹之地，最后就是应许之地了。[1]如果想进入希德，那就必须踏过广袤大地。而在去向多彩之地的道路上，则会是汪洋大海。至于前往奇迹之地，则必须穿过熊熊烈火。然而，对于进入第四个世界需要越过什么，我们却不得而知。

“百战”康恩和他的儿子亚特[2]的探险之旅始于海上。从这一点上来说，他的魔法要比芬恩厉害得多，因为芬恩的探险之旅往往都是踏过大片土地后，以到达异界为终点。而且康恩还是爱尔兰的“至高王”，这就意味着他同时也是爱尔兰数一数二的魔法师。

多彩之地的人们曾召开过一次议会，起因是一个名叫贝库玛·克内吉尔的女人，她还被称为“雪肤”贝库玛[3]，是埃奥甘·茵贝尔的女儿。她抛弃了她的丈夫拉布莱德，转而投入了葛迪尔的怀抱。而后者是海洋之神，是海之领域的统治者里尔之子马纳南众多子嗣当中的一位。

通过这事我们可以看出，在另两个世界中，似乎也存在着婚姻这码事。希德的婚姻无论在哪方面都与人间的大同小异。在某股欲望的驱使下，那里的居民想要共结连理，而那股欲望与我们凡人一样，似乎都很强烈，却并不持久。然而在多彩之地，结合却仅仅是一种凝视美的过程、一种静心冥想下的意识融合，并不带有任何生理渴望。那里的孩子也都诞生于父母的这种精神结合。

如果是在希德，那么贝库玛的罪行并不算严重，她应该可以不受责罚，或者惩罚至多只是象征性的。然而在第二个世界，这点儿小错却会被视为滔天大罪，是不容宽恕并且必须予以严惩的罪行。可能会动用到火刑，其毁坏程度简直令人无法估量。另有一种可能的惩罚，便是将罪人放逐至等级更低下、环境更险恶的世界。

后者便成了“雪肤”贝库玛的命运。

也许有人会好奇，为什么已经进入高层世界的她会对人间有着如此强烈的憧憬。很显然，她并不适合在多彩之地居住，而且她过于轻浮，只怕连希德的生活也无法适应。

她就是一个世俗之人，因此她被放逐到了人世。

爱尔兰的希德接到消息,不得放该女子进入希德境内的任何领地。由此可以看出，希德的法令是由其上一层世界制定的。以此类推，人世的掌管者应该在希德。

就这样，贝库玛被她的家乡拒之门外，无数通往异界的入口也都

不再对她开放，所以她只得被迫趋身前往人间。

但令人欣慰的是，尽管她犯下了滔天的罪行，并受到了不幸的惩罚，她却表现得如此勇敢无畏。当她得知对自己的判决时，哦不，是降临在她身上的厄运，她既没有大喊大叫以示抗议，也没有把时间浪费在自哀自怜上，她只是回到家里穿上了自己最漂亮的衣裳，仅此而已。

她选了一件红缎罩衫，又披了一件绿绸外衣，上面的金色长流苏轻轻摇摆，闪闪放光。她纤瘦优美的脚上穿了一双白青铜做的浅色便鞋。她那宛若金子般亮黄的长发柔顺得就像海浪卷起的泡沫。她那明眸大眼清澈如水，灰色的双瞳宛如鸽子胸前的羽毛。她那洁白如雪的皓齿，整齐得令人赞叹。她那微薄的双唇曲线优美，那两抹红色的唇瓣，更确切地说，是宛如冬季里浆果般红艳的唇瓣，就好像盛夏里的果实般充满诱惑。那些目送她离去的仙人不禁哀叹，这个世界的美都随着她的离去被一并带走了。

她步入一艘圆形小船[4]，小船载着她在被施了魔法的海面上不断前行，穿梭在各种不同的世界之中，直到陆地进入视野。她的小船停靠在了埃德尔海岬底部的一块岩石旁，伴随逐渐退下的潮水轻轻摇摆着。

到此为止，她的故事暂告一段落。

第二章

“百战”康恩、爱尔兰的“至高王”刚刚丧妻，因此不难想象他得伤心欲绝到什么程度。自从他登上爱尔兰“至高王”王位到现在已有九个年头了，在他的治理下，每年都会有三次谷物大丰收，举国上下无不丰衣足食，敢自夸政绩比他更好的国王屈指可数。然而，等待着这位君王的却是无尽的麻烦。

他曾经娶了挪威国王布里斯兰德·宾恩的女儿艾特妮为妻。除了他的臣民，他对她的爱超越了他对世间一切美好事物的感情。然而这世间男女的寿命都由上天注定，即便是国王和王后也不例外。没有人可以逃脱这样的宿命，所以当艾特妮的大限到来时，她便离开了人世。

那时，在爱尔兰有三处大型墓地，它们分别是：位于阿尔斯特博因的布勒，那里尊阿格斯·奥格[5]为首领和神祇；位于克鲁亨山阿希的希德，那里由艾哈尔·安布阿尔掌管着康诺特的地下王国；以及位于皇家米斯郡的苔尔汀。就在苔尔汀这片属于他自己的领土上，康恩安葬了他的妻子，让她在此长眠。

她的葬礼庆典整整进行了九天。在这期间，诗人和竖琴师不断吟唱着哀悼她的挽歌。人们在埋葬她的土堆上面竖起一块占地十英亩的纪念碑。石碑竖起后哀悼也就结束了，庆典也随之进入尾声。五大省的王子们有的跨上马背、有的坐进马车，纷纷踏上返回各自领地的归途。集结的哀悼者们也逐渐散去。巨大的石碑周围什么也没有留下，陪伴它的只有白日里太阳投射而来的睡脸，以及夜幕下浓云聚集而至的愁容，还有那位被独自遗留在这世上、对过去念念不忘的国王。

已故的王后是如此美好，以至于康恩始终无法将其忘怀。过去，她总是善解人意、温柔可人，时时刻刻陪伴着自己。每每念及，康恩总是不能自已，日夜追念着她的善良体贴。而他留有对她最深切回忆的地方，却是在会议厅和审判庭里，因为她也是一位深具智慧的女子。如果没有她的辅佐，所有那些沉重的事务也许只会愈发沉重，他会生活在暗无天日中，即使在夜晚也不得不拖着那片阴郁的气息进入梦乡。

国王的烦恼成了所有臣民的烦恼，因为人们不知道在审判无法进行或者颁布的法令满是纰漏的情况下该如何生活。所以，不仅仅是国王陷入了悲伤，人民的生活也跌入不幸之中。也正因如此，国王再迎娶一位新王后成了所有人的心愿。

可国王本人却无此想法，因为他无法想象有哪个女人能够替代自己王后的位置。他变得愈发沮丧，以致应对国家政务变得越来越困难。一天，他指定自己的儿子亚特为执政人，负责在其远行期间代为管理政务，自己则出发去了埃德尔海岬。

因为他感到了一股强烈的渴望，想要前往海边走一走，只为听一听那排长长的灰色海浪发出的隆隆咆哮和低沉呻吟，去望一望那片空空如也、荒芜缥缈的海上风景，让自己置身在那些美景之中，竭力忘却一切他可以遗忘的往事。如果他无法忘却，那么他便选择记住它们。

为此，他总是凝眸远望，深陷忧愁，直到有一天，他注意到一艘小船慢慢向岸边驶来。在黑色巨砾和点点黄沙的背景映衬下，一个年轻女子下船上岸，朝他款款走来。

第二章

身为国王他有权力提问，因此康恩向这个年轻女人提出了一切他能想到的问题。要知道，一位姑娘从海上乘船而来，这种事可不是每天都能遇上的，更何况这位姑娘还穿了一件缀着金色流苏的绿绸外衣，开口处的红色缎子若隐若现。然而，尽管她回答了他的问题，却没告知全部真相。如果那么做的话，她的处境恐怕就大不相同了。

贝库玛保留了一些异界子民特有的法力，所以她知道康恩的身份。

当康恩看到她那柔顺的金色秀发和薄薄的红艳唇瓣时，便断定这可爱之人必有善良之心——换作任何男人都会做出同样的判断，所以他对她的品格没有进行任何探究。因为在一个美丽的女人面前，一切都会被遗忘，就连魔法师也会被她的魅力迷惑。

她告诉康恩，他的儿子亚特的名望之高甚至已经传到了多彩之地，而她已经迷恋上了这个男孩。对康恩来说，这并不是什么匪夷所思的事，因为他曾多次涉险前往异界，也听说过许多关于那个世界的人因贪恋凡人而背井离乡的故事。

“你叫什么名字，可爱的女士？”国王问。

“我叫德尔凯姆[6]（意为‘曼妙身姿’），是摩根的女儿。”她答道。

“我听过很多关于摩根的事，”国王说，“他是一位很了不起的魔法师。”

在他们对话的这段时间里，国王对待贝库玛的方式一直有那么一点儿不加掩饰——也只有君王有权这么做了。没有人知道他是从哪一个瞬间开始忘却他那已故的结发妻子的，但很显然，在这一刻，他的脑中已然不再记挂那段珍贵美好的回忆。当他再度开口时，声音显得忧愁而悲伤。

“你爱我的儿子！”

“又有谁可以做到不爱上他呢？”贝库玛轻柔的声音传来。

“如果一个女人向一个男人说起自己对另外一个男人的爱慕，那她就会失去眼前之人的倾慕。而且，”他继续道，“如果听她诉说这份爱的这个男人凑巧又没有妻子，那么这个女人就会遭到这个男人的厌恶。”

“我可不会被您厌恶。”贝库玛轻声说。

“话虽如此，”他用帝王那高高在上的威严口吻说道，“我可不愿夹在一个女人和她的意中人之间。”

“我之前并不知道您没有妻子。”贝库玛说，但事实并非如此。

“那你现在已经知道了。”国王厉言相向。

“我该怎么做？”她无可奈何地问，“是嫁给您，还是嫁给您的儿子？”

“你必须做出选择。”康恩回答。

她莞尔一笑：“您既然允许我选择，就说明您并不特别渴望娶我。”

“既如此，我便不许你选择，”国王吼了起来，“你必须嫁给我。”

他把她的手握在自己的手里亲吻着。

“你这双纤纤玉手是那样美丽，你穿在青铜小鞋里那玲珑纤细的双脚是那样迷人。”国王对她赞不绝口。

她静候了片刻，寻了一个恰当的时机再次开口：

“那么我不想在塔拉见到您的儿子，至少一年之内不想，因为在我能够彻底忘记他并更好地了解您之前，我不希望与他见面。”

“我不想驱逐我的儿子。”国王提出反对。

“这并不是真正意义上的驱逐，”她说，“他将承担起一个王子理应担负的责任。在这段时间里，他可以加深自己对爱尔兰以及各色人等的了解。此外，还有一个更重要的原因，”她垂下眼帘，“每当您想起我来此地的原因时，就会觉得他的存在让我们彼此都陷入难堪。而对于他来说，如果他想起了自己的母亲，那么我的存在则会令他感到不悦。”

“尽管如此，”康恩坚持不让步，“我不想驱逐我的儿子，这样会令我为难，况且也没有必要如此。”

“就只是一年而已。”她不依不饶。

“好吧，”他陷入沉思，良久才开口，“虽然你的要求很合理，我也会按照你说的去做，但，上天啊！我不得不承认，我可真不想这么做。”

随之，他们便兴致勃勃地踏上了回家的旅途，一路上有说有笑，神采奕奕。没过多久，他们便顺利抵达了王国境内的塔拉。

第四章

要想成为一名技艺精湛的棋手，对大脑进行持之以恒的思维训练是王子的必修课之一，因为他必须培养自己的思考能力，以应对不时之需。他不仅需要对问题本身做出评断，还要懂得鞭辟入里，从问题里分辨出那些棘手难解、盘根错节、错综复杂的方方面面，而正是它们，让问题变得扑朔迷离。此时此刻，康恩之子亚特就和他父亲大人的魔法师克罗姆德斯坐在一处，对弈象棋[7]。

“这一步您可得多加小心了。”克罗姆德斯说。

“只要我小心就可以了吗？”亚特问，“你所想到的下一步可在我掌控范围内？”

“不在。”对方实话实说。

“既如此，我便没必要比平常更加小心了。”亚特说，随即走了一步棋。

“这一步棋叫作驱逐。”克罗姆德斯说。

“我是不会驱逐我自己的，这样想来，我猜要驱逐我的是我父亲吧，可我不明白他为何要这么做。”

“您父亲也不会驱逐你的。”

“那会是谁？”

“您母亲。”

“我母亲已经去世了。”

“您有了一位新母亲。”魔法师说。

“这可真是天大的消息，”亚特说，“我想我肯定不会对我这位新母亲有什么好感。”

“即便如此，您对她的好感还是多于她对您的。”克罗姆德斯这句话暗示了两人最终势必反目成仇。

就在他们谈话的间歇，国王和贝库玛走进了王宫。

“我最好还是去问候一下我的父亲吧。”年轻的王子说。

“您还是等他召见为好。”和他对阵棋局的人如此建议道，于是两人将注意力重新转回棋盘。

没过多久，国王便遣人传来消息，命令亚特马上离开塔拉，而且在接下来的整整一年之内，他都不得再踏足爱尔兰。

当晚亚特就离开了塔拉，在随后的一整年里都没有再回到过爱尔兰。然而，这期间，不论是国王还是爱尔兰，处境都令人担忧。在此之前，每年都可以从地里收获三次谷物，然而亚特不在的这段时间里，爱尔兰既没有长出谷物，也没有产出牛奶。整片大地陷入了饥荒。

家家户户都是骨瘦如柴的人，满山遍野都是瘦骨嶙峋的家畜。即便到了季节，灌木丛上也不再结满浆果和坚果。蜜蜂还像往常一样忙忙碌碌地外出采蜜，但每到夜晚却总是拖着空空如也的蜜囊没精打采地归来；出产蜂蜜的旺季到了，但蜂窝里一滴蜂蜜也没有。
人们互相看对方的神情变得充满质疑，并且意味深长起来。责怪的声音在人群中传播开来，因为人们明白，在某种程度上，坏收成意味着国王的失职。虽然这样的想法会遭到压制，却在人们心中根深蒂固、坚不可摧。

诗人和魔法师聚在一起，探讨这场灾难为何会降临这个国家。在他们的筹谋划策下，国王妻子的真面目被拆穿了，她其实是“雪肤”贝库玛。此外，他们还查到了她被海洋彼岸那超越生死的多彩之地放逐的原因。

他们将真相告知国王，然而国王却舍不得离开这位拥有纤纤玉手、金色秀发、微薄双唇、快乐得无忧无虑的迷人女巫。因此，他要求他们找出其他解决之道，使他既能把妻子留在身边，又能保住自己的王位。于是魔法师们告诉了他这样一个方法。

“如果可以找到一个在父母精神结合下诞生的男孩，将他的血抛洒在塔拉的土地上，这些萧条和破败就会远离爱尔兰。”他们说。

“如果真有这样一个男孩，我会找到他的。”康恩、我们的百战勇士，大声说道。

这年年末，亚特回到了塔拉。他的父亲把君权传给他之后，便踏上了旅程。他要去寻找魔法师们口中那个诞生于父母精神结合下的孩子。

第五章

这位“至高王”并不知道到底在哪里才能找到这样一位救世主，

但他受过良好的教育，所以知道如何找寻他所缺的任何一样东西。这种知识对于一个被赋予类似责任的人来说也是颇有助益的。

他先去了埃德尔海岬。在那里，他乘上一只圆形小船，驶入茫茫大海，随后便任由风浪牵引着小船前行。

就这样，他的船只在海面上一路航行，穿梭于各小岛之间，直到随波逐浪地漂流到大海深处。那时他已经完全迷失了方向，只有满天繁星和红日皓月给予他些许的指引。

他看见黑色的海豹瞪着双眼大声嘶吼着，它们在水下翩翩起舞，有如紧绷之弓、待射之箭。巨大的鲸鱼从碧波深处腾空跃起，它们鼻子里喷射出的浪花直冲高空，宽阔而扁平的尾巴“噼里啪啦”地拍打着水面，发出宛如雷鸣一般的声响。海豚一边喷吐着鼻息，一边成群结队地游过。小鱼儿疾速游来，一闪而过。海洋深处各种千奇百怪的生物浮上水面，在他摇摆起伏的小船四周盘旋游走，而后扬长而去。

狂野的暴风在他耳畔咆哮，他的船只被狂风掀起，在一英里高的巨浪顶上朝天空艰难地攀爬着。它拼尽全力在千钧一发之际保持平衡，然后急速地下坠，仿佛一块被高高抛起又重重落下的石头，最终掉落在光滑如镜的水面上。

但紧接着，小船又再次被那因狂风撕扯而显得支离破碎的海水困住，一边剧烈摇晃，一边向后倒退着。在康恩头上，就只有那一片正黯然神伤的低沉天空，他被四周激起的灰色海浪不断地拍打、冲刷，那海浪好像瞬息万变，却又仿佛始终如一。

在对着那片虚无缥缈、澄澈透明的天空和大海凝望许久之后，他会转而看向船上那被拉扯得面目全非的帆布。他目不转睛地看着，觉得不可思议。又或者，他会去察看自己的双手以及肌肤的纹理，还有那围绕在戒指四周、蔓延到指关节后的僵硬的黑色毛发。对于这些，他感到了前所未有的新鲜和奇妙。

然后，当暴风雨终于过去，低沉沉黑压压的云层开始翻腾涌动，随后四分五裂地退散开去，每片阴沉的碎云都向着海平面飞掠而去，仿佛被露出来的这片宽广吓到了一般。乌云散去后，他朝着那一片无穷无尽的蓝色凝眸望去，目光停留在那片蓝色深处，他无法将它看透，却也无法收回自己滞留的目光。太阳从那里照射下来，天空中亮光闪闪，海面上波光粼粼。他望着这样的景致想起了自己远在塔拉的家乡。他想起了那白色和黄色的青铜圆柱，它们在阳光底下闪闪发光、熠熠生辉，还有那用红、白、黄三色漆成的屋顶，它们让人眼花缭乱、叹为观止。

就这样，不知经历了多少次日沉月起而后月落日出、多少场狂风肆虐而后风平浪静，他终于抵达了一座岛屿。

他一直背对着小岛，但在他看到小岛之前，便早已觉察到了它的存在，并为此诧异不已。他久久地呆坐着，仿佛置身一片茫然之中，静静地思索着在他一成不变的世界里似乎就要出现的改变。但过了许久，对于究竟是什么让卷着盐味的海风产生了异样，他依然无法说清；对于他为何应该兴奋，他亦无法道明。然而忽然间，他变得兴奋起来，心脏也开始因为强烈的期待而怦怦乱跳。

“这是十月的气息。”他说。

“我闻到了苹果的芳香。”

于是他转过身去，顿时，一座岛屿映入眼帘。那里有着苹果树的宜人清香，那里有着美酒清泉的甘醇甜美。他朝着海岸的方向侧耳听去，随即歌声便在他那早已因为无休止的大海律动而变得迟钝的双耳里回荡开来，使它们再度恢复了活力。这座小岛宛若鸟儿的家园一般，到处都是它们在歌唱，伴随着欢快的、甜美的、喜不自禁的气氛。

他下了船，踏上这座可爱的岛屿，在鸟儿的疾速飞行中举步向前，在挂满苹果的枝头下一路前行。他沿着湖边向前走着，湖水散发出一股沁人的芳香，湖周围长满了神圣的榛树[8]，湖水里四处漂荡着掉落的“智慧之果”[9]。康恩向守护它们的神明致谢，感谢诸神的庇佑，因而大地没有颤悠摇晃；感谢诸神的庇佑，因而树群深嵌大地，无法挪动身子、四处游走。

第六章

在这条令人愉快的路上走了一段距离后，他看到阳光底下有一座外观甚美的房屋静静地矗立在那里，仿佛在打瞌睡一般。

它的屋顶是用鸟儿的羽翼堆成的，有蓝色的、黄色的，还有白色的。在屋子中央立着一扇水晶制成的大门，两旁是青铜做成的门柱。

这座岛屿的王后就住在那里，她叫莉格鲁（意为“明眸大眼”），是罗丹的女儿、戴勒·德加姆拉的妻子。她端坐在水晶王座上，一旁是她的儿子赛格达，他们礼数周全地迎接了这位“至高王”的到来。[10]

王宫里没有仆人，也不需要仆人。“至高王”发现他的双手已经自行清洗完毕，接着，他又注意到，在没有经过仆人端送的情况下，餐点被放置在了自己面前。一件外衣轻轻地披在了他的肩上，对此他感到颇为高兴，因为他自己的那件已经因为阳光的曝晒和风雨的洗礼而变得满是污垢、不堪入目，尤其不适合展现在女士面前。

随之，他就收到了用餐的邀请。

然而，他发觉只有他一人面前摆放着食物，这使他感到不快，因为独自用餐不符合一个国王好客的行事作风，也违背了他与神灵立下的约定。

“一切都很好，我亲爱的主人，”于是他提出异议，“但是单独用餐是我的禁忌。”

“可是我们从不一起用餐。”王后回答。

“我不能打破我的禁忌。”“至高王”坚持着。

“我会和您一起用餐，”赛格达（意为“娓娓而谈”）说，“这样，您就可以在不违背自己誓言的同时继续做客了。”

“确实，”康恩说，“这样最好了，我已经有足够多的麻烦需要处理了，我可不想在此之上再加一条违抗神灵的罪过。”

“您遇到了什么麻烦？”端庄优雅的王后问。

“在这一年里，”康恩回答说，“爱尔兰既没有长出谷物，也没有产出牛奶。土地贫瘠，草木干枯，鸟儿不再在爱尔兰歌唱，蜜蜂也不再酿蜜。”

“那您确实遇到麻烦了。”王后也附和着。

“不过，”她继续说，“您来到我们岛上又为了何事？”

“我来此是想借您儿子一臂之力。”

“借我儿子一臂之力！”

“有人告诉我，”康恩解释道，“只要将一个在父母精神结合下诞生的男孩带去塔拉，让他在爱尔兰的水里浸浴片刻，那么大地就可以从那些灾难中复苏。”

这座岛屿的国王戴勒一直不发一言，但他此刻却开了腔，口气既充满震惊，又显得颇为强硬。

“我们不会把我们的儿子借给任何人，即便这样可以得到天下的王权，我们也不会答应。”他说。

但是赛格达察觉到了客人脸上慌乱不安的神情，于是他突然打断了他们：

“我们这样拒绝爱尔兰‘至高王’的请求实在太不仁慈了。我要随他一同前往塔拉。”

“不要去，你可是我的命脉。”他父亲急忙劝阻道。

“不要去，我唯一的珍宝。”他母亲也恳求连连。

“可我必须得去，”男孩回应说，“因为我被请求去做一件善事，没有人可以对这样的请求推却逃避、置之不理。”

“那你就去吧，”他父亲说，“但我要确保你受到爱尔兰‘至高王’和四大‘地方王’的保护、受到康恩的儿子亚特和库尔的儿子芬恩的保护，并且受到爱尔兰所有魔法师、诗人以及能人异士的保护。”随即他便要求这位“至高王”发誓，担保自己的儿子会得到这些人的庇护，确保他的安全。

“我发誓，这些人都会保护您的儿子。”康恩信誓旦旦地说。

这之后，他便和赛格达一起从小岛出发了。他们在三天内到达了爱尔兰，之后不久便抵达了塔拉。

第七章

刚一抵达宫殿，康恩便召来魔法师和诗人参加议会，告诉众人他们在寻找的男孩——贞女之子已经被他找到了。这群博学广知的人商讨后，主张将这个男孩处死，然后把他的血掺入塔拉的土地，并洒到枯萎的树下。

听到这些，赛格达颇为震惊，并且心生不服。可当他发现自己孤身一人，毫无获救希望时，就变得心灰意冷，开始为自己的生命安全提心吊胆。不过，他想起了自己正处于各方的保卫之中，于是他将这些保护者的名号逐一向与会者道来，并要求“至高王”按照约定，赐予他这些人的保护。

对此，康恩感到大为烦恼，但这是他的义务所在，于是他按照誓言，将男孩交给那些人保护。再者，因为自己已经一无所有，便无所谓得失，他甚至斗胆把全爱尔兰的国民也拖入了保护赛格达的队伍里。

然而爱尔兰的国民却拒绝接受这样的约定，理由是纵然“至高王”的所作所为对男孩而言合情合理，却对整个爱尔兰不公。

“我们也不乐意见到这位王子被杀，”他们据理力争，“但为了爱尔兰的安稳，他必须被处死。”

另外，亚特和库尔之子芬恩，还有各地的王子集结成派对此表示气愤，因为处在他们保护之下的人竟然必须遭受伤害！但爱尔兰的国民和魔法师却声称，国王是为了特定目的而去的异界，所以如果他的所作所为脱离了初衷，抑或是与之背道而驰，那就是不合法的，不得以此要求任何人遵从。

一时间，无论是在议会厅里、市集里，还是在塔拉的街道上，争论都无处不在。一派主张说在国家利益面前，任何个人的名节都将失去存在的意义和约束力。另一派则对此提出了异议，认为除却个人名节，人们其实一无所有，即便神灵也不能凌驾其上，哪怕是爱尔兰也不行——要知道，在人们眼中，爱尔兰也是一位神灵。

这样的争论还在进行中，双方对赛格达进行着各自的陈述，且皆是一派温文尔雅、彬彬有礼的样子，弄得赛格达心里愈发忧愁苦闷起来。

“你应当为爱尔兰而死，亲爱的。”其中一人说，说完后他还在赛格达的左右脸颊上依次亲吻了三次。

“说实话，”赛格达一边回应着亲吻礼，一边说，“我真的没有承诺过要为爱尔兰而死，我只是答应了在爱尔兰的水里浸浴，从而消除这场灾祸。”

“但是孩子，亲爱的王子，”另一个人说，同样亲吻了他三次，“如果可以为拯救爱尔兰而奉上自己的生命，我们中的任何一人都会心甘情愿、在所不辞。”

赛格达回亲了他三次，他承认这样的死法很高尚，却不应该由他来承担。

可后来，当赛格达留意到周围人们那因饥饿而消瘦的脸庞，以及那种饱受煎熬的神情，他的决心被消融瓦解，于是他开口说：

“我想我应当为你们而死。”接着又道，“我愿意为你们而死。”

他的话音未落，在场的所有人都上前用双唇轻轻碰了碰他的脸颊，就这样爱尔兰的爱与和平注入了他的灵魂，使他变得祥和、自豪和幸福。

随后，行刑者挥举起手中的宽薄大刀，在场所有人都用斗篷遮盖住双眼。就在这时，一声尖厉的哀叫声传来，要求行刑者再稍待片刻。听到叫声的“至高王”褪下遮盖双眼的斗篷，看见一个女人一边赶着身前的奶牛，一边走了过来。

“为什么你们要杀这个男孩？”她质问着周围的人。

有人给她解释了行刑原因。

“你们确定，”她又问，“那些诗人和魔法师当真知晓一切吗？”

“难道不是吗？”国王反问。

“是吗？”她依旧不依不饶。

说罢，她就转身面向魔法师：

“麻烦你们这些魔法师告诉我，随便哪一位都行，我奶牛背上的包里都藏了些什么。”

然而没有哪个魔法师能回答这个问题，也没有人试图回答。

“解答问题的过程不是这样的，”他们辩解说，“我们施展魔法解答问题有我们自己的一套做法，这不仅需要精神力的感召，还得有一个漫长复杂的准备过程。”

“这些东西我学得也不赖，”女人说，“依我说，如果你们杀了这头奶牛，其效果和杀死这个男孩没什么两样。”

“与其伤害这位年轻王子，我们更愿意杀一头奶牛，杀一千头也行，”康恩说，“可如果我们放了这个男孩，那些灾祸还会回来吗？”

“它们不会被驱逐出去，除非你先将造成它们的罪魁祸首驱逐出去。”

“罪魁祸首是什么？”

“贝库玛就是罪魁祸首，她必须被驱逐。”

“如果你一定要对我指手画脚，”康恩有些不悦地说，“那么至少告诉我一些我做得到的事。”

“我当然会告诉你。你可以留着贝库玛和你的灾祸，想多久就多久，反正与我无关。”说完，她便转而对赛格达唤道，“过来，我的儿子。”原来这位为赛格达解围的女人正是他的母亲。这之后，这位不食人间烟火的王后就带着儿子，回到了他们那片神奇的土地，只留下大为吃惊的国王、芬恩以及众魔法师和爱尔兰的贵族们，在那里无地自容、深感羞愧。

第八章

不论哪个世界，都存在着善良之人和邪恶之人。前往这些世界的人们，自然会循着他们的本能投身善良的一方或邪恶的阵营，而当他们返回自己的世界时亦是如此。施加在贝库玛身上的惩罚非但没有让她悔改，这位可爱的女士反而很快就开始胡作非为起来，就犹如花儿绽放一般天经地义。正是她把这些灾祸带给了爱尔兰，我们只是好奇为何她要把这场灾祸带给这个已经成为她祖国的国家，这灾祸令大地枯竭、寸草不生。

一个人的自负心或者生来就高人一等的优越感，往往是所有恶行的根基。事实很可能是这样的，虽然贝库玛勇敢地接受了命运，但她的自尊心却遭到了重创。同样受挫的还有她对自己的实力、孤傲性格以及尊贵身份的认识，因为基于这份认识的自我意识一直都视自己为神明，所以抗拒除自我以外的一切主宰。贝库玛受到了惩罚，这就意味着，她已经屈服于外在的控制，她的自由意识、优越感以及内在自我遭到了侵凌触犯。于是她的自我意识企图摆脱自然法则的束缚，更重要的是挣脱自身分离而来的假我意识专制。因为，倘若任假我控制，那么自我便会被其侵占和取代。这样一来，自我就被这个似我非我的假我意识削弱了，而这是何等的可怕！

这种自我分离感其实就是自负心理在作祟，这同时也是人们所有恶行的温床。毕竟，我们的自我意识并非自由意志，而是自我控制。在自我意识无法自主驾驭这个控制程序之前，我们只能任其摆布。就算我们在潜意识里承认别人有权享用我们所拥有的一切，也不会拿出自己的好东西与人共享，因为谁也无法分享自己没有的东西。可即便如此，我们还是会把自己拥有之物奉送给他人，尽管我们拥有的是邪恶。执意与他人同担苦难是共享甘甜的第一步，而我们确实也一贯如此行事。

贝库玛认为如果她必须承受痛苦，那么她遇见的所有人也得承受同等的苦难。她怒火中烧，对爱尔兰，尤其对她丈夫的儿子小亚特感到无比愤恨，所以只要能折磨爱尔兰和这位王子，她可谓无所不用其极。或许是因为她觉得自己无法使他们痛苦，而这个想法足以使任何一个女人气到发狂。又或者，也许她当初真心希望得到的是亚特而不是他父亲，所以她这股被挫败的渴望变成了刻骨铭心的仇恨。事实上，亚特确实对这位继母有着强烈的厌恶感，而贝库玛也确实积极反击着他的这份反感。

一天，贝库玛来到王宫前的草坪上，看见亚特正在和克罗姆德斯下象棋，于是她走到两人下棋的桌子前，看了一会儿他们的对弈。然而当她站在桌旁时，亚特完全没有理会她半分，因为年轻的王子知道这个女人是爱尔兰的敌人，所以他绝不允许自己去看她，哪怕一眼都不行。

贝库玛低头看着他俊美的脸庞，露出一抹微笑，笑里夹杂着愤怒和不屑。

“哟，国王的儿子呀，”她说，“我要求与你下棋赌一局。”

听到她这么说，亚特抬起了头，同时彬彬有礼地站起身，但他依旧没有看她。

“无论王后要求什么，我都会照做。”他恭敬地说。

“而且我还是你的母亲，不是吗？”她一边故作讥讽地回应着，一边坐到大魔法师腾出的座位上。

就这样，棋局开始了。贝库玛的棋艺如此高超，亚特对她的攻势几乎毫无招架之力。然而，在对战进行到某一个回合时，她开始若有所思起来，接着仿佛是一时疏忽般，贝库玛走了一步足以将胜利拱手让于对方的棋。只不过她是有意而为之的。这之后，她就坐在那里，用她洁白的秀齿咬着自己的嘴唇，气愤地瞪着亚特。

“你要命我做什么？”她问。

“我要你承诺，在你找到戴勒之子库罗伊[11]的魔杖之前都不得在爱尔兰进食。”

于是，贝库玛裹上斗篷，动身离开塔拉。她先是一路北进，随后转向东面，直到来到奥格之子阿格斯位于阿尔斯特的神邸，那儿既水气清新，又露光盈盈。但她被拒之于门外不得入内。为此，她又去了由埃奥加巴尔[12]统治的山丘，虽然这位君王也不会准许她进入异界，但他的女儿安妮[13]，也就是贝库玛的养姐妹，会放她进去的。她四处打听后，得到一条情报，获晓了戴勒之子库罗伊的敦堡所在地，于是立刻出发去了米什山区。她哄骗了库罗伊，得到了他的魔杖。至于她究竟用的是什么手段，这点无关紧要，总之她可以凯旋、返回塔拉，这就足够了。当她把魔杖递给亚特时，她说：

“我要向你提出复仇之战。”

“这要求合情合理。”亚特答应了，随后他们便在王宫前的草坪上坐下开始下棋。

这是一场艰难的对局，有时在移动棋子前，对战双方会坐在那里盯着棋盘看上一个小时；有时他们又会把目光从棋盘上移开，转而望向天空，一望就是几个小时，好像找寻来自上天的建议。就在双方僵持不下时，贝库玛的养姐妹安妮从希德来到这里，在没人能看见她的情况下干扰了亚特下棋。结果，当亚特再次看向棋盘时，蓦然间他的脸色变得苍白，因为他明白这场棋他输了。

“我没有动那枚棋子。”他坚定地说。

“我也没有。”贝库玛回答，还召来一旁观战的人证实她所言不虚。

她暗自窃笑，因为她看到了周围那些凡人用肉眼所看不到的事。

“我想这场对局我赢定了。”她坚持着，口气温柔。

“我想是你在异界的朋友使了诈，”他回答，“不过，倘若这种取胜方式能让你遂心如意的话，这局就算你赢了。”

“那我要你承诺，”贝库玛说，“在找到摩根的女儿德尔凯姆前不得在爱尔兰进食。”

“我要去哪里找她？”亚特绝望地问。

“她在海里的某座岛上，”贝库玛回答，“我能告诉你的就这些了。”说罢，她便用一种不怀好意、幸灾乐祸、心满意足的表情看着他，因为她料想摩根会收拾亚特，他这次远行必将是有去无回。

第九章

就像他父亲先前做的那样，亚特也出发前往多彩之地，只不过他登船出发的海岬不是埃德尔，而是因弗科尔帕[14]。

出发没多久，他就穿过了高低起伏的绿色海岭，来到充满魔力的海面上。他在各座岛之间穿行漫游，问遍了所有人怎样才能找到摩根的女儿德尔凯姆，却一无所获。最后他来到一座岛屿，那里有着芳香四溢的野生苹果、色彩缤纷的花朵、欢快的鸟雀歌声，还有低沉柔和的蜜蜂振翅声。他在这座岛上遇见了一位花容月貌的女士，名叫克蕾德[15]。互行亲吻礼后，他把自己的身份以及受命来此的目的告诉了她。

“我们一直都在恭候您的到来，”克蕾德说，“只是，唉，可怜的王子，等待您的可是一条艰苦而又漫长的坎坷道路，因为在您和摩根的女儿之间，还隔着大海和陆地、艰难和险阻。”

“即便如此，我也得去。”他答道。

“这一路，您必须穿越一片荒凉漆黑的大海。然后是一片茂密的树林，在那里，树上的每根荆棘都犹如剑锥般锋利，它们卷曲盘绕、紧簇相拥。接着还必须穿过一个深渊，”她说，“那里寂静无声，阴森恐怖，遍布着不发声响的恶毒怪兽。还有一片广阔的橡树林，那里天黑地暗、树木丛生、荆棘满布，是一个会让人迷失方向的地方、一个让人不知所措如堕烟海之处。最后还有一片广漠无际的幽黑荒野，其中有一座昏暗的屋子，荒凉幽静，回音四起。屋里有七个阴森可怖的巫婆，她们事先已经得到警告，知道您会来，正等着把您推进熔铅之水呢！”

“这样的旅程可不是人们的首选，”亚特坚持说，“可我别无选择，我必须得去。”

“没有人能从那些巫婆面前安然离去，”她继续道，“而且，即使您能从她们那里全身而退，也一定会遇上摩根·腾德·布罗森姆之子‘黑齿’艾利尔[16]，而他是一个身形庞大、面目狰狞的战将，谁又能从他面前安然离去呢？”

“要找到摩根的女儿可真不容易。”亚特说，声音中透着无比的忧愁和凄切。

“的确不容易，”克蕾德急忙回应道，“但如果您能听我一劝，那么——”

“说吧，”他打断她，“事实上，再没有谁像我这般，如此迫切地需要建议了。”

“那么我劝您，”克蕾德轻声说，“不要再去寻找摩根那甜美可爱的女儿了，待在这里，一切美好的事物都愿为您效劳。”

“可是，可……”亚特惊讶地大声喊了出来。

“难道我没有摩根的女儿甜美可爱？”站在他面前的克蕾德带着女王般高贵而恳切的姿态询问道，她用温柔的眼神注视着他，迫使他和自己对视。

“我发誓，”他回答说，“你比这天下万物都要甜美可爱，只不过……”

“而且，和我在一起，”她说，“您会忘记爱尔兰的。”

“我和别人有过约定，”亚特大声说，“对此我已经发过誓了，而且即便是把多彩之地的所有王国都让与我，我也不会忘记爱尔兰，更不会切断与爱尔兰的联系。”

听罢，克蕾德便不再坚持了，只是在他们分别时附在他耳畔，低语道：“在摩根的宫殿里有两个女孩，她们是我的姐妹。她们会去找您，两手各端一个杯子，其中一杯装着美酒，另一杯则装着毒药。一定要喝右手端的那杯，我亲爱的王子。”

之后，亚特便步入了小船，而她则绞扭着自己的双手，仍旧试图劝阻他踏上那阴森恐怖的旅途。

“不要丢下我，”她恳求道，“别去只身涉险。在摩根的宫殿四周竖着布满铜刺的栅栏，每个尖刺的顶端都挂着一个龇牙咧嘴、干枯萎缩的人头。只有一个尖刺是空着的，因为那是为你的头颅准备的。不要去那里，我挚爱的王子。”

“我真的必须得去。”亚特认真诚挚地说道。

“还有一个危险！”她大声呼喊，“小心德尔凯姆的母亲科因肯德[17]，她是科因肯兹[18]国王的女儿，要留心她。”

“说真的，”亚特自言自语，“这么多事需要提防，那我干脆什么都不留心算了。我会管好我自己的事情，”他面朝海浪嘀咕道，“我会让那些怪物，还有科因肯兹的那帮人都管好他们自己，不要来插手我的事。”

第十章

他坐着轻舟一路前行，蓦然间，他发现自己已经离开了那片水域，随波逐流到了一片更为浩瀚、更为汹涌的巨浪之上。墨绿色的波涛之中，一张张令人毛骨悚然的血盆大嘴向他张开着；猩红色的眼眶里，一双双透着邪气的、凸起的圆眼睛正死死地瞪着他的小船。漆黑如墨的连绵海水排山倒海似的轰然袭来，它们冲上甲板化成了泡沫，紧随其后的是一个脓疮满布、正在嗷嗷呻吟的巨大头颅。面对这些邪恶丑陋的怪物，他不是拿起自己的长矛向它们戳去，就是挥动匕首近距离地向它们刺去。

果不其然，那些预言中的可怖事物悉数出现在亚特面前，一个都没落下。在漆黑茂密的橡木林里，他杀死了那七个巫婆，使她们葬身于熔铅之水，而那本来是巫婆加热好为他准备的。他爬上一座冰山，那山散发出的寒气冰冷彻骨，仿佛钻入了身体，将骨头削成了一片片。每当他向上攀爬一步，马上就会向下滑落十步，直到他终于稍微掌握了一些冰上攀爬的技巧。而在他学会攀爬这座散发着凶恶之气的山丘前，他的心几乎面临崩溃。夜幕降临，不知不觉间他已来到了一个分汊的溪谷，四周全都是吐着毒液的巨型蟾蜍，它们就如同其居住的这片土地一样冰凉，而且既冷漠无情，又邪恶凶残。在弗赛薇山脉，他遇到了狮子，那些狮子有着长长的鬃毛，正在伏击天下万兽。它们蹲坐在猎物身上，发出令人心惊胆战的咆哮，将身下那骇人的尸骨碾轧得“嘎吱嘎吱”作响。终于，在一座桥上他遇到了“黑齿”艾利尔，那座桥横跨在湍流之上，而那个阴冷无情的巨人就坐在那里，他正在一个石柱上磨着自己的牙齿。亚特趁其不备慢慢靠近，然后把他推下了桥。

这些艰难险阻出现在他前进的路上并不是毫无缘由的。这些遭遇，还有那些生物，都是摩根的妻子科因肯德创造出来的，因为她早就已经得知，在女儿收到他人的求爱之日，自己将会死去。所以说，亚特遭遇的所有这些危险，没有一样是真实的，它们只不过是这个强大的女巫为了对付亚特用法术制造出的幻象而已。

面对接踵而来的阻碍，亚特不但十分坦然，还将它们一一克服了。就这样，他最终到达了摩根的敦堡。那是一个无比美妙的地方，以至亚特看到眼前景象时，差点儿潸然泪下，因为他终于在历经了千难万险后再次见到了美好。

德尔凯姆知道他就要来了，她一直在等待、盼望着他。这个可怜的女孩一直被囚禁在她父亲的住处，所以在她心里，亚特不仅仅意味着爱，也意味着自由。在摩根宫殿的屋顶上立着一根一百英尺高的巨大柱子，柱子顶部建了一间小屋子，德尔凯姆就被关在了这间屋子里。

她外形甜美，胜过多彩之地的其他所有公主；她聪颖机慧，远超多彩之地的所有女人；她还精通音乐和刺绣，圣洁纯真。总之，她有着一个王后所应具备的一切学识。

虽然德尔凯姆的母亲一心希望亚特遭逢厄运，但她还是用得体的礼数接待了他，既没有失却王后的尊严，也配得上亚特“爱尔兰王子”的身份。因此，她在亚特进入宫殿时接见并亲吻了他，接着还安排他沐浴、更衣、用餐。这之后，两个年轻的女孩双手各端一个杯子来到他面前，向他呈上御酒，不过他想起了克蕾德曾经给他的警告，所以只喝了她们右手端上的酒，避开了毒药。

随后，德尔凯姆的母亲，也就是科因肯兹国王的女儿、摩根的王后科因肯德，找到了他。她全副武装，向亚特发出挑战，要求决斗。

这是一场糟糕透顶的决斗，因为科因肯德全知全能，没有她看不穿的招数。然而这场决斗的结果早已注定，科因肯德的命星早已消失，大限已然来临，她已经时日不多了。如不是这样，亚特本该毫无悬念地死在她手里。所以，决斗结束时，滚落在地上的是科因肯德的头颅，在她给亚特准备的铜刺上挂上的咧着嘴的干枯头颅也正是她自己的。

决斗结束后，亚特把德尔凯姆从柱子顶部的囚牢里解救了出来，两人旋即订了婚。然而订婚典礼才刚刚结束，门外就传来了男人的脚步声。仅仅是一个人的脚步，却使得整个宫殿开始摇晃，仿佛撼动了整个世界。

是摩根，他回到了宫殿。

这位阴沉的国王同样向他发出挑战，要求决斗。为表敬意，亚特穿上了他从爱尔兰带来的战斗铠甲。他穿戴着黄金制成的胸甲和头盔，肩上披着一件蓝色绸缎做成的披风。他的左手紧握盾鼻，紫色的盾牌上镶饰着银制浮雕；另一只手则拿着一把宽槽蓝柄的剑，这柄剑曾多次在对战决斗和庆典仪式上登过场。

迄今为止，他经历了一场又一场的试炼，其艰险似乎已经到了无以复加的程度。然而纵使那些磨难全部叠加在一起，汇合成一场天大的灾难，其疯狂之势和激烈程度也不及他与摩根这场对战的一半之多。

每当摩根无法用武力制住对手时，他就会竭尽所能地使用诡计。因此每当亚特向他发出猛击或者避开他狡猾的进攻时，摩根就会在他眼皮底下变幻身形，然后这个丑陋卑鄙的国王会换一个模样从另一个方向展开袭击。

但是作为“至高王”的儿子，亚特曾受到王国里的诗人和魔法师们的爱戴，他们已经把所有已知的有关变形和咒语的知识全部教授给了他，这对他而言真是再好不过了。

因为这一切正是他眼下所需要的。

由于交战双方必须针对敌人不断变换武器，所以有时他们会变成两头巨大的雄鹿，用自己的额头对战。二人的脑袋猛烈地撞击在一起，然后分开，发出的巨大声响久久地盘旋回荡在空中。有时，他们又变成两头有着利爪和血盆大口的狮子，竖起粗硬的鬃毛，瞪着猩红的眼睛，亮出发光的白色尖利獠牙，龇牙低吼起来，然后就这样小心翼翼地对峙着，伺机发动进攻。有时，他们又变成深海里隆起的两道带着白色浪花、汹涌澎湃的绿色波涛，那波涛剧烈地四处涌动，来势汹汹。他们迎面撞上，彼此相融，然后翻滚着分开。两道海浪发出的声响就好像暴风雨的哀嚎被此起彼伏的狂怒波涛淹没时，整个海面发出的咆哮声一般。

然而，既然妻子的大限已经到来，那么丈夫自然也难逃一死。他的至爱正在别处等待着他。摩根走了，去了那个多彩之地之外的世界，和他的王后重聚在一起，他那颇具见识的脑袋被战胜他的人从他宽大的肩膀上砍了下来。

亚特没有在多彩之地逗留，因为那里已经没有什么还需要他寻找的东西了。他从凶恶国王的宝库里收集了一些最为中意的物件，随后便和德尔凯姆双双离开，一起坐上了小船。

他们一心想着爱尔兰，所以很快就回到了那里，时间短得仿佛只是须臾一瞬。

全世界的海浪仿佛都汇聚在一起，形成一股巨大的绿色洪流，从他们身边狂扫而过。汪洋海水发出的声响在他们的耳际隆隆作响，无休无止，时间仿佛都停在了这一刻，除了那巨大的呼啸声和蜂拥而至的海水以外，什么也没有。突然间，他们的船摇摆着驶入了一片寂静宽广之地，这转变太过突然，仿佛雷电一闪而过的时间，他们就远离了那片肆虐狂暴的大自然。一时间，他们只是坐在那里喘着气，凝视着彼此，紧抓住双方，生怕他们的生命和灵魂会被这狂风错乱的世界穿梭之旅席卷而去。之后过了一阵，他们极目远眺，看见了晶莹透彻的海浪，那轻柔的海浪冲上埃德尔海岬的礁石化成了泡沫。他们怀着感恩之情向这股指引并保护他们的力量致谢，同时也向爱尔兰这片美丽的土地致谢。

德尔凯姆的技艺和魔法均远在贝库玛之上，她一到达塔拉，便命令后者离开，贝库玛只得照做。

她从国王的身边离去。她从谋士和魔法师中间走过，没有和任何人告别。在动身前往埃德尔海岬的时候，她也没有和国王道别。

没有人知道她可以去哪里，她显然不能回到多彩之地，因为她已经被驱逐了。她也不得进入希德，因为那里有阿格斯·奥格的禁令。她更没法留在爱尔兰。她最终去了萨萨纳[19]，并且成了那个国家的王后，圣地[20]的众怒便是因她而起，而且至今尚未停歇。

---

[1] 多彩之地（爱尔兰语为 Tír Ildáthach）、奇迹之地（爱尔兰语为 Tír inna nIongnadh）和应许之地（Tír Tairnigiri）均为人们对爱尔兰神话中“另一个世界”的称呼。根据有些版本，丹奴族被打败后进入地下，但是有些则认为他们去了以上某个或某些地方。这些地方均类似于一种极乐世界，但它们和人类世界的界限并不是绝对的。

[2] 康恩之子亚特（Art mac Cuinn），也被称为“孤独者”亚特。他是“百战”康恩的儿子，后来也成为爱尔兰的“至高王”。根据史料记载，他的统治时期为 220 年到 250 年。

[3] “雪肤”贝库玛（Bécuma Cneisgel），原本居住在异界，由于与葛迪尔偷情而被放逐到人类世界，之后成为“百战”康恩的妻子。

[4] 这是一种名为“Coracle”的小圆舟，一般用柳条、兽皮和帆布编造而成，常见于威尔士、英格兰西南部和爱尔兰博因河等地区。

[5] 阿格斯·奥格（Áengus Og，也拼写为 Óengus），凯尔特神话中掌管爱与青春的神，是达格达的儿子，也是神族中强大的魔法师。据说阿格斯长得十分俊美，在他的头上始终盘旋着四只神鸟。他也是费奥纳勇士团的勇士迪尔蒙德·奥·德利暗的养父。

[6] 德尔凯姆（Delbchaem），其父亲是奇迹之地的国王摩根（Morgan），母亲是科因肯德，是一位可怖的女战士。德尔凯姆被她的父母囚禁在一座塔里。贝库玛在亚特身上施了一个诅咒，让他娶不到德尔凯姆就不能返回爱尔兰。亚特最终杀死了德尔凯姆的父母，将她救出后娶她为妻。这里贝库玛称自己为德尔凯姆，应该是她对“至高王”隐瞒身份时的谎言，但也暗示了关于她诅咒亚特的说法。

[7] 这里说的“象棋”其实是凯尔特板棋（Fidchell），其棋盘为 7×7 的格子，分成“护王方”和“捉王方”两方，其中“护王方”有一枚王和八枚卒，“捉王方”有十六枚卒。一些人认为这是国际象棋的前身。

[8] 在爱尔兰的传统文化中，榛树（Hazel）占据着非常重要的地位，被视为仙树。爱尔兰的诗人兼剧作家叶芝认为榛树就是爱尔兰版本的“生命树”（tree of life）。爱尔兰诗人将榛树看作神圣不可侵犯的存在，因此焚烧榛树被认为是一种禁忌。费奥纳勇士团最初的成员用来对抗敌人的武器便是榛木棒和盾牌。不过在芬尼安传说中，没有叶子的榛木被认为是邪恶的存在。此外，爱尔兰的大英雄库尔之子（mac Cuill）的名字即为“榛树之子”之意。

[9] “智慧之果”（Nuts of knowledge），在爱尔兰的传统文化中，榛树的果实比榛树本身的地位还要高，通常被人们认为是智慧的果实。它会落入水中，形成的泡沫被视作神秘的神灵启示。落入水中的果实会被鲑鱼吞吃，这便是爱尔兰神话中“智慧之鲑”的由来，鲑鱼背部的斑点数量代表其吞吃果实的数量。芬恩就曾经吃下过“智慧之鲑”。

[10] 一般认为康恩来到的岛屿便是所谓的应许之地。在这个故事所使用的版本当中，应许之地的国王和王后分别是戴勒·德加姆拉（Daire Degamra）和莉格鲁（Rigru Roisclethan），但一般来说这里的统治者应为马纳南，所以在有些版本中，赛格达（Ségda Saerlabraid）是马纳南和女神范德（Fand）的儿子、葛迪尔的兄弟。

[11] 库罗伊（Cú Roí），芒斯特国王，据说也是一位精通魔法、拥有超凡力量的战士，出现在多部爱尔兰中世纪文献和部分威尔士文学作品当中。

[12] 埃奥加巴尔（Eogabal），是海神马纳南的养子。

[13] 安妮（Ainè），一位与仲夏和太阳相关的女神，也掌管爱情和生育。有些说法认为她和战争女神摩莉甘（Morrigan）或终身之母阿努（Anu）是同一人，但并没有实际依据。

[14] 因弗科尔帕（Inver Colpa），位于博因河的入海口，Inver Colpa 是古时候的叫法，现今名为 Colp。

[15] “花容月貌”克蕾德（Creide Firalaind），在爱尔兰神话中是一位来自“另一个世界”

的女预言家，相传她居住在长满苹果树的“女人之岛”（Inis na mBan）上。在《康恩之子亚特的冒险》（*Echtrae Art Mac Cuinn*）中，她早就预见到亚特的到来，并通过一件具有魔力的外衣证明了亚特的身份，然后她便向他提供了建议。

[16] 艾利尔（Ailill Dubh-dédach），摩根和科因肯德的儿子，一位身形魁梧的可怖战将。他刀枪不入，但是像希腊神话中的阿喀琉斯一样，有一处弱点。后被亚特杀死。

[17] 科因肯德（Coinchend，意为“犬首”），一个人身犬首的女巫。她的丈夫是奇迹之地的国王摩根。曾有预言声称她将会死于女儿被求婚之日，因此她和她的丈夫为了阻止预言成真，将女儿德尔凯姆囚禁在宫殿里。但是后来亚特杀了科因肯德和摩根，解救了德尔凯姆。

[18] 科因肯兹（Coinchends），一个国家的名称，该国民众全都是人身犬首。

[19] 萨萨纳（Sasana），在古爱尔兰语中，Sasana 的意思是“撒克逊”，这里指的是盎格鲁-撒克逊时期的英格兰。

[20] 圣地（Holy Land），耶稣基督的诞生地及其附近地区，包括以色列、巴勒斯坦、约旦、埃及、黎巴嫩、叙利亚和塞浦路斯等国家的全部或大部分地区。本书作者詹姆斯·斯蒂芬斯来自以天主教为国教的爱尔兰，而该书出版时正值爱尔兰独立战争时期，所以猜测这里作者说的“在圣地引发众怒”应该暗示的是英格兰新教。

蒙根的狂暴

MONGAN'S FRENZY

第一章

莫维尔修道院的院长向爱尔兰的所有说书人发出消息，称自己想要收集记录那些濒临遗忘的故事，所以让他们路经此地时就来修道院稍作停留。

“应该有人将这些故事讲述出来。”他是这么说的。

不过他尤其想要收集的是那些在福音书传入爱尔兰之前发生的故事。

“因为，”他解释道，“其中有一些非常精彩的故事。倘若我们的后人对过往之事和祖辈们的事迹一无所知，那就太遗憾了。”

因此，每当有说书人偶经此地时，都会被引领到修道院。修道院的人不仅会对来访的说书人热诚相迎，还会用各种山珍海味款待他们，并给予他们相应的报酬。

日子一长，院长堆放手稿的箱子就一一满了起来。每每注视着那堆日益增多的藏稿，他就变得既骄傲又欣喜。到了白昼日渐缩短、黑夜日渐变长的季节，每至夜晚时分，他总会取出一部手稿，让人在烛光下读给自己听，这样他便可以确信，这个故事和他初次听到时所认为的一样出色。

一天，一位说书人来到了修道院。像其他人一样，他也受到了热诚欢迎，并享用了一餐远远吃不完的丰盛美食。

说书人称自己名叫凯利德，并夸下海口，说他要讲的这个故事比爱尔兰的其他故事都要精彩。

听到这，院长不禁眼睛一亮。他搓着自己的双手，微笑着看向他的客人。

“你这故事叫什么名字？”

“《蒙根[1]的狂暴》。”

“我以前从未听过。”院长欣喜地叫了出来。

“我是唯一知道这个故事的人。”凯利德回答。

“可你又是如何听来的呢？”院长将信将疑。

“因为这个故事属于我的家族，”说书人说，“在我的族人之中，曾有一位凯利德家族的先辈，蒙根去异界的时候，他正和蒙根在一起。当这个故事第一次被说起的时候，凯利德听到了它。后来，他把这个故事告诉了他的儿子，他的儿子又告诉了自己的儿子，再后来，他的这位孙子的曾曾孙的儿子又告诉了自己儿子的儿子，这之后便传到了我父亲这里，最后我父亲把它告诉了我。”

“而现在，你将把这个故事告诉我！”院长的嗓音提高了八度，一副喜不自禁的样子。

“正是如此。”凯利德点了点头。

随后，修道院的人拿来了上等牛皮纸和鹅毛笔，并将麦芽酒放到说书人身旁。记录人在桌旁坐下后，说书人给院长讲了这样一个故事。

第二章

据凯利德所说：

蒙根那时候的妻子名叫布若蒂盖尔德，也被人称为“火焰夫人”。她喜怒无常，凶狠残酷。有时，血会突然间涌上她的脸颊，如果把她原来的样子比作百合，那么此时的她就变成了玫瑰，这就是她被称为“火焰夫人”的原因。她爱蒙根，为之深深着迷、为之纵情癫狂。出于这个原因，蒙根也叫她“火焰夫人”。

但是，即使是在最狂热的时刻，“火焰夫人”的小算盘也从未停止。对于这份爱恋，她得到过多少快乐，就感受过多少痛苦。如同其他人一样，一旦爱上了叱咤风云的人物，就会在不可能获得平等回报的事情上，苦苦地为自己力争对等。

对“火焰夫人”而言，自己的丈夫既好像是个超越了尘世的人物，又仿佛只是个普通到不能再普通的人类。之所以说他是个极其普通的人，是因为他有时就是蒙根，一个凡夫俗子。而之所以说他超越凡人，是因为他已经从人类世界消失了许久。早在很多很多年以前，人们就已经吟唱了悲悼他的哀辞，也为他举行了葬礼庆典。布若蒂盖尔德能感觉到，在他的心里装着秘密、经历，还有知识，可偏偏就没有自己的一席之地。所以，她贪婪地嫉妒着这一切。

为此，她总是频繁地问丈夫一些简单的小问题，内容形形色色，方方面面都有触及。

无论蒙根谈论什么，他的每句话“火焰夫人”都要掂量一番，而且她还会趁他睡觉时听他吐露的梦话。

从蒙根梦话里收集而来的信息，给她带来的折磨远远超过了满足，因为从他唇间总是不断吐出其他女人的名字，有时是柔情和喜爱的口吻，有时则是生气或绝望的语气。他睡着时，会亲昵地唤着一些说书人曾经提到过的人名，他们往往好几个世纪前就已经死了。为此，她感到困惑不已，心里充满了强烈的好奇。

在丈夫提到的这些人名中，有一个名字最让“火焰夫人”惦记，因为睡梦中的蒙根呼唤这个名字的次数非常频繁，而且语气里总夹杂着苦闷、爱恋和憧憬。这个名字就是杜弗·拉卡。虽然“火焰夫人”反复盘问过她的说书人凯利德，却找不到任何有关这个名号为“黑鸭子”的女人的消息。但在某天夜晚，蒙根似乎在梦里与杜弗·拉卡说话，就在这时，他提到了她的父亲，一个名叫德迈恩之子菲阿什纳·杜弗的人。“火焰夫人”从说书人那儿得知，菲阿什纳是一位国王，而且早在很多很多年前就已去世。

于是，她壮着胆子，求丈夫把杜弗·拉卡的故事说给她听，蒙根为了不影响彼此的感情，便许诺说会在将来的某一天告诉她。然而，每当她提醒丈夫兑现这个诺言时，他总会面露难色地推托说下次。

随着时光的飞逝，可怜的“火焰夫人”愈发嫉妒杜弗·拉卡，她越来越确信，只要能够知道发生过什么，那么不仅自己饱受折磨的心能够稍稍得到缓解，骨子里的好奇心也能得到些许满足。因此，她不放过任何一次机会，不断提醒丈夫遵守诺言，只不过蒙根每次都出尔反尔，推三阻四地拖后履行诺言的时间。

第三章

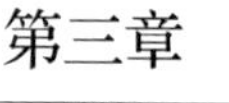

公元538年，“木匠之子”西亚朗[2]过世。同年，图阿撒尔·梅尔加利弗被刺杀，科贝尔的儿子迪阿迈特登上了爱尔兰“至高王”的宝座。[3]恰好就是在那一年，爱尔兰人在皇家米斯郡的乌伊斯尼希山[4]上举办了一场盛大的集会。

除了当时正在举行的议会外，还举办了竞技比赛、骑士武斗、全民盛宴以及歌舞狂欢，现场还有精锐部队的驻守。集会持续了一周，就在这周的最后一天，蒙根带着七个护卫、说书人凯利德，以及他的妻子，慢慢从人群中走过。

那原本是个美好的日子，有着明媚的阳光和精彩的竞技。可突然间，天空中的云朵开始向西边靠拢，还有一些自东边气势汹汹地急速涌来。东西两面的云聚拢在一起后，整个世界都被黑暗所笼罩。过了片刻，冰雹从空中倾泻而下，它们的块头大得令所有人为之惊愕，而且势头极为迅猛，会场上的女人和年轻人被击打得痛苦不堪，连连发出惊声尖叫。

蒙根的手下将盾牌举过头顶，充当防护罩。冰雹狠狠地击打着盾牌，即使身处盾牌的保护之下，他们仍不禁感到极为害怕。于是他们开始挪动位置，想要离开会场，去寻找一个可以遮风挡雨的地方。没走开多远，他们就拐到了一座长满树的小山丘边，眨眼之间，已然置身于一片风和日丽中。

就在前一分钟，他们耳朵里听到的还是冰雹的碰撞和敲打声、狂风充满怨恨的怒吼、女人的尖叫，以及乌伊斯尼希山上人群的骚乱。可眼下他们却再也听不到那些声音、再也看不到那些景象，因为他们得到了一个踏出人类世界，进入异界的机会。

第四章

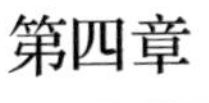

虽然人类世界和异界有着诸多不同之处，但是这差异并不能马上被觉察出来。这里有的事物那里也都存在，只不过，那里的事物要比这里更加美好。这里富有生气的一切，到了那里都会显得愈加生机勃勃。在异界的土地上，太阳的金辉更为耀眼，月亮的银光更为明亮。花儿更加芳香，果实更加美味。男人更有魅力，女人更显温柔。异界的一切都好过这里千万倍，倘若你有幸去到那里，当发现眼前的世界更为精彩之时，你就会明白自己正身在其中。

蒙根和他的同伴们从一个狂风蹂躏、暴雨肆虐的世界走入了一个阳光普照、芳香四溢的仙境。在跨进这个世界的那一瞬间，他们停下了脚步，茫然不知所措，只是默默地看着彼此，目光中透着疑问。接着，他们不约而同地回头，看向来时之路。

可他们身后并没有狂风暴雨。那里的阳光一如身前的阳光那样，温暖得让人昏昏欲睡，整个世界都笼罩在一片祥和安宁且生机勃勃的金色当中。眼前依稀可见早已熟悉的乡野，他们认出了那些为人熟知的地标。只是，远处的山丘看起来要略微高些，遍布山野的青草，看起来要更翠绿、更柔软。覆盖在寂静大地上的树木被包裹在一片绿意中，显得更为郁郁葱葱，也更为祥和宁静。

不过，蒙根心里很明白发生了什么，他看着一脸错愕的同伴们，随即喜笑颜开。他深深吮吸着那清香宜人的空气，仿佛这是一种阔别已久的味道。

“你们最好跟我走。”他建议道。

“可我们这是在哪儿？”他妻子问。

“问这做什么？我们就在这里，”蒙根不耐烦地叫了起来，“还能在哪儿？”

说完，他便起身准备走，其他人纷纷跟在后面，他们警觉地瞪大双眼，密切关注四周的动静，所有人都把手搭在了剑柄上。

“我们在异界？”“火焰夫人”又问。

“嗯。”蒙根应了一声。

蒙根一行人走了一段路后，来到了一片古树林。那儿的树群深嵌大地，长得十分健硕，即便是十个健壮的男人，也无法将任何一棵树的树干围住。他们在这些静谧的参天古树间一路穿行，四周树影斑驳、寂静无声，这使得他们也随之变得庄重起来，所思所想无不得以升华，仿佛自己必须变得伟大崇高、高贵庄严，才能配得上这些古老壮丽的树木。走出树林后，他们看到前方有一座造型优美的宅子，房子本身用古色古香的木材建成，宅顶则是青铜，如同一座国王的居所。宅子内有一间玻璃房，在它窗户上方有一个凸出的阳台。此时几个姑娘正待在那里，当她们看到有旅者朝宅子走来时，便派了信使前去迎接。

蒙根一行人被领进宅子后，享受到了一切贵宾礼遇。宅子里的一切事物都和宅子外一样超凡脱俗。那里住着七个男人和七个女人，很明显，蒙根与这些人相当熟络。

晚上，宅子的主人准备了一桌美味佳肴，待蒙根一行人酒足饭饱后，又举行了一场宴会。他们准备了七桶葡萄酒。蒙根很喜欢喝葡萄酒，所以非常高兴，借着难得的机会多喝了些，而过去谁也不曾见过他喝成这样。

就在他处于心花怒放、随和健谈的状态时，“火焰夫人”用手臂勾住了他的脖子，求他告诉自己关于杜弗·拉卡的故事。渐渐地，蒙根变得滔滔不绝，情绪也越发高昂起来，于是他答应了她的请求，准备讲述这个故事。

异界的宫殿里，七个男人和七个女人围成一个半圆，在蒙根周围坐下。蒙根的七个护卫坐在他身后，他的妻子“火焰夫人”坐在他身边。而坐在众人身后的，正是说书人凯利德，他一边全神贯注地倾听他的故事，一边逐字逐句地做着记录。

第五章

据蒙根所说：

在那段已经离我们远去的往昔岁月里，有一个名叫菲阿什纳·芬德[5]的人，他是巴尔坦的儿子、穆尔舍塔什的孙子、穆勒达什的曾孙、奥根的玄孙、内尔的来孙。菲阿什纳年轻时十分憧憬洛悍这片土地，便背井离乡去了那里。他知道那儿的国王奥尔加什会欢迎他前去，因为自己的父亲和奥尔加什的父亲曾经立过约定，承诺彼此会相互照应。

他确实受到了欢迎，并在洛悍的王宫里住了下来，日子过得极为逍遥自在、怡然自得。

恰巧就在他停留之际，奥尔加什·莫尔病倒了，医师们对此都束手无策，所以派人去请了其他医生过来。可那些人不仅没办法治好他，连他得的是什么病也说不出来，只能眼睁睁地看着他的身形一天比一天消瘦、气息一天比一天微弱。再这样下去，他一定会变成一道幻影，消失在这虚空中，除非有人能将他的病治好，帮他滋补身体，助他恢复元气。

于是，他们几次三番派人去更加遥远的地方请医生，一次比一次走得远。直到最后他们找到了一个男人，声称只要国王服下他开的药，就能痊愈。

“什么药？”他们异口同声地问。

“你们听好了，”这名医生说，“去找一头长着红色的耳朵、全身上下没有一丁点儿杂色的白色奶牛，然后把它整个煮了，要煮稠煮透，直到煮成浓缩肉酱汤。国王只要喝下它，就会痊愈的。”

他话还没说完，信使们就已经从王宫出发，到四面八方寻找这种奶牛。他们找到很多奶牛，但总是有这样那样细微的地方不符合要求。不过，他们最终还是找到了这头可以给国王治病的奶牛，只是很不凑巧，它的主人偏偏是黑女巫——洛悍最臭名昭著、心地最恶毒、脾气最古怪的女人。她不仅像传闻说的那样内心丑恶，而且还是个长着胭须、满身脓疮、整天胡言乱语的独眼疯子。此外，她在其他很多方面也是声名狼藉、为人唾弃。

起初，信使们提出用“一牛抵一牛”的方式来交换黑女巫手中的奶牛，却遭到了她的拒绝。于是他们又提出了“一牛抵一蹄”的交换方式，也就是说，用四头牛来交换她这一头。但她却表示，除非菲阿什纳为这份报偿作保，否则她绝不会接受这个提议。菲阿什纳应允后，信使们就赶着这头家畜走了。

回程途中，菲阿什纳遇到了从爱尔兰赶来的信使。他们带来消息说，阿尔斯特国王已经过世，而他，菲阿什纳·芬德，已被选为国王，接替已故国王的位置。他听罢，立马坐上船赶回了爱尔兰。抵达那里后，他发现自己得知的消息全部属实，于是便接管了阿尔斯特。

第六章

一年过去了。一天，当菲阿什纳正坐在审判庭里听审时，外面传来一阵巨大的喧闹声，那人唠唠叨叨地叫嚷了很久，以至惊动了人群和前来告状的人。最后，菲阿什纳不得不下令将那个大声喧闹的人带上来，以接受他的审判。

人被带了过来，让他感到吃惊的是，出现在他眼前的竟是黑女巫。

在审判庭上，黑女巫当众谴责了他，控诉他拿走了自己的奶牛，却没有依担保给自己四头奶牛作为补偿。所以，她来讨要公道，并要求他对此做出裁决。

“如果你觉得这样能偿还公道的话，我愿把自己的二十头奶牛给你。”菲阿什纳说。

“就算你把全阿尔斯特的奶牛都给我，我也不要。”她尖声大叫起来。

“那你自己说，想要什么样的裁决，”国王说，“只要是我可以办到的，都会照做。”菲阿什纳之所以会这样说，是因为他这个人见不得自己理亏，更不希望有人对自己心存不满和抱怨。

于是黑女巫说出了裁决要求，而国王对此只得予以满足。

“我大老远的，”她说，“从东方赶来西方，所以你必须给我从西方赶去东方，然后发动战争，替我报复洛悍的国王。”

虽然这个要求让菲阿什纳心情沉重，但他不得不照办。他用了三天时间准备，随后便率着十个营的军队向洛悍进发。

他派出信使，命他们赶在他之前去找大块头奥尔加什，通知他自己正在去那里的路上，并告诉他此行的目的，还有率领的军队数量。当他踏上洛悍的国土时，奥尔加什率领同等数量的军队迎了上来，双方就此开战。

在第一场战役中，洛悍一方损失了三百人。然而在第二场战役中，奥尔加什·莫尔并没有光明正大地和他较量，而是采取了卑劣的手段。他从帐篷里放出一群绵羊，那些羊不仅凶恶狠毒，而且怨气冲天。它们向阿尔斯特一方发起攻击，杀死了九百人。

这些绵羊杀人如蒿，令在场之人无不闻风丧胆。在它们面前，无论是谁，都只能拔腿就跑。但万幸的是，附近就有一片小树林，阿尔斯特的所有人，包括勇士、王子还有战车驭使被逼得走投无路，只得爬到树上去，像一只只栖息在树枝上的大鸟一般，待在那里一动不动。而那些凶恶的绵羊则在树下四处徘徊，一边发出恐怖的叫声，一边把地面刨出道道裂痕。

菲阿什纳·芬德也在树上，而且他坐的地方还很高，此时的他正哭丧着脸，闷闷不乐。

“真是丢人啊！”他嘟哝道。

“幸好，”国王下方树枝上的人说，“绵羊不会爬树。”

“这下我们丢脸丢到家了。”可阿尔斯特的国王还在嘟哝。

“如果那些羊学会爬树，我们肯定完蛋了。”国王下方的那人又开了口。

“我要下去挑战那群羊。”菲阿什纳说。

但其他人急忙出言劝阻。

“这可不妥，”他们说，“您怎么可以去和羊打！”

“总得有人去对付它们，”菲阿什纳·芬德说，“但在我战死前，我们的人不能再有任何闪失。如果我命该如此，那我逃也没用，注定一死。那群绵羊也一样，如果上天要它们的性命，它们就只得赴死。既然没有哪个人可以逃离命运的束缚，那么同样的道理，也没有哪只羊能够摆脱宿命的禁锢。”

“我们会请求上帝保佑您的！”上方一个勇士发出祝福。

“阿门！”比他还要更上面的一人说。其他的勇士听到这些后，也纷纷为他们的国王献上祝福。

于是，菲阿什纳带着沉重的心情开始往树下爬，但就在他爬到最下面，手抓树枝悬在半空，正准备跳下去的时候，他注意到一个身形高大的勇士正朝他走来。于是，国王抓树枝的手一使劲儿，又把自己拉回到树上。他垂着双腿坐在那里，想看看那个勇士要做什么。

这个来路不明的人长得非常高，肩上穿了一件缀着银色肩章的绿色斗篷，头上戴了一个金色头箍，脚上穿了一双金色便鞋。他看到这些爱尔兰人窘迫不堪的狼狈样子后，忍不住放声大笑了起来。

第七章

“你居然嘲笑我们，这可太无礼了。”菲阿什纳 · 芬德说。

“看见一个国王窝在树枝上，而他的军队又像母鸡抱窝一样待在他身边一动不动，谁能忍住不笑？”陌生人反唇相讥。

“话虽如此，”国王回应说，“但如果你不幸灾乐祸，会显得比较谦逊有礼貌。”

“我们那儿的人都是能笑就笑，”陌生人对此发表了如此见解，“而且很庆幸有这样一个机会。”

“你可以爬到树上来，”菲阿什纳说，“我看到那些恶羊正朝着这个方向冲过来呢。看你文质彬彬的，与其看你被杀，”他继续道，“我倒宁可保你安全。反正，”他一脸悲伤地叹了一口气，“我正准备下去和那些羊对决。”

“它们伤不了我。”陌生人摇摇头。

“你是谁？”国王问。

“我叫马纳南，是里尔的儿子。”

菲阿什纳马上就明白了，的确没有什么能伤得到这个陌生人。

“如果我帮你们摆脱这些绵羊，你会给我什么好处？”马纳南问。

“只要是我有的，你想要什么，我就给你什么。”

“我要你的王位和你的家庭，一天就可以了。”

听到这个要求，菲阿什纳惊得呼吸一滞。他花了点儿时间让自己冷静下来后，委婉地说道：

“只要可以挽救爱尔兰的子民，我便不会让他们任何一人去送死。我的一切都是他们赋予我的，我理应为他们奉上自己的一切。可如果连这份权利你都要拿走，那我会如你所愿，但是相比之下，我情愿奉上我的生命。”

“这么说，你同意了。”马纳南说。

随即，马纳南便解开斗篷的皱褶，从里面拿出一样一直被他藏在那里的东西。

那是一条狗。

虽说那些羊的样子的确很凶恶，但这只狗面目狰狞，看起来比它们更甚。它虽然体形不大，但头却相当大，嵌在头里的嘴巴一张开，居然大如锅盖。它嘴里长的不是普通的牙齿，而是钩子般的尖利獠牙。那嘴巴令人望而生畏，乍看只是吓人，细看就是恐怖了，光想想都令人毛骨悚然。一阵声响传出，也不知是来自这条狗的大嘴，还是来自它嘴巴上那个宽而松垮、不停抽动的鼻子，总之是一种无法用任何人类语言形容的叫声。那既不是龇牙嘶吼，也不是尖声嗥叫，虽然两者兼有；既不是低声咆哮，也不是大声哼叫，虽然两者兼有；既不是撕心裂肺的哀嚎，也不是低沉深重的呻吟，虽然两者兼有。这声音汇集了以上所有元素，而且其中还伴有呜呜哀鸣和狺狺吠叫、拉长的鼾声和压低的喘音、类似生锈的铁链发出的尖锐摩擦声。此外，这声响里还夹杂着其他各种嘈杂的声音。

“谢天谢地！”位于国王上方树枝上的男人不禁发出一声感慨。

“这次又是谢什么？”国王不解。

“狗不会爬树。”这人回答。

话音刚一落下，就听更上方一根树枝上的人沉声道：“阿门！”

“没有什么比狗更让绵羊惧怕的了，”马纳南说，“而要说这些绵羊最惧怕的狗嘛，可就得数我手里这只了。”

他说着就把狗放在地上。

“小狗狗，小宝贝儿，”他对小狗吩咐道，“去把那群羊干掉。”

就在他说这些的时候，那只狗始终没有停止过吼叫，而且叫声里还增添了几种刚才没有的声音。在场的爱尔兰人把手指插进耳朵，他们被那叫声吓得魂不附体，直翻白眼，差点儿从树枝上摔下去。

没用多久，那狗就完成了主人交代的事情。一开始，它只是慢慢地向羊群靠近，走起路来晃晃悠悠的。但当羊群猛跳着向它冲过来时，它就扭动着身体，奔跑着迎上去。那会儿，它跑得飞快，快到除了它的头和扭动的身影以外，什么也看不到。它是这样一只一只对付那群绵羊的，先是纵身一跳，然后一头劈下咬住猎物。每次腾跳、每口扑咬都正中目标，没有失过手。它咬住猎物后，马上就掉转身子拽着猎物不停地转圈，把猎物当转轴一般对待。从它纵身扑咬的那一刻开始，它就没有停止过绕圈，直到最终它松开钳住猎物的牙齿为止，而那时，那只羊已经奄奄一息，只是最后踢了踢脚就一命呜呼了。这才过了不到十分钟，羊群就尽数躺倒在地上，它们身上带着相同的咬痕，已经全军覆没。

“你们现在可以下来了。”马纳南说。

“那只狗不会爬树。”国王上方一根树枝上的人发出警告。

“谢天谢地！”再上面的一人再次发出了感慨。

“阿门！”更高处的一个勇士跟着念叨了一句。这时，位于旁边一棵树上的人开口了。

“那狗在那堆死尸肉里吃撑死之前，就算是一只手、一只脚，你们都不要动。”

然而，那只狗却一点儿肉也没吃，而是慢悠悠地跑到了它的主人那里。马纳南把它抱了起来，重新放进斗篷里包好。

“现在你们可以下来了。”他说。

“我真希望那只狗已经死了！”国王长叹一声。

虽然嘴上这么说，但菲阿什纳并不想在马纳南面前表现得畏首畏尾，所以他手抓树枝，一个纵身腾跃就跳下了树。“你现在可以去将洛悍人一举击溃了，”马纳南说，“傍晚前，你就会成为洛悍的国王。”

“我可不在乎。”国王应道。

“威胁已经解除了。”马纳南又补充了一句。

接着，里尔之子便离开去了爱尔兰，他要去行使他的一日之权。而菲阿什纳则继续着与洛悍人的战役。

夜幕降临前，他击败了对方，取得了胜利，并由此成了洛悍的国王，同时也成了撒克逊人和不列颠人的国王。

菲阿什纳把七座城堡及其属地赐给了黑女巫，还把自己捕获的一百头各不相同的牛悉数送给了她。对此，黑女巫也甚为满意。

这之后，菲阿什纳就回爱尔兰去了。他抵达后不久，他的妻子就生下了一个儿子。

第八章

“杜弗·拉卡的事，你还只字未提呢！”“火焰夫人”责怪道。

“我正准备说。”蒙根回答。

说罢，他便转向大酒桶，示意仆人斟酒。仆人把葡萄酒呈给他后，他又豪饮海喝起来，极为酣畅淋漓。他那如饥似渴的样子、惊人的酒量以及浓浓的酒兴令所有人吃惊不已。

“现在，让我接着往下说。”

于是蒙根继续说着他的故事：

菲阿什纳·芬德的宫殿里有一个名叫安·达弗的侍从。就在菲阿什纳的妻子生下那个男婴的同一天夜里，安·达弗的妻子也生了一个儿子。这个后出生的孩子名叫安·达弗之子，而菲阿什纳的妻子所生的男婴则被取名为蒙根。

“啊！”“火焰夫人”的喉咙里发出一声咕哝。

这事激怒了王后。竟然有一个仆人和自己在同一天生下了孩子，这不合规矩，也太过放肆。然而，王后虽然嘴上这么说，却也无力改变既定的事实，毕竟孩子已经出生，她不可能将他抹去。

说到这儿，还有一件事也不得不提。

当时，邻国有位王子，名叫菲阿什纳·杜弗[6]，是达尔·菲阿塔克[7]的统治者。他和菲阿什纳·芬德关系不睦，对其怀恨在心，双方长期处于交战状态。就在同一天夜里，菲阿什纳·杜弗的女儿也出生了，这个女孩被取名为“玉手”杜弗·拉卡。

“啊！”“火焰夫人”又大叫一声。

“你明白了吧！”蒙根说着，又端起异界的美酒，畅饮起来。

为了结束菲阿什纳·芬德和菲阿什纳·杜弗之间的纷争，在蒙根和杜弗·拉卡出生后的第二天，父母就给还在摇篮里的他们订了婚。爱尔兰人无不为这桩亲事和这条订婚消息而欢欣雀跃。但是很快，这片土地就被一片愁云惨雾所遮盖。因为在蒙根出生后的第三天，他的亲生父亲里尔之子马纳南就在王宫中现身了。他用自己的绿色斗篷裹住蒙根，把他带到了海洋彼岸那片超越了生死的土地，也就是所谓的应许之地，准备在那里抚养、教育他。

听说女儿杜弗·拉卡的未婚夫消失了，菲阿什纳·杜弗觉得自己的和平意愿也随之走到了尽头。所以，在这事发生后的某一天，他突袭了王宫，在对战中杀死菲阿什纳·芬德后，登上了阿尔斯特国王的宝座。

阿尔斯特人并不喜欢菲阿什纳·杜弗，他们祈求马纳南带回蒙根，可马纳南却不乐意。他在应许之地将男孩抚养到十六岁，并把他培养成了才智双全的人。就在那一年，马纳南把蒙根带了回来。在他的周旋下，蒙根同菲阿什纳·杜弗言归于好，并迎娶了和他订过娃娃亲、正当妙龄的杜弗·拉卡。

第九章

一天，蒙根和杜弗·拉卡正在宫殿里下象棋。蒙根刚好走了一步极为巧妙的棋，他把视线从棋盘上收回来，转向杜弗·拉卡，想看看她有没有像他预期的那样面露不满。然而，当他的视线越过杜弗·拉卡的肩膀时，却看到有一个身材矮小、面孔黝黑、头发浓密的教士正斜靠在屋里的门柱上。

“你在那里做什么？”蒙根问道。

“你自己又在那里做什么？”身材矮小的黑脸教士却反问蒙根。

“我相信我有待在自己宅子里的权利。”蒙根说。

“我也确信我不同意你的说辞。”教士的态度也很强硬。

“那我应该在哪里？”蒙根又问。

“你应该在菲阿塔克敦堡，去找杀害你父亲的人寻仇，”教士答道，“你应该为自己感到羞愧，都过去那么久了，你却还没能手刃你的仇人。待你赢得闲暇资格之后，你可以尽情和你的妻子下象棋。”

“可我要如何杀死我妻子的父亲？”蒙根一脸吃惊地问。

“现在立刻开始行动就是了。”教士回答。

“你说得倒轻巧！”蒙根嘟哝道。

“我明白，”教士继续游说，“在这件事情上，杜弗·拉卡不但不会同意我说的任何一个字，还会企图阻挠你，不让你杀害她的父亲，即便你有正当合理的权利。可那毕竟只是为人妻子应尽的本分，而身为男人，你应该按我刚才说的去做。所以，现在就跟我走，别愣在那儿犹豫不决，也别再杵在那儿下什么象棋。菲阿什纳·杜弗此刻身边就只有一小支军队，我们可以效仿他当初杀你父亲时的所作所为，烧毁他的宫殿，将他杀死。然后你就可以像他那样，登上阿尔斯特国王的宝座。只不过，他的加冕名不正言不顺，你却是正大光明。”

“你这张嘴说起话来还真是中听得很呢，我的黑脸朋友，”蒙根说，“我会和你一起去的。”

于是，蒙根集结军队，烧了菲阿什纳·杜弗的堡垒。在他将菲阿什纳杀死后，便加冕了阿尔斯特国王之位。

报完杀父之仇后，蒙根第一次体会到下棋时的那份安心和自在。只不过，直到后来他才知道，那个有着黝黑面孔和浓密头发的人其实就是他的父亲马纳南。

有人声称，“黑发”菲阿什纳死于624年的阿尔德卡莱恩战役，杀死他的人是苏格兰达尔·里阿达[8]的统治者康纳德·科尔[9]。然而，说这些的人其实并不知道自己在说什么，也并不特别在乎自己说的这件事情。

第十章

“看来这个杜弗·拉卡也没什么了不起的，”“火焰夫人”不屑地说，“她结了婚，然后下象棋时被打败了。这种事情过去常有发生，没什么大不了的。”

“你们听我说下去。”蒙根开口说道。此时他已经喝下了数量可观的葡萄酒，看起来比刚才还要愉快许多。接着，他又继续开始讲他的故事。

某天，蒙根需要派送出许多礼物，所以急需一批财宝。可他身为一国君主，却没有国王该有的足量金银和牛群。因此，他把贵族们召集到一起，商讨最佳的解决方法。大家一致认为，蒙根应当前去拜访各省的“地方王”，请求他们的恩赐。

于是，他马上就动身前往各个地方周游访问去了，第一站就是伦斯特。

当时，伦斯特的国王是埃加克之子布朗杜弗。他向蒙根表示了欢迎，并设宴款待了他。当晚，蒙根在他的宫殿里过了一夜。

清晨，当他醒来，从高高的窗户向外望去时，他看到一群奶牛正站在宫殿前那片洒满阳光的草坪上。他数了一下，那里总共有五十头成年奶牛，每头奶牛身边都有一头小牛犊。这些成年奶牛和它们的小牛犊无一例外，全身上下都是纯净无瑕的白色，而且它们头上都长着一对红色的耳朵。

蒙根看到这些奶牛后，立刻就爱上了它们，他感觉还从未有过什么事物能让他如此喜爱。

于是，他从窗户翻了出去，漫步到沐浴在阳光之中的草坪上，在牛群中间来回穿梭，目光从一头奶牛身上扫到另一头。他对着它们说起话来，话语里满是喜欢和爱慕之情。就在他边走边看，对着奶牛倾吐自己的喜爱之情时，他注意到有一个人来到了他的身旁。于是他将视线从奶牛身上移开，看了来人一眼，这才发现站在身边的人正是伦斯特国王。

“你爱上那些奶牛了？”布朗杜弗问他。

“确实。”蒙根回答。

“大家都这样。”伦斯特国王说。

“我从没见过能与它们相提并论的东西。”蒙根说。

“没人见过。”伦斯特国王说。

“比起我之前见过的任何一样事物，这些奶牛才是我最想要的。”蒙根又说。

“这些，”伦斯特国王答道，“可是爱尔兰最漂亮的奶牛。就像，”他若有所思地继续说道，“杜弗·拉卡是爱尔兰最美丽的女人。”

“你说的一点儿也不假。”蒙根对此也表示赞同。

“这很奇妙，不是吗？”伦斯特国王说道，“我拥有的东西让你魂牵梦绕，而你拥有的东西也让我心心念念。”

“确实奇妙。”蒙根说，“不过，究竟是什么让你心心念念？”

“这还用问？当然是杜弗·拉卡。”伦斯特国王说。

“你是说，”蒙根说道，“你想做个交易？用你那五十头长着红耳朵的全白色成年奶牛……”

“再加上那五十头小牛犊……”伦斯特国王说。

“来交换杜弗·拉卡，或者世间任何一个女子？”

“就是这样！”伦斯特国王猛地拍了下自己的膝盖，大声喊着。

“成交。”蒙根沉声道。随后两位国王握了握手，交易就此达成。

这之后，蒙根便叫来了自己的随从。他不给伦斯特国王再多说一言的机会，也不给他反悔的余地，立马就命随从站在奶牛的后面，然后集结成队，赶着它们返回阿尔斯特。

第十一章

杜弗·拉卡想知道奶牛是打哪儿来的，蒙根于是告诉她是伦斯特国王送的。她也像蒙根那样爱上了这些奶牛，在这个世界上还没有哪个人可以做到不爱上它们。它们就是这样招人喜欢的奶牛！这样令人赞叹！那段时间，蒙根和杜弗·拉卡常常会在一起下棋，下完棋后便会一起去看望奶牛。他们俩会走到奶牛中间，然后一起闲聊，彼此间的谈话都是关于这些奶牛的。他们喜欢待在一起，所以无论做什么都形影不离。

然而，事情很快就发生了改变。

一天清晨，宫殿附近传来一阵巨大的吵闹声，还有“嗒嗒嗒嗒”的马蹄声和铠甲碰撞在一起发出的“叮叮咣咣”的声音。蒙根忍不住隔着窗户向外望去。

“谁来了？”杜弗·拉卡问他。

可他并没有回答。

“这样大的阵势，来人肯定是位国王。”杜弗·拉卡又说。

可蒙根还是一言不发。于是杜弗·拉卡干脆自己走到窗前。

她询问道：“这是哪一位国王？”

她的丈夫不得不告诉了她答案。

“那就是伦斯特的国王。”他神情悲哀地说道。

“怎么，”杜弗·拉卡一脸惊讶，“你难道不欢迎他？”

“我当然欢迎他。”蒙根说，看起来很哀伤。

“那就走吧，我们理应出去迎接他。”杜弗·拉卡提醒道。

“我们还是离他远点儿吧，”蒙根说，“因为他来此的目的是完成他的交易。”

“什么交易？”杜弗·拉卡追问道。

可蒙根根本不愿回答。

“我们还是出去吧，”她说，“反正我们总得出去。”

说罢，蒙根和杜弗·拉卡便出去迎接伦斯特国王。他们把伦斯特国王和他的几位重要官员领进宫殿，命人为他们准备好洗浴用水，还为每个人安排好房间。总之，他们礼数周全地接待了这些客人。

那天夜晚，他们准备了一桌筵席，之后还举办了一场宴会。可不管是在筵席上还是在宴会上，伦斯特国王始终一脸欣喜地盯着杜弗·拉卡看。有时，他会发出深深的叹息。有时，他又会不停地变换姿势，仿佛有什么事情让他陷入了灵魂的纠结和思想的挣扎。

“伦斯特国王有些不对劲儿。”杜弗·拉卡对丈夫耳语道。

“就算这是真的，也和我无关。”蒙根说。

“你得问问他想要什么。”

“可我不想知道。”蒙根说。

“就算是这样，你也得问问他。”她坚持道。

蒙根只得问了他，只是他说话的声音低沉忧郁。

“你想要什么吗？”他问伦斯特国王。

“当然想。” 布朗杜弗说道。

“只要你想要的东西在阿尔斯特，我就立刻给你取来。”蒙根悲伤地说着。

“我想要的东西的确就在阿尔斯特。”布朗杜弗如此回应道。

蒙根再也不想接话。可是，伦斯特国王显得颇为急切。况且，其他人都听到了他们的对话，也在等着听他回答，再加上杜弗·拉卡还轻轻推了推他的臂膀。所以他只能开口道：

“那你想要的这个东西到底是什么呢？”

“我想要杜弗·拉卡。”

“可我也想要她。”蒙根说。

“你我之间有过交易，”伦斯特国王说道，“用我的成年奶牛和小牛犊交换你的杜弗·拉卡，男人说话要算话。”

“我可从未听闻，”蒙根说，“有人会把自己的妻子拱手送人。”

“就算你从未听闻，你现在也必须这么做，”杜弗·拉卡说，“毕竟名誉留存在世的时间可比生命还长。”

杜弗·拉卡的话让蒙根气急，他的脸“唰”的一下就变得像落日一般红，脖子上、额头上满是暴起的青筋。

“这可是你说的？”他朝杜弗·拉卡大声吼道。

“是我说的。”杜弗·拉卡淡然地应道。

“让伦斯特国王带她走。”蒙根说。

第十二章

随后，杜弗·拉卡就和伦斯特国王一起走到远处攀谈起来。伦斯特国王看着唾手可得的杜弗·拉卡，眼睛瞪得和盘子一样大，目光中饱含着激动之情，一双眸子也变得硕大无比，涨得血红血红的。他被喜悦冲昏了头脑，以致舌头打结，说起话来支支吾吾。杜弗·拉卡搞不清楚他到底想说什么，而他仿佛自己也不清楚。但到最后，他终于清楚地吐出这么一句话：

“我是一个无比幸福的男人。”他说道。

“而我，”杜弗·拉卡回应他说，“则是这个世界上最幸福的女人。”

“你也会觉得幸福，这是为何？”国王讶异地问道。

“听我说，”她说道，“如果你当初企图在违背我的意愿的情况下将我带离此地，那么在你制住我之前，阿尔斯特的军队会为了保护我而折损一半人马，而另一半则会战至身负重伤。”

“可这是交易。”伦斯特国王又开始了他那套说辞。

“但是，”她继续说着自己没说完的话，“他们不会对我的离开加以阻拦，因为大家都知道，我在很久之前就已经爱上你了。”

“你说你很久以前怎么我了？”国王受宠若惊地问道。

“爱上了你。”杜弗·拉卡回答。

“这真是个天大的消息，”国王说，“而且还是个好消息。”

“只不过，我发誓，”杜弗·拉卡说，“我不会跟你走，除非你能赐予我一个恩惠。”

“只要是我拥有的，”布朗杜弗大声说，“以及只要是别人拥有的。”

“你要保证信守诺言，你得发誓你会按我说的去做。”

“我保证，我发誓！”国王欣喜若狂地高呼出口。

“那么，”杜弗·拉卡说，“这就是我要你承诺的事情。”

“赶紧把话挑明吧！”国王已经迫不及待了。

“一年之内，你不得在我入住的任何一间屋子里过夜。”

“我对天发誓！”布朗杜弗吞吞吐吐地挤出了这么一句话。

“在约定的这一年的时间里，如果你进到任一间我所在的屋子，你不得和我同坐一把椅子。”

“我的命可真苦！”他郁闷地抱怨出声。

“不过，”杜弗·拉卡接着说，“当我坐在凳子或椅子上时，你可以坐到我对面的椅子上，但必须用椅背对着我，还得和我保持一定的距离。”

“唉！”国王发出一声叹息，两只手猛地拍在一起，然后捶打起自己的脑袋来。之后，他打量了下自己的双手，又将目光移到周遭的事物上逐一扫了一遍，他搞不清什么是什么，也分不清东南西北，因为他的意识一片混浊和蒙眬，他的理智迷失在外，摸不着回到正轨的路。

“你为何要把这样的痛苦加诸我身上？”他带着乞求的表情诉着苦。

“因为我想知道你是否真心爱我。”

“可我是真心爱你的啊！”国王赶紧表态，“我爱你爱到发狂，我身上的每个部分、每寸肌肤，甚至每个毛孔都爱你爱得要命。”

“这也是我爱你的方式，”杜弗·拉卡说，“这一年是我们的求爱期，我们应该带着乐趣度过，让它成为意义非凡的一年。赶紧走吧，”她又继续说道，“我已经等不及要和你在一起了。”

“唉！”伦斯特国王布朗杜弗一边跟在她身后，一边连连叹着气，“唉，唉！”

第十三章

“依我看，”“火焰夫人”开口说，“不论是谁失去了那样的女人，都大可不必难过。”

蒙根用手托起她的下巴，在她的双唇上亲啄了一下。

“你说的所有话都很漂亮，谁让你长得漂亮呢！”他夸赞道，“你真是我在这个世界上的快乐源泉。”

这时，仆人又给蒙根拿来了葡萄酒。他畅快豪爽地一饮而尽。看着他那个样子，所有注视着他的人心中无不默想：酒肯定要撑破他的肚皮，将他们尽数淹没了吧！可蒙根只是放声大笑，笑声里含着无限的愉悦，直到震得金杯银盏、青铜器皿奏出“叮叮咚咚”的悦耳音乐，直到屋椽发出“咯吱咯吱”的细细私语，他才再次开口。

故事的后续如下：

蒙根爱“玉手”杜弗·拉卡更甚于爱自己的生命，也远胜过爱自己的荣誉。这天下江山在他心里的分量还不及她鞋子上的那缕系绳。她的美貌令落日失色，她的嗓音让竖琴喑哑。只要有她在，蒙根就只会注视她的身影；只要她开口，蒙根就只会倾听她的诉说。因为只要世界还没有走到尽头，她就永远都是那茫茫岁月里的喜悦化身、漫漫时光中的瑰丽珍宝，以及浩瀚天地间的旷世奇迹。

杜弗·拉卡和布朗杜弗国王一同去了伦斯特。她走后，蒙根伤心欲绝，无法自拔，从此一蹶不振。他开始日渐消瘦，变得形容枯槁、瘦骨嶙峋，仿若是一摞骨头堆叠而成，似乎整个人就象征着凄惨悲苦。

故事讲到这里，还有一事也不得不提。

杜弗·拉卡有一个年轻的女侍从，她同时也是杜弗·拉卡的养姐妹。就在杜弗·拉卡和蒙根结婚的那天，她的女侍从嫁给了蒙根的养兄弟兼仆人安·达弗之子。杜弗·拉卡和伦斯特国王离开的时候，她的女侍从，也就是安·达弗之子的妻子，随她一起离去了。所以说，当时在阿尔斯特，失去妻子的男人有两个，一个是国王蒙根，另一个就是他的仆人安·达弗之子。

一天，正当蒙根坐在太阳底下郁郁沉思，为自己的命运而黯然神伤时，安·达弗之子走到他跟前。

“主人，您还好吗？”安·达弗之子问道。

“糟糕透顶。”蒙根回答。

“您被马纳南带去应许之地的那天，真是个倒霉的日子。”蒙根的仆人突然来了这么一句。

“你为何这样想？”蒙根不解地询问道。

“因为，”安·达弗之子回答说，“您在应许之地除了学会大吃大喝、蹉跎时光外，一无所获。”

“那又关你什么事？”蒙根勃然大怒。

“这当然关我的事！”但安·达弗之子不甘示弱，“因为我的妻子和您的妻子一起离开这里，去了伦斯特。而如果您没有和那个该死的国王打什么破赌、做什么鬼交易，她也就不会走。”

说到这儿，安·达弗之子的眼中涌出了泪水。

“我可没和任何国王做过交易，”他呜咽地说，“可我的妻子却和一个国王走了，而这都是因为您。”

“没有人比我更为你感到难过的了。”蒙根急忙安慰他。

“怎么会没有，”安·达弗之子说，“我就比您还要难过。”

听罢，蒙根打起了精神。

“的确是我亏欠了你，”他说，“而对于我所亏欠的任何一个人，我都会给他一个满意的交代。去，”他对安·达弗之子吩咐道，“到我们都知道的那块异界的领土去。你还记得我留在那儿的两个篮子吗？一个里面装着从爱尔兰带回来的草皮，另一个则是从苏格兰带来的草皮。去把那篮子和草皮都拿过来给我。”

“告诉我为什么这么做？”仆人不解地问。

“伦斯特国王会向他的巫师打探我正在做什么，而这就是我将要做的：我会爬到你背上，双脚各踩进一个篮子。当布朗杜弗问起巫师我在哪儿的时候，巫师就会告诉他我一只脚踩在爱尔兰的土地上，另一只脚踏上了苏格兰。只要他们这样回答，他就会认为自己大可不必再费心劳力地打听我的事，而我们就可以趁机进入伦斯特。”

“这办法倒不赖。”安·达弗之子说。

于是他们便这样出发了。

第十四章

这是一条漫长且艰难的旅途，虽说安·达弗之子意志坚定，且对此心甘情愿，但任谁也无法在背着另一个人的情况下快速地从阿尔斯特走到伦斯特。不过话又说回来，就算你一路骑着一头猪，它最后也能载着你到达想去的地方，又或者你编个故事，自然也是你想去哪儿，故事就能把你写去哪儿。更何况，只要一个人能够一刻不停地向前挪着步子，他迟早会把自己的家乡远远地甩在身后，走到这个世界的天涯海角。

当他们抵达伦斯特时，利菲平原上正在举行盛宴。为了赶时间，他们强逼自己三步并作两步，马不停蹄地抓紧赶路。就这样，他们终于踏上了赛尔卡麦恩平原，并混到了正要去参加盛宴的人群里。

他们周围人潮汹涌，挤满了欢天喜地的人。年轻小伙和妙龄少女牵着对方的手，而如果他们没有这么做，那必定是因为他们的手正环在彼此的脖子上。老妇人佝偻着身子，不时经过他们身旁，如果她们没有一起闲话家常，那必定是因为正忙着往对方嘴里塞满苹果和肉饼。年轻将士们身上挂着的绿色、紫色还有红色披风正随着微风轻轻飘扬，如果他们没有一脸鄙夷地望向老兵，那必定是因为彼时彼刻老兵们恰好正看着他们。老兵们那一码长的络腮胡子正在肩后翩翩飞舞，看起来就好像是一小簇干草，如果他们没有在抚慰折断的手臂或碎裂的脑壳，那必定是因为他们正在照料自己腹部和双腿的伤口。年轻姑娘们三五成群，不断发出“咯咯”的笑声，直到笑得喘不过气来，才会换上一抹微笑。男孩们成群结队，交头接耳，一副神神秘秘的样子，他们会同时用手指指向四面八方，然后突然像一群乱了阵脚的马儿般跑散开去。男人们推着载满烤肉的小车。女人们有的抱着装满蜂蜜酒的小桶，有的则端着牛奶和啤酒。大人们头上顶着一座歪歪斜斜、摇摇晃晃的高塔状容器，上面正滴滴答答地不断往外溢出蜂蜜。孩子们往篮子里堆满红苹果。老妇人叫卖着自己的蚝贝和煮龙虾。还有卖面包的，手里那些塞了奶油的面包足足有二十个品种。小贩们有的贩卖洋葱和奶酪，有的兜售闲置的铠甲、奇形怪状的刀鞘、长矛手柄，还有胸甲束带。其他人不是帮人剃头的，就是为人算命的，要么就是给人提供水棚、供人洗热水澡的。还有那些为马儿上蹄铁的，给斗篷刺绣的，帮人磨剑的，给指甲上色的，又或者贩售猎犬的。

平原上人山人海，都是准备去参加盛宴的人，而且全都沉浸在一片欢乐的氛围里。

蒙根和他的仆人靠着路边一个青草满布的篱笆坐下，看着人潮从面前涌过。

正在这时，蒙根往右边扫了一眼，那儿有人正往这边走来。他掀起斗篷的兜帽，遮盖住自己的双耳和眉毛。

“啊！”他深深地闷哼一声，似乎极为痛苦。

安·达弗之子朝他转过身去。

“主人，您胃不舒服吗？”

“没有。”蒙根说。

“好吧，那为什么您要发出像动物似的打嗝声？”

“那是我在叹气。”蒙根答。

“您说什么就是什么吧，”安·达弗之子说道，“那您是为了什么叹气呢？”

“顺着这条路往下看，告诉我谁来了。”他的主人指示道。

“是一个领主，带着他的军队。”

“那是伦斯特的国王。”蒙根重重地说。

“就是这个男人，”安·达弗之子带着一种极为懊恼的语气说道，“就是这个男人抢走了您的妻子！而且，”他转而愤怒地咆哮起来，“这个男人还把我的妻子也牵扯进了这场交易，尽管她和这场交易根本没有任何瓜葛！”

“嘘。”蒙根示意。因为有一个男人听到安·达弗之子的咆哮后就停下了脚步，转而开始绑自己的便鞋，也可以说是在偷听他们讲话。

正当军队走到与他们并肩的位置，从他们身边经过的时候，安·达弗之子叫道：“主人！”

“怎么了，我亲爱的朋友？”

“让我朝伦斯特国王扔一小块儿石头碎片吧。”

“不行。”

“就一小块儿，就我的头两倍大的一小块儿石头。”

“我绝对不会准许你这么做的。”蒙根说。

这时，伦斯特国王从他们身前走过，安·达弗之子随即发出一阵沉重而又消沉的呻吟声。

“噢咔嗯！”他开始鬼叫。“噢咔嗯——咿噢——噶——嘚噢！”他继续鬼叫。

那个已经绑好便鞋的男人于是开口说道：

“你哪儿不舒服吗，诚恳的老实人？”

“我没不舒服。”安·达弗之子回答。

“好吧，那你刚才像一只病怏怏的狗一样爆出的嗥叫是什么意思，诚恳的老实人？”

“就是滚开，”安·达弗之子嚷道，“滚开，你这个长着扁平脸和大鼻子的家伙。”

“看来礼貌教养已经在这个国家荡然无存了。”陌生人说着，朝远处走了一段距离，然后朝安·达弗之子掷了一块石头，不偏不倚地砸在他的鼻子上。

第十五章

现在，路上已经没有刚才那么拥挤了。过几分钟，就只会有一些旅人前来；再过几分钟，路上就一个人影也看不到了。

后来，有两个人沿路走了过来，是两位神职人员。

“我以前从没见过这身行头。”安·达弗之子说道。

“也许你没见过，”蒙根说，“可到处都是他们的人，而且人数还不少。他们这些人并不信奉我们的神明。”他又补充道。

"他们不信，真的吗？"安·达弗之子惊讶道，"这帮浑蛋！"他叫骂一句后又开口道，"不知道马纳南对此会怎么说，会怎么说呢？"

"站在前面手捧大书的那个人是迪布莱德。他是赛尔卡麦恩的教士，是这两人之中的老大。"

"真的，是真的！"安·达弗之子说道，"瞧他身后那家伙背着行李，就知道铁定是他的仆人。"

教士们正在进行祷告仪式，安·达弗之子对此惊愕不已。

"他们这是在做什么？"他不解地问。

"他们在念诵经文。"

"真的耶！他们真的在诵经，"安·达弗之子很是惊讶，"前面那家伙每次叽里咕噜一通后，他身后那家伙就会'阿门，阿门'地念叨。除此以外，我一个字也没听懂。而且他们竟然完全不喜欢我们的神明！"安·达弗之子不满地嘟囔着。

"不喜欢，这一点毋庸置疑。"蒙根说。

"那就捉弄一下他们吧，主人！"安·达弗之子提议。

蒙根应允了，准备去捉弄那两个教士。

他死死地盯着他们看了一会儿后，朝着他们大手一挥。

两个教士停下了祷告，眼睛直勾勾地瞪着正前方，随即彼此交换了一个眼神，接着目光转向天空。先是教士开始为自己祈福，然后迪布莱德也开始为自己祈福，之后他们便无所适从了。因为原本这儿有条小路，两边排着篱笆，四周铺展开去是一片片田野；可现在既没有小路，也没有篱笆，更没有田野，取而代之的是一条极为宽阔的河流。汹涌翻滚着的淡棕色波浪来势汹汹，在粗糙的巨石砾和岩石堆间翻卷搅和，有如万马奔腾般飞快地从他们脚下的小径横扫而过。这条河有着堪称穷凶恶极的深度、令人深恶痛绝的水量、无比凶险慑人的流速，还伴着恍若荒凉洞穴飘出的鬼哭狼嚎声。而在他们右边过去一点点的地方，有一座狭窄破旧的小桥正在湍流之上摇过来晃过去。

迪布莱德揉了揉自己的眼睛，然后又再度把目光投射过去。

“你我看到的是相同的景象吗？”他问教士。

“我不知道您看见了什么，”教士回答，“但我看见了以前从没见过的景象。我真希望是自己看花眼了。”

“我在这块地方出生，”迪布莱德接着说，“我父亲在我之前降生在这里，我祖父在我父亲之前降生在这里。但直到今时今刻，别说在这儿瞧见什么河了，就连听也没听说过。”

“那我们到底要怎么办？”教士不知所措地问，“我们到底要怎么办？”

“我们要变得富有觉知，”迪布莱德面色严峻地说，“我们要管好我们自己的事，”他说，“就算天上掉下条河来，这和你又有什么关系？即便这儿有条河，好吧，就是这条河，可那又怎样，感谢上帝啊，这不还有座桥吗？”

“您愿意把脚挪到那座桥上去，哪怕就一个脚指头？”教士问。

“不然要桥做什么？”迪布莱德回答。

蒙根和安·达弗之子于是跟在他们身后。

然而当两个教士走到桥的正中央时，脚下的桥却轰然倒塌，他们瞬间就被翻腾不息的黄色浪潮吞噬了。

就在迪布莱德掉下去的时候，他手里的书落了下来。蒙根眼疾手快，接住了它。

“难道您不会淹死他们吗，主人？”安·达弗之子问。

“不会，”蒙根回答说，“我就让他们顺流往下游个一英里，到那儿后他们就能上岸。”

说完，蒙根把自己幻化成迪布莱德的样子，把安·达弗之子变成了教士的模样。

“我变成秃驴了。”蒙根的仆人压低嗓门嘀咕道。

“那也是魔法的一部分。”蒙根回应道。

“好吧，只要你我知道这只是幻象就好了。”安·达弗之子只得妥协。

之后，他们就继续上路去找伦斯特国王了。

第十六章

他们在竞技场附近遇见了他。

“我亲爱的迪布莱德！”伦斯特国王大声呼喊蒙根，并给了他一个亲吻。蒙根也亲了亲他的脸，当作回礼。

“阿门，阿门。”安·达弗之子念叨两声。

“为了什么？”伦斯特国王问他。

听国王这么问，安·达弗之子打起了喷嚏，因为他也不知道为了什么。

“好久没见你了，迪布莱德，”国王说道，“但此刻我得赶紧走，十万火急。你们先我一步去堡垒吧，你可以去那儿找王后聊聊，她曾经是阿尔斯特国王的妻子。我的战车驭使凯文·科舍拉克会和你们一起去，我随后就来。”

伦斯特国王交代完就走了，蒙根和他的仆人则跟随战车驭使和国王的随从一同前行。

蒙根发现迪布莱德的那本书颇为有趣，所以一路上都在靠它打发时间，而且他也不想和战车驭使搭话。而每当蒙根深吸一口气时，安·达弗之子就会大呼“阿门，阿门”。和他们同行的人互相谈论起安·达弗之子来，都说他是一个行为古怪的教士，他们从没见过有谁像他这样满口“阿门”的。

不过没过多久，蒙根和他的仆人就抵达了堡垒，因为有国王的战车驭使凯文 · 科舍拉克带着他们，所以他们没有遇到任何阻碍，轻轻松松地就进去了。这之后，他们便被领进了杜弗 · 拉卡的屋子。蒙根不想在别人可能注视他的情况下去看杜弗 · 拉卡，所以他在进屋时闭上了双眼。

“在我和王后谈话的时候，让所有人都退下。”话音刚落，侍从们就纷纷离开了屋子，只有一个人例外。她可是不会离开的，因为她不愿意离开自己的女主人。

接着，蒙根睁开双眼，杜弗 · 拉卡映入了他的眼帘。他一个箭步跃到她跟前，将其揽到怀里。安 · 达弗之子则一路狂蹦乱跳着蹿到侍女面前，动作既粗野又吓人，他一把将人抱入怀中，啃咬她的耳朵、吻上她的脖颈，然后眼泪哗啦哗啦直掉，落在了她的背上。

“滚开！”女孩叫道，“放开我，我可不是好惹的，流氓！”她又喊。

“我不放，”安 · 达弗之子坚持道，“我是你的丈夫，我是你的宝贝儿，你的小宝贝儿，你的宝贝儿。”听到这里，侍女发出一声短促的尖叫，随即轻啄他的双耳、亲吻他的脖子。她号啕大哭，眼泪顺着他的后背往下流。她连声说这不是真的，但事实就是他确实又出现在了自己的眼前。

第十七章

然而，屋子里并非像他们所想的那样，只有蒙根等四人。看护珠宝的丑老太婆也在屋里，她背靠墙壁，坐在地上，佝偻着缩成一团，乍看之下就好像是一捆破布，所以蒙根四人才没有觉察到她的存在。就在他们两两相拥之际，老太婆的声音响了起来。

“我看到了可怕的一幕，”她说，“我刚看到的可真恐怖。”

蒙根和他的仆人闻声双双惊得跳了起来，两位妻子也被吓得不轻，跟着尖叫着蹦了起来。回过神来后，蒙根慢慢鼓起双颊，直到整张脸看起来跟气球没什么两样。接着，他朝老太婆吹了一口气，其中混合了魔法。老太婆旋即就感觉到自己的周身仿佛被一层云雾所缭绕，待到她的目光穿过雾气，再度投向前方时，眼前已是一番与想象中截然不同的景象。于是，她开口请求众人原谅她的失礼。

“刚才在我脑中出现了一个罪恶的画面，”她说，“我看到了不该看到的一幕。这真让我伤心，我竟然会觉得自己看到了那种事情。”

“快坐到椅子上，老妈妈，”蒙根立马接话，“告诉我您觉得自己都看到什么了。”说着，他神不知鬼不觉地在老太婆屁股下面放了根长钉。安·达弗之子见状，猛地将她推向椅子。老太婆一屁股坐在长钉上面，当场气绝。

就在这时，门口传来一阵敲门声。安·达弗之子打开门，只见迪布莱德带着二十九个手下站在门外，个个面带讥笑。

“看来一英里还不够远啊！”安·达弗之子满腹怨气。

敦堡的总管也从这一群人中挤进了屋，他的目光在眼前的两个迪布莱德之间游移，将他们上下打量了一番。

“今年的收成可真不错啊！”他调侃道，“迪布莱德这样多产，还真是前所未有呢。外头有一个迪布莱德，里头也有一个迪布莱德，天知道床底下是不是还有更多的迪布莱德。迪布莱德在这儿还真是爬了一地，俯拾皆是啊。”总管对两人揶揄了一番。

蒙根决定先发制人，于是他抬手指着迪布莱德。

“他是何人，你可知道？”蒙根对着总管喝问。

“他自称何人，我倒是知道。”总管云淡风轻地答道。

“好极了！他可是蒙根，”蒙根继续说道，“而他身边的这二十九人，全是他在阿尔斯特的亲贵。”

蒙根的话一出口，敦堡里的人纷纷就近抄起家伙，抡棍子的抡棍子、抓棒子的抓棒子，拿什么的都有，他们对着迪布莱德一行人就是一顿拳脚招呼，场面堪称惨不忍睹。就在他们暴打猛揍之际，伦斯特国王走了进来。当得知迪布莱德是蒙根后，国王也投身到了攻打“蒙根一行人”的行列。迪布莱德费尽了周折才逃到赛尔卡麦恩，身边却只剩下九人，还全都负了伤。

一番穷追猛打过后，伦斯特国王就返回敦堡，径直去了杜弗·拉卡的屋子。

“迪布莱德人呢？”国王问。

“刚才在这儿的可不是迪布莱德，”老太婆突然开口说话，她仍旧坐在长钉上，但还好端端地活着，连半死都称不上，“那可是蒙根。”

“你为何让蒙根接近你？”国王转向杜弗·拉卡。

“没有人比他更有资格接近我，”杜弗·拉卡淡淡地回答说，末了还补充了这么一句，“他好歹是我的丈夫。”

听到这儿，绝望的国王忍不住大叫起来：

“我把迪布莱德和他的人给打了！”

话音未落，他就冲出了屋子。

“派人去请迪布莱德，我要向他道歉，”只听他在屋外大吼道，“告诉他一切都是误会，这都是蒙根搞的鬼。”

第十八章

蒙根和他的仆人回到了家乡。圆满完成历险所带来的成就感一度让他们沉浸在满足的愉悦之中（毕竟，还有什么能比相见欢谈、追忆往事更令人愉悦呢？）。不过，这份愉悦只持续了一阵子，便开始逐渐消退了，直到最终荡然无存。起初，蒙根只是有些情绪低落、萎靡不振。但慢慢地，他变得郁郁寡欢、死气沉沉。最后又变回了先前那副神色憔悴、失魂落魄的样子。他无法将“玉手”杜弗·拉卡从记忆中抹去，而且每当他脑海中浮现出她的身影，一股难以割舍的眷恋和无法抑制的绝望便油然而生。

这份眷恋和绝望令蒙根变得神色憔悴、失魂落魄，以至某天，当他坐望四方之时，看到了不一样的世界。尽管太阳光芒四射，秋日的大地上硕果累累，周围的人无不沉浸在丰收的喜悦之中，可蒙根的眼里却只有一个暗淡无光、贫瘠枯竭的世界。

“严冬在我心坎里，”蒙根讷讷地说道，“而我早已感觉严寒彻骨。”

他也想过自己将会在某天离开人世，但这个念头并未令他心生不快。反正，灵魂的一半已经离他远去，留在了伦斯特国王的领土之上，而剩下来的一半对他来说，已然了无生趣。

正当蒙根这样悲思哀想之时，安·达弗之子踏着草坪朝他走来，他走路的样子像个老头儿，这引起了蒙根的注意。

安·达弗之子走得很慢，步子也迈得很小，且走路时一直都绷直着膝盖，这让他的走路姿势显得颇为僵硬别扭。他的一只脚可怜巴巴地朝外拐，另一只则悲惨兮兮地朝内撇。他的胸膛向内收缩、前额外伸，整个头耷拉在胸膛原本该在的位置。他的两只胳膊弯着，置于身前，双手手掌反向翻转，以至一只手掌被扭向了东面，另一只则被拗向了西面。

“你还好吗，安·达弗之子？”阿尔斯特国王问。

“糟糕至极。”安·达弗之子回答。

“我看到的那个亮晃晃的东西是太阳吗，我的朋友？”国王又问。

“也许吧，”安·达弗之子一边回答，一边好奇地注视着懒洋洋地洒落在他们周身的金色辉光，“不过，也可能只是一层艳黄色的云雾罢了。”

“人生究竟是什么？”国王突发感慨。

“人生犹如一出索然无味的大戏，一次心力交瘁的旅途。”安·达弗之子跟着感慨道，“犹如难以入眠的漫漫长夜里的一声悠长呵欠，犹如午夜窗玻璃上嗡嗡飞掠的一只迷途蜜蜂，犹如一条被五花大绑的狗儿发出的低沉呜咽，犹如一阵过眼云烟，没什么值得憧憬的。说到底，人生根本就只是一场幻梦罢了。”

“你的话用来形容我对杜弗·拉卡的感情实在是再贴切不过了。”国王闻言不禁感叹道。

“我只是想起了我自己的小羊羔，”安·达弗之子说道，“想起了我自己的宝贝儿，我的开心果儿，我的小心肝儿。”说着说着，他忽然泪如雨下。

“唉！”国王叹道。

“可我又有什么资格抱怨呢？”安·达弗之子抽噎着，“我只不过是个仆人，就算我没有和伦斯特国王或是其他什么国王做过交易，我妻子还是走了，仿佛她就跟杜弗·拉卡一样，是君王贵胄的专属伴侣。”

仆人的一番苦诉让蒙根深感歉疚，于是他强忍着打起了精神。

“我想让你去杜弗·拉卡那儿走一趟。”

“只要有她在的地方，就一定少不了另一个人。”安·达弗之子顿时眉开眼笑，大声呼喊道。

“你去趟布列吉亚[10]的德斯科特堡垒，”蒙根吩咐道，“你知道那个地方吧？”

“就如同我的舌头对我的牙齿那般熟悉。”

“杜弗·拉卡就在那儿。去找她，当面问问她究竟想要我怎么做。”

于是，安·达弗之子又来回跑了一趟。

“杜弗·拉卡让您马上过去，因为伦斯特的战车驭使凯文·科舍拉克趁国王周游领地之际，对她展开了强烈的追求，还想让杜弗·拉卡同他私逃。”

蒙根随即便出发了。他和安·达弗之子夜以继日地赶路，没过多久，两人就抵达了布列吉亚。伦斯特国王获悉蒙根的行程后，立马往回折返。所以，尽管蒙根他们获准进入了堡垒，但他前脚刚踏入堡垒，伦斯特国王后脚就回来了，于是他只好又撤出了堡垒。

当阿尔斯特人看见蒙根那副要死不活的失落模样时，不由得悲从中来，对国王心生怜悯。渐渐地，所有人都面若死灰、萎靡不振。为此，阿尔斯特的贵族们建议蒙根出兵攻打伦斯特，然后杀了伦斯特国王，把杜弗·拉卡带回来。只是，蒙根没有应允这个计划。

对于他们的提议，他做出这般回应：“既然她是因为我的一时愚蠢而失去的，那就理应由我亲自出马将其夺回。”

说这些的时候，蒙根彻底从失魂落魄的状态中恢复了过来，他叫来安·达弗之子。

“你要明白，我的朋友，”蒙根说，“我不能把杜弗·拉卡带回来，除非伦斯特国王让我这么做。交易毕竟是交易。”

“那家伙会让您把人带走，猪都可以飞上天了。”安·达弗之子不满地嚷嚷着，“再说了，我又没和这世上的哪个国王做过什么交易。”

“这话我之前已经听你说过了。”蒙根说。

“我会一直说到世界末日的，”他的仆人开始大吼起来，“谁让我妻子和那个该死的国王走了呢！您这场糟糕的交易可是让那家伙得了双倍的好处。”

两人一番对话后，便动身前往伦斯特。

他们快要到达伦斯特时，突然发现周围有一大群人与他们同路。从这些人口中他们得知，伦斯特国王一年的守候期已临近尾声，为此他信誓旦旦地说自己的婚礼一刻也不想再耽搁，所以准备举办一场婚宴，迎娶杜弗·拉卡。

他们得知婚宴一事后，心情顿时跌落到了万丈深渊，但依然继续朝前赶路，直到伦斯特国王那高耸的城堡高塔跃然眼前、草坪上权贵宾客来来往往的身影进入视野，才停下了脚步。

第十九章

一路奔波之后，蒙根和安·达弗之子找了个既能看见城堡又能稍作安顿的地方坐下。

“我们要怎么进入城堡？”安·达弗之子问。

毕竟，城堡的大门口有守卫，城墙四周每隔一小段距离还有士兵把守，而负责从堡顶往下倒灌热粥的人也已各就各位地站好。

“如果用拳头不能解决问题的话，我们就只好智取了。”蒙根回答。

“两个办法都不赖，”安·达弗之子说，“您怎么决定，我怎么做就是了。”

沿着那条路再往前一点儿立着一座磨坊。正在蒙根他们说话的间歇，磨坊里的丑老太婆从里面走了出来。

这磨坊老太婆长得骨瘦如柴，好似一枝撑船的篙子。她有两只奇形怪状的脚，一只大得吓人，另一只则小得可怜。所以每当她拖起那只大脚，她的身子就会往前倾；而每当她抬起那只小脚，又会变得无所适从，不知该拿它怎么办好。她的身体无比颀长，长到让人觉得想要看到她的头顶简直是此生无望；她的体形相当单薄，薄到让人以为眼前除了一团空气，便什么也没有了。她的一只耳朵占去了眼睛的位置，把眼睛赶去了鼻子的地盘，于是鼻子只得挂到下巴上，和围绕下巴而生的腮须做伴。她套了一件大红色的破烂衣衫，说穿了，就是一块破布上开了一个洞、镶了一圈边而已。她正朝着肩上那只不停尖声叫唤的小猫哼唱着：“哦，小声点儿，我的心肝儿宝贝。”

她有一条名叫布洛塔尔的狗。这条狗长得还算高大，却瘦得皮包骨头，它嘴里只长了一颗牙齿，还饱受疼痛折磨。布洛塔尔经常是几步一停，蹲坐在地上，鼻子朝天，发出一声凄厉的长嚎，以此来诉说这颗牙齿带来的苦楚。接着，它总会蜷起身体，伸出后腿，企图将自己的牙齿挠下来。它脖子上套着草绳，草绳的另一端系在了老太婆那只无人能及的笨重大脚上，所以每当此时，它都会被行进中的老太婆拽起来。

老太婆还有一匹老态龙钟、瘦骨伶仃的独眼母马，它屁股上窝着一只精瘦的大母鸡。这匹母马总是拖着四只八字大脚，顶着惺忪的睡眼，气喘吁吁地跟在老太婆身后。只要它迈出一条前腿，其余三条腿就会打着颤往后退。而如果它往前挪动后腿，另外三条腿又会发着抖向前倾。每当它喘不过气来的时候，就会“呼哧呼哧”地喷着响鼻。蒙根看着老太婆的身影，内心激动不已。

“这一回，”蒙根对安·达弗之子说，“我可要夺回我的妻子了。”

“您一定可以的，”安·达弗之子由衷地说道，“而且，您还会把我的妻子也一并夺回来。”

“到磨坊老太婆那儿去，”蒙根吩咐道，“告诉她我想和她谈谈。”

于是安·达弗之子把人带到蒙根面前。

“您这位仆人说的可是真的？”她询问道。

“他说什么了？”蒙根说。

“他说您想和我谈谈。”

“正是如此。”蒙根回答。

“这当真叫我喜不自胜，备感荣幸，”老太婆感慨万分，“六十年来，这还是头一次有人想要和我说话。您请说吧，”她继续说道，“我听着就是了，如果我还没有忘记怎么倾听的话。请说得和缓些，”她向蒙根发出请求，“不要惊扰了我养的这些动物，因为它们都病了。”

“看得出来。”安·达弗之子怜惜地叹道。

“那只猫因为长时间坐在滚烫的炉盘附近，”丑老太婆解释说，“所以尾巴被烫得发了炎。那只狗摊上了牙痛的毛病，那匹马因为胃在闹别扭所以不舒服，而那只母鸡则是舌头出了问题。”

“啊，这真是个悲凉的世界！”安·达弗之子感喟道。

“你可说到点子上了！”她表示赞同。

“告诉我，”蒙根说，“如果给你一个实现愿望的机会，你想要什么？”

她把猫从肩上抱下来，递给安·达弗之子。

“帮我抱一下，我需要思考片刻。”她说。

“你想不想变成一个可爱迷人的妙龄少女？”蒙根追问道。

“当然想，而且越快越好，我可受够了现在这副样子，活似剥了皮的鳗鱼。”她说。

“那你想不想嫁给伦斯特国王？”

“你们两个我都想嫁。同时嫁给你们俩也成，或者，谁先来，我就嫁给谁。”

“太好了，”蒙根回应，“你会如愿以偿的。”

说罢，蒙根就用指尖轻轻碰了碰丑老太婆，转瞬之间，瘦弱的身体、扭曲的肌肉和衰老的容颜全都离她而去，她变成了一个如花似玉、韶颜稚齿的姑娘，仿佛只有十六岁芳龄，美得令人几乎不敢直视。

“你可不再是什么磨坊里的丑老太婆了，”蒙根说道，“你现在是芒斯特[11]国王的女儿，‘韶颜’伊薇尔。”

说完，蒙根又碰了碰狗，把它变成了一条毛发柔滑如丝、玲珑小巧、可以依偎在掌间的哈巴狗。接着，把老母马变成了一匹步履轻盈、身披花斑的坐骑。之后，他把自己幻化成“韶颜”伊薇尔的新婚丈夫、康诺特国王的儿子——艾伊，而且相似程度绝对能够以假乱真。随后，他也帮安·达弗之子换了身形，让他看起来像是艾伊的随从。一番乔装过后，他们几人就一边哼着小曲儿，一边往伦斯特国王堡垒的方向走去。那首小曲儿的开头是这样唱的：

我妻子的美貌超越任何人的妻子，
任何人的妻子啊，任何人的妻子，
我妻子的美貌超越任何人的妻子，
任谁也无法否认。

第二十章

伦斯特国王接到堡垒大门守卫的通报，得知康诺特国王之子“美男子”艾伊携其妻子“韶颜”伊薇尔来访，他们被艾伊的父亲从康诺特放逐出来，所以想寻求他的庇护。

布朗杜弗亲自去门口迎接了他们，那一刻他落在“韶颜”伊薇尔身上的目光清楚地透露出，他的双眼已被她的容貌所俘获。

天色渐渐转暗，夜幕即将降临，伦斯特国王为两位客人准备了一桌筵席，之后还安排了一场宴会。筵席上，杜弗 · 拉卡坐在伦斯特国王身边，而蒙根和伊薇尔则并肩坐在他对面。蒙根不断往丑老太婆身上注入魔法，令她的双颊变得明艳动人，一双眸子透出璀璨辉光，简直可以用容貌倾城来形容。每当布朗杜弗将目光投向她时，都会感觉她似乎比先前愈发娇美可爱、撩人心弦、令人渴慕。直到最终，他体内的每寸骨头无不盈满对这个女子的爱恋和渴求。

每隔几分钟，布朗杜弗都会长叹一口气，好似吃撑了一般。当杜弗 · 拉卡问他是否吃撑之时，他却只是将此归咎于酒未尽兴。言下之意，他还没有看够眼前这个女孩，因为对他而言，这就如同是汲饮甘醇。

在之后举行的宴会上，布朗杜弗再度将目光投向了“韶颜”伊薇尔。他每饮一杯酒，都会举起手中的高脚杯向伊薇尔敬酒，而她则会在片刻之后举起自己的酒杯回敬于他。只是他们俩一个在喝麦芽酒，另一个却在喝蜂蜜酒。后来，布朗杜弗派人传话给她，告诉她成为伦斯特国王之妻远比嫁给康诺特国王之子要风光得多，毕竟一国之君的地位远在一个王子之上。伊薇尔心中暗想，这个道理众人皆知。之后，他又遣人给她传话，说自己已为她倾倒，如若放任心中的这份爱意滋长，他铁定会被它撑得炸开。

蒙根听到了两人私下里的传话，于是告诉丑老太婆，只要她按自己的建议去做，那就必定可以在他和伦斯特国王之中赢得一位做自己的丈夫。

“你们随便谁我都没意见。”丑老太婆说。

“等伦斯特国王说他爱你的时候，你就让他用礼物证明给你看。你先把他的角杯要来。”

丑老太婆照做了，于是布朗杜弗让人把斟满美酒的角杯给她送了过去。之后，她又问他要了腰带，他依然二话不说就给了她。

对此，布朗杜弗的臣民向国王提出了异议，说他不该将伦斯特的财宝奉送给康诺特国王之子的未婚妻，可他却争辩说这没什么大不了的，因为只要他得到了这个女孩，那么她手上的那些财宝就会完璧归赵。只不过，不管他送了什么东西给丑老太婆，安·达弗之子每次都会从她的衣兜里将其攫来，放进自己的袋子里。

“现在，”蒙根建议丑老太婆道，“你让仆人转告伦斯特国王， 259
即便把天下的财宝悉数奉上，你也不愿意舍弃自己的丈夫。”

丑老太婆把这话告诉了仆人后，仆人转告给了国王。

布朗杜弗听到这些时，他内心的爱恋、渴求、嫉妒，还有拿不回自己送出的财宝所带来的愤懑翻涌而出，令他几近发狂。于是，他把蒙根召到跟前，用威胁和盛怒的口吻同他交谈了起来。

“我可不是个会白拿别人东西的人。”他一上来就抛出这么句话。

“没有人能对此提出异议。”蒙根急忙随声附和。

“你可看见坐在我身边的这个女人？”布朗杜弗指了指杜弗·拉卡。

“当然。”蒙根回答。

“很好，”布朗杜弗说道，“这个女人是我从蒙根那儿抢来的‘玉手’杜弗·拉卡，正巧她马上就要嫁给我了，不过如果你愿意做个交换，可以在这儿娶了她，而我则会迎娶坐在那儿的‘韶颜’伊薇尔。”

蒙根旋即装出一脸恼羞成怒的样子。

“如果我带来的是马和财宝，您自然有权力将它们从我身边夺走，但您绝没有这个权力要求我听命于你。”

“可我偏要命你这么做，”布朗杜弗咄咄逼人，“而你不得违抗一位君王的旨意。”

“罢了，”蒙根无奈地说，语气中夹杂着一丝不甘，看起来极为惶恐，“如果您想要交换，那便换吧，虽然这会让我心碎。”

说罢，蒙根便把伊薇尔带到国王跟前，然后亲吻了她三次。

“如果我不亲你，伦斯特国王会起疑心的。”他对丑老太婆悄声说。接着，蒙根就把她交到了国王手里。

宴会进行到后来，所有人都或多或少有了些醉意，没过多久，大厅里就响起了一阵阵巨大的鼾声和鼻息声。顷刻间，仆人们也全都醉倒，不省人事，以至蒙根再也无酒可喝。安·达弗之子道了句“丢人现眼”后，用脚踢了踢其中的几个仆人，见他们依旧是一副动也不动的死样子，便偷偷溜进外面的马厩，给两匹母马装上了马鞍。随后，他和蒙根先后跨上马背，让各自的妻子坐在身后，策马风驰电掣般地飞奔去了阿尔斯特。他们一边驰骋，一边唱着小曲儿：

伦斯特国王今日大婚，
今日大婚啊，今日大婚，
伦斯特国王今日大婚，
大家都在向他道喜。

翌日清晨，当伦斯特国王的仆人们前来唤他起床之时，赫然发现了躺在国王枕边的丑老太婆。看到挂在她脸上的、长满腮须的鼻子，还有伸出床沿的一大一小两只脚，所有人开始捧腹大笑起来，你戳戳我的肚子、我拍拍你的肩膀。国王被喧闹声吵醒，质问他们究竟发生了何事，然而就在这时，他也看到了躺在身旁的丑老太婆。只听他发出一声刺耳的尖叫，“腾”的一下就跳下了床。

“你不就是磨坊的丑老太婆吗？”伦斯特国王大惊失色。

“正是，”丑老太婆如实说，“而且我对你一往情深。”

“真希望是我眼花了。”布朗杜弗无奈地说。

故事到此也就落下了帷幕。蒙根讲完故事后，开始朗声大笑，并示意仆人再斟些酒。他大口大口地饮下，仿佛焦渴、绝望和狂喜杂陈在一起，占据了他的心头。但当他看到泪珠从“火焰夫人”的眼中滚落下来时，他便一把将其揽到怀里，一边轻轻地抚摸她，一边告诉她自己视她为心底的至爱和世间唯一的珍宝。

之后，蒙根一行人和异界的七男七女便开始纵情吃喝、尽情欢愉起来。宴会结束后，他们便从异界离开，返回了人类世界。

他们朝着蒙根位于林尼平原的宫殿去了。原本，他们以为自己只是离开了一个晚上，直到抵达宫殿时才发现，时间已经过去了整整一年。自那以后，他们的生活过得平静安稳，彼此恩爱有加。这就是这个故事的结局，只不过布若蒂盖尔德对蒙根是芬恩转世一事并不知晓。[12]

听到这里，修道院院长向前倾了倾身子。

“蒙根是芬恩的转世？”他压低声音轻轻地问道。

“是的。”凯利德回答。

“果真如此，果真如此！”院长感喟道。

片刻后，他才继续说：“你这个故事里，我只有一个部分不喜欢。”

“哪一部分？”凯利德赶忙询问。

“就是圣徒迪布莱德被人狠揍猛打的那一部分……就是……就是他被蒙根陷害的那一部分。”

凯利德承认那部分确实有些糟糕，不过他欣喜地暗自思量着，如果以后有人问及他是如何讲述蒙根的故事的，他都会回想起修道院院长的这番话语。

---

[1] 蒙根（Mongán mac Fiachnae Find），菲阿什纳·芬德（Fiachnae Find，也称 Fiachnae mac Báetáin）的儿子，但其生父实际却是里尔之子马纳南。出生三天后，他就被带到异界由马纳南抚养，直到十二岁时才回到爱尔兰（关于此处的年龄记载，因说法不一，故与本文的版本有所不同），长大后成为阿尔斯特的国王。他的出生情况和亚瑟王的类似，因此被认为可能是亚瑟王故事的前身。也有版本声称他是芬恩的转世。历史上的阿尔斯特国王蒙根卒于 625 年。

[2] “木匠之子”西亚朗（Ciarán mac an tSaeir），即克隆马诺伊的圣西亚朗。爱尔兰的基督教传教士，也是爱尔兰的十二使徒之一。关于他的生卒年月有很多说法，但一般认为他卒于 6 世纪 40 年代。

[3] 图阿撒尔·梅尔加利弗（Tuathal Maelgariv）和迪阿迈特（Diarmait），他们是堂兄弟，早年争夺王位时，图阿撒尔赢得了王位，成为爱尔兰的“至高王”。后来，迪阿迈特座下的一名勇士拿着长矛，来到塔拉面见图阿撒尔，声称手中长矛上挂着的是迪阿迈特的心脏。他在图阿撒尔审视心脏之际，用矛将其刺死。随后，迪阿迈特便登上了“至高王”的宝座。

[4] 乌伊斯尼希山（Hill of Uisneach），传统意义上，它被视为爱尔兰的地理中心。虽然海拔只有六百英尺，但若天气晴朗，可以在山顶上眺望到二十个郡。它是古代米斯国的重要据点，是基督教之前爱尔兰人眼里最为神圣的地方。

[5] 菲阿什纳·芬德（Fiachnae Find，也称 Fiachnae mac Báetáin），一位阿尔斯特国王，也是蒙根名义上的父亲。与杜弗·拉卡（Dubv Lacha）的父亲德迈恩之子菲阿什纳·杜弗（Fiachna Duibh mac Demáin）是堂兄弟，且两人关系不睦，经常交战。

[6] 菲阿什纳·杜弗（Fiachnae Find，或 Fiachnae Duibh mac Demáin），其中“杜弗”（Duibh）在爱尔兰语中意为“黑色的”或“黑发的”，生活在 6 世纪前期，他是古爱尔兰王国乌雷德（Ulaid）的国王。

[7] 达尔·菲阿塔克（Dál Fiatach，其中 dál 意为“领域”），在基督教早期以及中世纪时期，存在于爱尔兰阿尔斯特东部地区。

[8] 达尔·里阿达（Dál Riada），一个古代盖尔族王国，其国土主要位于苏格兰西海岸，但也包括爱尔兰阿尔斯特一部分地区，由几个盖尔人的子国家组成。

[9] 康纳德·科尔（Connad Cerr），7 世纪前期的达尔·里阿达国王，于 627 年在击败乌雷德国王菲阿什纳·杜弗后成为达尔·里阿达国王（关于此处的时间记载，因说法不

一，故与本文的版本有所不同）。

[10] 布列吉亚（Bregia），是现代爱尔兰米斯郡和都柏林附近的米斯平原，爱尔兰语为 Magh Breagh，Bregia 是它的拉丁语写法。在中世纪的爱尔兰，布列吉亚也是一个小王国。

[11] 芒斯特，位于爱尔兰岛南部，是爱尔兰四个历史省份之一，下分六郡，面积为 24607.52 平方千米。爱尔兰语写作 Mumhan 或 Mumha，是一位凯尔特女神的名字。

[12] 在一个传说中，蒙根唤出费奥纳勇士罗南之子卡尔特的灵魂，求证一个名为弗萨耶（Fothad Airgthech）的领主是被谁杀死的。这时卡尔特告诉蒙根他其实是芬恩的转世。

爱尔兰凯尔特神话故事：大师插图本

〔爱尔兰〕詹姆斯·斯蒂芬斯 著
〔英〕阿瑟·雷克汉姆 绘
余一鹤、瞿慧、姬玥翎、苏旻婕 译

特别感谢：魏丹

图书在版编目（CIP）数据

爱尔兰凯尔特神话故事：大师插图本 /（爱尔兰）詹姆斯·斯蒂芬斯著；（英）阿瑟·雷克汉姆绘；余一鹤等译. – 北京：北京联合出版公司，2017.11（2021.4 重印）
ISBN 978-7-5596-1039-3

Ⅰ.①爱… Ⅱ.①詹… ②阿… ③余… Ⅲ.①神话–作品集–爱尔兰–现代 Ⅳ.①I562.73

中国版本图书馆 CIP 数据核字（2017）第 238011 号

Irish Fairy Tales

by James Stephens
Illustrated by Arthur Rackham

策　　划　译言古登堡计划 × 联合天际·任菲
责任编辑　李　伟
特约编辑　徐立子　王乃竹
美术编辑　王颖会
封面设计　@broussaille 私制

出　　版　北京联合出版公司
北京市西城区德外大街 83 号楼 9 层　100088
发　　行　北京联合天畅文化传播有限公司
印　　刷　北京联兴盛业印刷股份有限公司
经　　销　新华书店
字　　数　235 千字
开　　本　889 毫米 × 1194 毫米　1/32　8.75 印张
版　　次　2017 年 12 月第 1 版　2021 年 4 月第 5 次印刷
I S B N　978-7-5596-1039-3
定　　价　78.00 元

关注未读好书

未读 CLUB
会员服务平台

译言古登堡计划
Yeeyan Gutenberg Project